ZHONGGUO XIAOSHUO
100 QIANG

中国小说100强（1978—2022）

通天河

徐 坤 著

北京联合出版公司
Beijing United Publishing Co.,Ltd.

图书在版编目（CIP）数据

通天河 / 徐坤著. -- 北京 ：北京联合出版公司，2023.9
（中国小说100强）
ISBN 978-7-5596-7093-9

Ⅰ.①通… Ⅱ.①徐… Ⅲ.①长篇小说－中国－当代 Ⅳ.①I247.5

中国国家版本馆CIP数据核字(2023)第117940号

通天河

作　　者：徐　坤
出 品 人：赵红仕
出版监制：张晓冬　范晓潮
责任编辑：王　巍
特约编辑：和庚方　刘沐雨
封面设计：武　一

北京联合出版公司出版
（北京市西城区德外大街83号楼9层　100088）
北京兴星伟业印刷有限公司印刷　新华书店经销
字数172千字　650毫米×920毫米　1/16　18印张
2023年9月第1版　2023年9月第1次印刷
ISBN 978-7-5596-7093-9
定价：58.00元

版权所有，侵权必究
未经书面许可，不得以任何方式转载、复制、翻印本书部分或全部内容。
本书若有质量问题，请与本公司图书销售中心联系调换。
电话：010-65868687

中国小说100强（1978—2022）丛书

编委会

丛书总策划

  张　明　　著名出版人
  张　英　　资深媒体人

编委主任

  吴义勤　　中国作协副主席
  　　　　　中国小说学会会长

编　委

  吴义勤　　中国作协副主席、中国小说学会会长
  宗仁发　　《作家》杂志主编
  谢有顺　　中山大学教授、中国小说学会副会长
  顾建平　　《小说选刊》副主编
  张　英　　资深媒体人
  文　欢　　作家、出版人

总　序

"中国小说100强"（1978—2022）是资深出版人张明先生和腾讯读书知名记者张英先生共同策划发起的一套大型文学丛书。他们邀请我和宗仁发、谢有顺、顾建平、文欢一起组成编委会，并特邀徐晨亮参与，经过认真研讨和多轮投票最终评定了100人的入选小说家目录。由于编委们大多都是长期在中国文学现场与中国文学一路同行的一线编辑、出版家、评论家和文学记者，可以说都是最专业的文学读者，因此，本套书对专业性的追求是理所当然的，编委们的个人趣味、审美爱好虽有不同，但对作家和文学本身的尊重、对小说艺术的尊重、对文学史和阅读史的尊重，决定了丛书编选的原则、方向和基本逻辑。

从文学史的角度来说，1978年以后开启的新时期文学是中国当代文学的黄金时代，不仅涌现了一批至今享誉世界的优秀作家，而且创造了许多脍炙人口的文学经典，并某种程度上改写了20世纪中国文学史的版图。而在中国新时期文学的经典家族中，小说和小说家无疑是艺术成就最高、影响力最大的部分。"中国小说100强"（1978—2022）就是试图将这个时期的具有经典性的小说家和中国小说的经典之作完整、系统地筛选和呈现出来，并以此构成对新时期文学史的某种回顾与重读、观察与评判。呈现在读者面前的这套丛书是对1978—2022年间中国当代小说发展历程的一次全面、系统的整体性回顾与检阅，是中国当代文学经典化的重要成果，从特定的角度集中展示了中国新时期文学在小说创作方面的巨大成就。需要说明的是，与1978—2022年新时期文学繁荣兴盛的局面相比，100位作家和100本书还远远不能涵盖中国当代小说的全貌，很多堪称经典的小说也许因为各种原因并未能进入。莫言、苏童、余华等作家本来都在编委投票评定的名单里，但因为他们已与某些出版社签下了专有出版合同，不允许其他出版社另出小说集，因而只能因不可抗原因而割爱，遗珠之憾实难避免，而且文学的审美本身也是多元的，我们的判断、评价、选择也许与有些读者的认知和判断是冲突的，但我们绝无把自己的标准强加于别人的意思。我们呈现的只是我们观察中国这个时期当代小说的一个角度、一种标准，我们坚持文学性、学术性、专业性、民间性，注重作家个体的生活体验、叙事能力和艺术功力，我们突破代际局限，老、中、青小说家都平等对待，王蒙、冯骥才、梁晓声、铁凝、阿来等名家名作蔚为大观，徐则臣、阿乙、弋舟、鲁敏、林森等新人新作也是目不暇接，我们特别关注文学的新生力量，尤其是近10年作品多次获国家大奖、市场人气爆棚的新生代小说家，我们禀持包容、开放、多元的审美立场，无论是专注用现实题材传达个人迥异驳杂人生经验、用心用情书写和表现时代精神的现实主义作家，还是执着于艺术探索和个体风格的实验性作家，在丛书里都是一视同仁。我们坚信我们是忠实于自己的艺术理想、艺术原则和艺术良心的，但我们并不认为自己的角度和标准是唯一的，我们期待并尊重各种各样的观察角度和文学判断。

当然，编选和出版"中国小说100强"（1978—2022）这套大型丛书，除了上述对文学史、小说史成就的整体呈现这一追求之外，我们还有更深远、更宏大的学术目标，那就是全力推进中国当代文学"经典化"的历程和"全民阅读·书香中国"建设。

从1949年发端的中国当代文学已经有了70多年的发展历程，但对这70多年文学的评价一直存在巨大的分歧，"极端的否定"与"极端的肯定"常常让我们看不到当代文学的真相。有人认为中国当代文学达到了前所未有的高度和水平。王蒙先生在法兰克福书展上就说：中国当代文学现在是有史以来最繁荣的时期。余秋雨、刘再复甚至认为中国当代文学的成就远远超过了现代文学。也有人极端否定中国当代文学，认为中国当代文学都是垃圾。他们认为现代文学要远远超过当代文学，中国当代文学连与现代文学比较的资格都没有。比如说，相对于鲁（迅）、郭（沫若）、茅（盾）、巴（金）、老（舍）、曹（禺）这样大师级的人物，中国当代作家都是渺小的侏儒，根本不能相提并论，两者比较就是对大师的亵渎。应该说，与对中国当代文学的肯定之声相比，对当代文学的否定和轻视显然更成气候、更为普遍也更有市场。尽管否定者各自的角度和出发点不同，但中国当代作家、作品与中外文学大师、文学经典之间不可比拟的巨大距离却是唱衰中国当代文学者的主要论据。这种判断通常沿着两个逻辑展开：一是对中外文学大师精神价值、道德价值和人格价值的夸大与拔高，对文学大师的不证自明的宗教化、神性化的崇拜。二是对文学经典的神秘化、神圣化、绝对化、空洞化的理解与阐释。在此，我们看到了一个非常有趣的悖论：当谈论经典作家和文学大师时我们总是仰视而崇拜，他们的局限我们要么视而不见要么宽容原谅，但当我们谈论身边作家和身边作品时，我们总是专注于其弱点和局限，反而对其优点视而不见。问题还不在于这种姿态本身的厚此薄彼与伦理偏见，而是这种姿态背后所蕴含的"当代虚无主义"。这种"虚无主义"的最大后果就是对当代作家作品"经典化"的阻滞，对当代文学经典化历程的阻隔与拖延。一方面，我们视当下作家作品为"无物",拒绝对其进行"经典化"的工作,另一方面又以早就完全"经典化"了的大师和经典来作为贬低当下泥沙俱下的文学现实的依据。这种不在同一个层面上的比较,不仅毫无意义,而且只能使得文学评价上的不公正以及各种偏激的怪论愈演愈烈。

其实,说中国当代文学如何不堪或如何优秀都没有说服力。关键是要进行"经典化"的工作,只有"经典化"的工作完成了才有可能比较客观地对当代的作家作品形成文学史的判断。对当代的"经典化"不是对过往经典、大师的否定,也不是对当代文学唱赞歌,而是要建立一个既立足文学史又与时俱进并与当代文学发展同步的认识评价体系和筛选体系。当然,我们也要承认,"经典化"问题是一个非常复杂的问题,并不是凭热情和冲动一下子就能完成的,但我们至少应该完成认识论上的"转变"并真正启动这样一个"过程"。

现在媒体上流行一些对于中国当代文学经典化冷嘲热讽的稀奇古怪的言论,其核心一是否定中国当代文学有经典、有大师,其二是否定批评界、学术界有关"经典化"的主张,认为在一个无经典的时代,"经典"是怎么"化"也"化"不出来的,"经典化"是一个实实在在的"伪命题"。其实,对于文学,每个人有不同的判断、不同的理解这很正常,每一种观点也都值得尊重。但是,在"经典"和"经典化"这个问题上,我却不能不说,上述观点存在对"经典"和"经典化"的双重误解,因而具有严重的误导性和危害性。

首先,就"经典"而言,否定中国当代文学早就不是什么新鲜事,对当代文学的虚无主义态度在很多人那里早已根深蒂固。我不想争论这背后的是与非,也不想分析这种观点背后的社会基础与人性基础。我只想指出,这种观点单从学理层面上看就已陷入了三个巨大误区:

第一个误区,是对经典的神圣化和神秘化的误区。很多人把经典想象为一个绝对的、神圣的、遥远的文学存在,觉得文学经典就是一个绝对的、乌托邦化的、十全十美的、所有人都喜欢的东西。这其实是为了阻隔当代文学和"经典"这个词发生关系。因为经典既然是绝对的、神圣的、乌托邦的、十全十美的,那我们今天哪一部作品会有这样的特性呢?如果回顾一下人类文学史,有这样特性的作品好像也没有。事实上,没有一部作品可以十全十美,也没有一部作品能让所有人喜欢。在这个问题上,我们应该明确的是,"经典"不是十全十美、无可挑剔的代名词,在人类文学史上似乎并不存在毫无缺点并能被任何人所认同的"经典"。因此,对每一个时代来说,"经典"并不是指那些高不可攀的神圣的、神秘的存在,只不过是那些比较优秀、能被比较多的人喜爱的作品而已。从这个意义上说,当今中国文坛谈论"经典"时那种神圣化、莫测高深的乌托邦姿态,不过是遮蔽和否定当代文学的一种不自觉的方式,他们假定了一种遥远、神秘、绝对、完美的"经典形象",并以对此一本正经的信仰、崇拜和无限拔高,建立了一整套关于中国当代文学的伦理话语体系与道德话语体系,从而充满正义感地宣判着中国当代文学的死刑。

  第二个误区,是经典会自动呈现的误区。很多人会说,是金子总是会发光的。但对文学来说,文学经典的产生有着特殊性,即,它不是一个"标签",它一定是在阅读的意义上才会产生意义和价值的,也只有在阅读的意义上才能够实现价值,没有被阅读的作品没有被发现的作品就没有价值,就不会发光。而且经典的价值本身也不是固定不变的。如果一个作品的价值一开始就是固定不变的,那这个作品的价值就一定是有限的。经典一定会在不同的时代面对不同的读者呈现出完全不同的价值。这也是所谓文学永恒性的来源。也就是说,文学的永恒性不是指它的某一个意义、某一个价值的永恒,而是指它具有意义、价值的永恒再生性,它可以不断地延伸价值,可以不断地被创造、不断地被发现,这才是经典价值的根本。所以说,经典不但不会自动呈现,而且一定要在读者的阅读或者阐释、评价中才会呈现其价值。

第三个误区，是经典命名权的误区。很多人把经典的命名视为一种特殊权力。这有两个层面的问题：一，是现代人还是后代人具有命名权；二，是权威还是普通人具有命名权。说一个时代的作品是经典，是当代人说了算还是后代人说了算？从理论上来说当然是后代人说了算。我们宁愿把一切交给时间。但是，时间本身是不可信的，它不是客观的，是意识形态化的。某种意义上，时间确会消除文学的很多污染包括意识形态的污染，时间会让我们更清楚地看清模糊的、被掩盖的真相，但是时间同时也会使文学的现场感和鲜活性受到磨损与侵蚀，甚至时间本身也难逃意识形态的污染。此外，如果把一切交给时间，还有一个前提，那就是对后代的读者要有足够的信任，要相信他们能够完成对我们这个时代文学的经典化使命。但我们对后代的读者，其实是没有信心的。我们今天已经陷入了严重的阅读危机，我们怎么能寄希望后代人有更大的阅读热情呢？幻想后代的人用考古的方式对我们这个时代的文学进行经典命名，这现实吗？我不相信后人对我们身处时代"考古"式的阐释会比我们亲历的"经验"更可靠，也不相信，后人对我们身处时代文学的理解会比我们亲历者更准确。我觉得，一部被后代命名为"经典"的作品，在它所处的时代也一定会是被认可为"经典"的作品，我不相信，在当代默默无闻的作品在后代会被"考古"挖掘为"经典"。也许有人会举张爱玲、钱钟书、沈从文的例子，但我要说的是，他们的文学价值早在他们生活的时代就已被认可了，只不过很长时间由于意识形态的原因我们的文学史不谈及他们罢了。此外，在经典命名的问题上，我们还要回答的是当代作家究竟为谁写作的问题。当代作家是为同代人写作还是为后代人写作？幻想同代人不阅读、不接受的作品后代人会接受，这本身就是非常乌托邦的。更何况，当代作家所表现的经验以及对世界的认识，是当代人更能理解还是后代人更能理解？当然是当代人更能理解当代作家所表达的生活和经验，更能够产生共鸣。因此，从这个角度来说，当代人对一个时代经典的命名显然比后代人更重要。第二个层面,就是普通人、普通读者和权威的关系。理论上,我们都相信文学权威对一个时代文学经典命名的重要性,权威当然更有价值。但我们又不能够迷信文学权威。如果把一个时代文学经典的命名权仅仅交给几个权威,那也是非常危险的。这个危险表现在什么地方呢?就是几个人的错误会放大为整个时代的错误,几个人的偏见会放大为整个时代的偏见。我们有很多这样的文学史教训。在这个问题上,我们既要相信权威又不能迷信权威,我们要追求文学经典评价的民主化、民主性。对一个时代文学的判断应该是全体阅读者共同参与的民主化的过程,各种文学声音都应该能够有效地发出。这个时代的文学阅读,最理想的状态应该是一种互补性的阅读。为什么叫"互补性的阅读"?因为一个批评家再敬业,再劳动模范,一个人也读不过来所有的作品。举个例子:现在我们一年有5000部以上的长篇小说,一个批评家如果很敬业,每天在家读二十四小时,他能读多少部?一天读一部,一年也只能读三百部。但他一个人读不完,不等于我们整个时代的读者都读不完。这就需要互补性阅读。所有的读者互补性地读完所有作品。在所有作品都被阅读过的情况下,所有的声音都能发出来的情况下,各种声音的碰撞、妥协、对话,就会形成对这个时代文学比较客观、科学的判断。因此,文学的经典不是由某一个"权威"命名的,而是由一个时代所有的阅读者共同命名的,可以说,每一个阅读者都是一个命名者,他都有对经典进行命名的使命、责任和"权力"。而作为一个文学研究者或一个文学出版者,参与当代文学的进程,参与当代文学经典的筛选、淘洗和确立过程,更是一种义不容辞的责任和使命。说到底,"经典"是主观的,"经典"的确立是一个持续不断的"过程","经典"的价值是逐步呈现的,对于一部经典作品来说,它的当代认可、当代评价是不可或缺的。尽管这种认可和评价也许有偏颇,但是没有这种认可和评价,它就无法从浩如烟海的文本世界中突围而出,它就会永久地被埋没。从这个意义上说,在当代任何一部能够被阅读、谈论的文本都是幸运的，这是它变成"经典"的必要洗礼和必然路径。

总之，我们所提倡的"经典化"不是要简单地呈现一种结果，不是要简单地对一个时代的文学作品排座次，不是要武断地指出某部作品是"经典"，某部作品不是"经典"，不是要颁发一个"谁是经典"的荣誉证书，而是要进入一个发现文学价值、感受文学价值、呈现文学价值的过程。所谓"经典化"的"化"实际上就是文学价值影响人的精神生活的过程，就是通过文学阅读发现和呈现文学价值的过程。可以说，文学的经典化过程，既是一个历史化的过程，更是一个当代化的过程。文学的经典化时时刻刻都在进行着，它需要当代人的积极参与和实践。因此，哪怕你是一个对当代文学的虚无主义者，你可以不承认当代文学有经典，但只要你还承认有文学，你还需要和相信文学，还承认当代文学对人的精神生活具有影响力，你就不应该否定当代文学经典化的重要性。没有这个"经典化"，当代文学就不会进入和影响当代人的生活，就失去了存在的意义。每一个人，哪怕你是权威，你也不能以自己的好恶剥夺他人阅读文学和享受文学的权利。

从这个意义上说，当代文学的经典化当然是一个真命题而不是一个伪命题。在一个资讯泛滥的时代，给读者以经典的指引是文学界、出版界共同的责任，而这也是我们编辑出版这套书的意义所在。

最后，感谢张明和张英先生为本套书付出的辛劳，感谢北京立丰天文化传播有限公司、北京金圣典文化有限公司的资金支持，感谢全体编委和北京联合出版公司各位编辑，感谢所有对本套丛书的出版给予大力支持的作家和他们的家人。

是为序。

吴义勤

2022年冬于北京

目 录
Contents

午夜广场最后的探戈____1

厨　房____21

狗日的足球____41

鸟　粪____62

先　锋____74

遭遇爱情____131

年轻的朋友来相会____146

早安，北京____207

通天河____235

午夜广场最后的探戈

1

广场上的地灯惨白，贼亮，是那种一排四个灯头的钨碘灯，在离地一尺左右的高度，从草丛中探出头来，与地面成30度角，分别从几个不同方向昂头向上探照。灯光准确地捉住了她不停旋转的两条白腿——那两条腿，除了明晃晃的白，也说不出太多的什么来，勉强可以说得上是纤细，匀称。

当然，还比较长。超过了北京女人通常的腿长高度。贴在大腿根儿部位吊着的几缕碎布，随着身体的摆动起伏荡漾，仿佛多年老店打出的陈酿幌子。那却是一条时兴的劲爆天鹅裙，超短，飘逸，人一转起来，裙子下摆"沙拉""沙拉"绽开，一闪，一闪，闪出了两条修长的白腿；又一闪，一闪，闪出了里边平角螺纹镶有蕾丝花边的真丝底裤。一条猩红色的真丝底裤。不是火红、殷红，也不是橘红，是猩红，故意与绿底白花的裙子颜色戗着茬儿，猩出一股狠歹歹的情色。

周围一群看热闹的民工受不住了，简直看得要喷鼻血。他们或蹲或坐在广场边草地和水泥地上，大张嘴巴，喘着粗气，一只只冒火的眼睛，直勾勾瞄在她的裙底，随着她不断变换的身形，打出一道道血红炽烈的追光。

群众却对此嗤之以鼻。群众就是那些穿着松松垮垮的大背心、大裤衩前来跳舞的正派居民。他们三三两两，搂搂抱抱，踢踢踏踏，懒散挪动着脚底下的"北京平四"舞步，眼光乜斜，态度倨傲地瞟向他们俩——她和他，那对妖冶俗艳跳舞的陌生人。众人把身体的距离拉得与他俩远远的，似乎成心让他俩在明晃晃的灯光下单独现眼出洋相。

他们对此却浑然不觉，或者是根本不在乎。他们是故意用身体来找灯光的，故意让自己的双腿全身暴露在明晃晃的光照下。那个女的依旧转，飞快转。其实也不怎么快，只是紧赶慢赶倒腾着双脚在旋转，尽可能通过旋转的力量将裙裾更多地张开。她的舞伴，那个永远穿着黑色紧身衣裤的男人，干练，精瘦，浑身哪儿哪儿都绷得紧紧的，殷勤环绕她的裙裾伸手抬腿、扭胯耸腰。从后面看，男的简直是要屁股有屁股，要腿有腿，像是个专业舞蹈演员，他的拉丁舞姿也很标准，耸、抖、贴、揉，动作跨度大，每个细节都做得很到位。但是，离近了瞧，却会发现，他脸上的皱纹已经不少了，看样子总归也要有个四五十岁。

女的呢？女的看上去也不小了。虽然她忙着在灯光明亮处掀动自己雪白的两条长腿，暗夜的灯火却并没有给她添彩，反倒把她三四十岁肌肉的无情下泄无情暴露，好像是靠透明丝袜才勉强把腿上松下来的赘肉勒住——不对，她几乎是没穿袜子的，是的，裸着腿，光脚，穿着一双肉色的圆口拉带皮鞋，是半高跟，比起真正的国标舞蹈鞋还差有一两寸的高度。跳舞的水平也就是个大众拉丁舞蹈培训班肄业。

可这又有什么关系呢？女人就是靠一条劲爆天鹅裙、两条大白腿、猩红色底裤的春光乍泄，就花枝招展地把众人目光勾住，就成了广场上的绝对女主角。男的，当然也就跟着沾光，成了广场上的第一男陪舞。

2

广场是城市中老年闲人的集散地。年轻人当然不屑于来这里，他们的休闲娱乐场所是酒吧、迪厅、量贩式卡拉 OK 歌厅。那里喧闹、昂贵，要价不菲。有钱有势的中年人，休闲寻欢也自有按摩桑拿洗脚屋，或者郊区的温泉度假酒店，谁能平白无故跑到这廉价没有成本的露天广场？只有这些上了岁数的城市低收入阶层，才会成天到晚泡在广场这种开放式的空间，耗在这里晨练、打牌、跳舞、遛狗、遛弯，消磨时光和宣泄欲望。

别的就不说了，单说夜晚的广场舞吧。每天都是从晚八点准时开始的。每晚八点，非常准时，看完中央一台的《新闻联播》和《焦点访谈》（北京人喜欢关心时政，这两个节目几乎每家必看），拾掇好了饭桌，关好电视机，然后就掐着表，匆匆出门，直奔广场中心地段灯光明亮处而去。那里，激动人心的音乐已经响起来了！

小区物业管理处派设了专门人员负责拉电线、放舞曲。管理处的那个秃头男人每天都会早早地骑自行车赶过来，到达人们跳舞的广场中心地带。这里有十六根气势宏伟的高大巴洛克式廊柱，它的上边顶着几个绿色大气包，很像俄罗斯东正教堂的圆顶，但其实不是，只是一种没有用的装饰。一群群白色灰色羽毛的鸽子在里边出出进进，洒下一片一片的鸽子屎。廊柱旁边,是能够同时容纳一千多人翩翩起舞的巨大空场。白天,鸽子们在这块场地里练脚,觅食,到了晚上,这儿就成了中老年人类男女双双暧昧牵手、贴身贴肉、活动筋骨的娱乐场所。

秃头管理员每次都要从旁边一个值班的小屋里牵出电源接线板,然后将插座连接到一个老式收录机上。那本是广场养鸽人值班的屋子。每天晚上,鸽子们回笼以后,养鸽人都会用清水将广场水泥地面的鸽粪清洗得干干净净。被水滋润过的地面总是散发着某种动人的气息。

是啊,这里虽说是城北"经济适用房"地区,这是北京近年来城市建设中涌起的一个新名词,说白了也就是城市贫民区,但是它的小区环境建设相对也并不很落后。它留出了能盖十栋楼那么大的面积建设出了一个巨型广场,取名叫它"街心花园"。它有方圆,有纵深,有层叠起伏。那些颇似看台的一级一级的水泥石头砌起的花坛、水榭,在冬季枯干的时候,变得斑驳,沧桑,很像古罗马的斗兽场。乍一看去,视觉上显得非常震撼。西边转角处砌起几个红色小尖顶的鸽子窝,窝的背面镶嵌着意大利铁艺花窗。广场东边错落有致的喷泉、水池、雕像,完全采用古希腊风格。那个狩猎女神的水泥雕像上,常被鸽子给屙一身的屎。鸽子也不知为什么,特别喜欢站在雕像的头顶上排泄。

种种堆砌到一处的异国风情,气势恢弘,铺排讲究,同时也是杂花生树,不伦不类。初来乍到到这个广场的人,都止不住笑说:这是到了世界上的哪儿啦?这儿除了不像中国,说它是外国的哪儿都成。

后来人们才知道,这片小区,是由黑龙江的开发商建造的。他们把黑龙江老毛子的建筑风格原封不动带到北京来啦!

怪不得呢!人们啧啧称赞。干脆,他们把北京的穷人区都建成黑龙江、都建成苏联得了!住在这儿都跟待在哈尔滨似的。

再说那个负责放乐曲的物业管理员。他把那个老式的仿佛当年黑白电视机那么大的收录机，放到廊柱脚下贴边不碍事的地方，然后从放满盒式录音带的大书包里掏出一盘曲子，塞进录音机里插好，准备迎接跳舞人众到来。世界早都进入数码时代了，他还在用卡式盒带播放音乐！想想，不愧是城市贫民区啊！落后得跟什么似的。曲子也是中老年人们所熟悉的，从郭兰英、王昆的老歌，到邓丽君、费翔、毛阿敏的演唱，应有尽有。不需要什么专业舞曲，只要能成调子的乐音便能就乎着舞动。

但有一点，这里边绝对没有什么孙燕姿、周杰伦、刀郎、刘若英的歌，就连王菲、孙楠、那英都没有。他们的记忆，通通都留在了上个世纪八九十年代，或者是五六十年代，苏联俄罗斯歌曲盛行的那个年代。新人新曲他们就乎不上，不熟悉，听不惯，踩不上点。

晚八点钟，只要音乐一起，人们就会自动从四面八方聚拢过来，各自寻上自己的搭子，跃跃欲试着上场。

多么好啊！夏天的夜晚，月光明朗，大地浩瀚。微风吹来，天地间一派宁静安详。广场上那些冬青、雪松、苜蓿、蔷薇、紫荆、垂柳、洋槐，接足了地气，在夜晚偷偷地铆足了劲竞赛飘香。物种繁殖很快，不到两年工夫，就已经把街心花园广场点缀得芳草萋萋，杨柳依依。据说这方广场下边原来是个垃圾场，土质十分肥沃。这里的地下水也比较适合于灌溉农田。

前来跳舞的，基本上都是住在小区附近的人们。他们穿着一点也不讲究，动作也很随意。男的穿着大背心大裤衩，有的人甚至还趿着拖鞋，跟出入菜市场没多大区别。女的也不打扮，素面朝天，肥大的衣服里边连个胸罩也不戴，一派家庭妇女习气。说是在跳舞，倒不如说是在走步，只不过是变成双人走的形式。有的是男女搭配，有的是两个女的搂在一起。（倒是从没有看见两个男的搂在一起的。）他们的手和手有意无意搭扣摩挲，脚和脚踢踢拖拖挪动磨蹭，激流情欲在暗中涌动，脸上却是一副见男不是男、见女不是女的平板表情。瞅那一个个莫衷一是的样子，简直就跟从前参加扭大秧歌、打太极拳、打鸡血、喝红茶菌一般，免费集体性群众运动，不干白不干，去晚了就没份。

鸽子在头顶咕咕叫。狗狗在脚下汪汪蹿。夜幕下的大都会，劳动人民的寻欢作乐，兴致盎然，单调如水，经久不衰。

3

突然，有一天，广场上出现这么一对妖艳男女，把原本宁静气氛给惊扰、打破了。两人浓烈的表演作秀气息，逼得人喘不过气来。灯光下一大片最光滑、脚感最好的位置被他们占据，整个广场上的风头也被他们两个抢去。人们虽然还在随音乐做着跳舞的动作，心思，却全然不在自己的舞步上，全被广场中央这一对给搅散了。

哪儿来的，他们？不知道。干什么的？两人什么关系？干吗要穿成那副德行、跳成那副样子？不知道。统统都不知道。想不明白。也不过是夜晚纳凉休闲的群众性广场舞罢了，有什么必要穿得那么正规风骚？那个女的，那叫个什么玩意？大庭广众之下，三四十岁的人还在裸肩露背，下腰踢腿，透着寒碜，透着惨烈，透着人生最后一搏的老不要脸。那个男的，扭着大屁股，腰胯甩得像抽了筋似的。又不是电视里的交谊舞比赛，并没有镜头对准照你，扭那么欢实干什么？

尤其是那女人的旋转，完全是无谓的，没必要，多余。她好像特别喜欢做旋转动作，那种无谓的旋转，比方说，录音机里唱到"真的好想你啊，你在我的睡梦里"，好像是一个军人妻子思夫的歌儿，唱到这个旋律的时候，有必要接连转上五个圈，旋转360度乘以5等于1800度吗？或者，"一九七九年，那是一个春天，有一位老人，在中国的南海边画了一个圈"，她就真的原地画起圈来，双脚飞快地倒腾，脚跟顶脚尖，把自己身体使劲顶起来转，转得像个没头没脑的陀螺。

尤其是，每当旋转，她的裙裾都就势张开，完全无遮挡的，面对着那些仰视的面孔张开，与其说是毫无防范，不如说是毫无羞耻。

——那些仰视的面孔，是小区里那些干活的民工。那些脏兮兮蓬头垢面的民工们真是聪明，他们选取了很妙的角度，一律坐在地上，都跟草丛中探出的地灯的高度相一致，正好是从下往上窥视的距离。他们是如此安静、乖顺，自动地、整齐有序地坐在水泥地上，忘记了蚊虫的叮咬，忘记了潮湿的沁浸，简直物我两忘，甚至屏气凝神，就等着她旋转那个时刻的到来——像孔雀开屏一样。

他们并不知道雌孔雀不开屏，开的，都是雄的。每当那猩红底裤一露面，他们的脑袋就"嗡——"的一声，血直往上涌，嘴也合不上，口角微微露出些涎水，看得直愣愣，一动也不动。

这种免费观看的底裤，比起其他娱乐活动，比如说去旁边的地下录像厅看非法黄色录像，或者去哪家隐秘的洗脚屋找小姐，更诱人，更魅惑，更安全，更自由。更引人入胜，更想入非非。

她的旋转，就是为了亮出底裤来对民工展览吗？群众想。看来暴露狂和窥阴癖最可以互相心照不宣。群众不由得对民工和他俩同时嗤之以鼻。

群众悉心观察打量过，这两个身份不明的人，好像不是两口子。

每天晚上，人们都看见他们分别骑自行车过来，女的从一个方向，男的从另一个方向，骑到这里以后会合。两人把车子停靠在廊柱旁边。女人骑的是26车，男人也是26车。都很旧。车筐里有水，瓶装矿泉水，还有擦脸毛巾。他们都是在家里穿戴披挂好了才来，不是到了这里登台前现换的。

很难想象，穿着一身劲爆天鹅裙的女人，是怎样骑着辆半旧不新的26自行车，一路招摇着赶来。也很难想象，穿一身紧身跳舞演出服的男人，又是怎样将丰厚绷紧的臀，压在生锈登硬的自行车皮鞍座上，一路迤逦而行。他们的自行车旁边，就是一个公共昼夜停车场，那里奔驰、宝马、陆虎等好车应有尽有。他们的自行车大大方方地泊靠在它们旁边，没有丝毫自卑的表现，车头车尾，双双倚靠着，亲密无间，心安理得，怡然自乐。

现在，这会儿，华灯初上，夜晚的幕布拉开。乐声响起。他们先在广场中央立定，亮相，男女手臂上扬，身体拉出一个架势，完全是正规表演前的模样，一上场就先声夺人。不像别的跳舞男女，哈着腰，驼着背，男的揪住女的，脚底一出溜，互相薅着衣襟就滑进场地中央去了。这对男女，做完亮相定格，就蓦地挥臂耸腰，爆发力很强地动作起来，肢体幅度很大。只要一动起来，就完全不管不顾，即刻进入状态，就仿佛这世界上只剩下他们两个人。仿佛，他们就是这露天广场上的王子和公主。不，不，也许应该说是皇帝和皇后。除了舞蹈，他们好像什么也看不见，什么也听不见。周围人的冷眼，民工的窥阴，他们好像统统都看不见听不见。他们完全沉浸在自己的舞蹈世界中。

他们在自己的舞蹈里睥睨世人，笑傲众生，自给自足，相互挑逗，在卑微中起舞，在自信中亢奋。他们的低语没人能听得见。他们的对视没人能瞧得清。实际上，他们既很少低语也绝少对视，他们互相只用身体进行交谈。他是她身体的实际操纵者，他的手指像点穴，点哪儿哪开。旋转时，他的左手轻轻一推，右手高高擎起——她就乖乖转过身去，让身体打旋。双方身体的接触点，现在只是她握住他的一根手指，而不是全部手掌——以他的手指为轴，开屏旋转，这样她在晕眩之中的旋转方向才不至于太过偏离。

他的手指，她的手指，半含半握，半紧半松，隐秘暧昧。胶着粘离。现在，说话成为多余，舞蹈就是他们的交欢语言。他们把臀耸得更厉害了，他们把胯扭得更邪乎。跳到《蓝色多瑙河》里的快拍时，男人箍着女人的腰疯狂旋转，周围灯光唰唰连成一片，简直不知今夕何夕，今年何年。一瞬间他们就仿佛有了凌波之姿，有了凌空之势，双双堕入美妙的晕眩。

他们的个子差不多一般高，所以，他腰以下的支点，只能顶到她肉乎乎的小腹（肉乎乎，这就是非专业舞蹈演员的体质特点。）她觉出了他的摩擦和崛起，兀自脸红，没有闪避，而是亢奋，动作更加隐蔽，俯仰离合皆是欲。

他们明修栈道，暗度陈仓。

他们在公开的半明半暗的交欢中，把舞蹈进行到底。

4

习惯是一种巨大的力量。几次过后，周围旁观的群众也就习惯了。除了抢风头以外，这对男女并没有妨碍到谁，倒是招来的看客越来越多，攒足了夜晚广场上的人气。每晚，只要他俩一来，广场上的兴奋度就能饱和。民工越聚越多，管音响的秃头物业管理人员，也愈发敬业起来，甚至悉心搜索来好多专业舞曲带子，让广场上的舞步变得丰富又复杂。

一种莫名的兴奋，在广场四周围荡漾。每晚八点，人们都急切盼望着这一时刻。同时，也自觉不自觉地盼着他们俩，像盼着明星出场。渐渐，人们习惯了他们的华服，适应了他们的舞姿，甚至，在他俩的舞姿里，恍惚还看见了维也纳新年音乐会上的舞蹈演出，看见了电视里的国标舞蹈大赛的表演。那些表演太华贵，太遥远，人们根本没有眼福观看。好了，现在，有了他们，把舞蹈的真人秀送到了自己面前。

人们也不得不承认，俩人的舞姿确实比别人跳得好，是专门练过的。那个男的，据谁说是好像在电视里看过，是哪个国标舞大赛的评委。对于两人关系的最新猜测，说是最有可能是舞蹈教练和他的学员，就是那种北京市面上最近兴起的业余交谊舞拉丁舞培训班。男的，当然是教练，女的，一看就是业余学员，腿上没有肌肉，脚背线条也不够高，跳舞的难度系数也不大，也就是个中偏上水平，但是还蛮灵巧，矫健，有悟性，身手不凡。另外她皮肤的白劲儿可真让人羡慕，白花花的，简直像奶油雪糕。还有那一把小腰条，那个岁数还能保持苗条，真不容易。至于说内裤嘛，看惯了，也不觉得扎眼。甚至，人们觉得，绿色劲爆天鹅裙，原本就应该配猩红色底裤。

人们有时也不免偷偷跟他们学两招。不光滑动简单的"北京平四"，偶尔试着比划来一两下阿根廷探戈。难度很大。确实不好探，脖子快速扭动时容易抽筋，踢腿时，稍微扬得高一点，就能听到膝关节"嘎巴"一声。人们就心里感喟：不是所有中老年人类，都能招架得住探戈——那种在娘们儿身上做文章的玩意儿。人们有点服了，暗自佩服，渐渐不再疏离，跳着跳着，会向中心靠拢，主动接近他们。

他俩似无感觉，只在他们自己有限的活动半径内专注地跳着。慢三慢四、国标、伦巴、桑巴、爵士、恰恰、摇摆、阿根廷探戈……舞蹈越来越复杂。广场成了他们公开炫技的场地。他们身体趋近，摩肩擦背，大规模摇臀，狂野而暧昧。他们在不易被人察觉的视线和角度里，触摸，沉浸，飘逸，投入，亢奋，自如。他们在群众赞扬称羡的目光里，愈发飞扬，燃烧，娴熟，默契，旁若无人，探囊取物。

他们欲望喷薄而出。肉体水到渠成。

夜风沙沙。这是一道不见光的风景。这是一片见光死的奇观。它陪伴人们熬过盛夏，驱走溽热。

5

忽然地，他们就不来了。失踪了。不见了。在农历七夕那天，他们突然双双失踪。

广场上跳舞的人们就像被闪了一下，很费解，很不习惯，仿佛一下子失去了什么，但也不知道究竟失去的是什么。来的人见广场中央空空落落，不免都是一副惘然若失的样子。

要说这一年的农历七夕也过得怪，早早的，报纸上就铺天盖地地造势炒新闻，说什么有政协委员呼吁，要把农历七夕打造成中国式情人节。消息层层下达，还要在群众中举行民意测验。小区物业还挺当回事，发送问卷让每户居民填写。居民们就笑，说：真逗，还情人节呢！七月七牛郎织女鹊桥相会，人家那是两口子的事儿。什么情人？

咱中国有几对情人？难道鼓励我们都去找情人不成？

他们就怀疑那些什么什么代表是商家的托儿，比方说卖玫瑰的、卖情侣表、卖钻戒的商家，事先给了委员们什么好处，托他们来提交这项提案的。"我们举双脚赞成"，他们调侃着说。

情人不情人的先不说，广场上那一对男女从场地上消失了，却是事实。他们不打一声招呼就消失了。他们的不告而别，就如同他们的不请自来，实在是显得没有道理。舞场一下子变得晦暗，没有人气。人们无精打采，唉声叹气，脚底下的步子又变成懒散拖沓，仿佛又恢复了以前疲沓倦怠的老秩序。

可是，经过破坏后的老秩序，还能再恢复成原样吗？

人们无从抱怨，也无从诉说。因为他们不能明确说出这舞场上失落的究竟是什么。就连看热闹的民工也不来了。那些脸色黝黑、头发长草的小区民工们，哈欠连天，望了几眼场上磨蹭着脚步的肥衣肥裤的大爷大妈，就都无精打采怏怏悻悻地纷纷离去。等待他们的，将又是漫漫长夜录像厅的闷热和工棚里的寂寞。

那个秃头管理员播放舞曲的热情也锐减。许多时候，他索性连舞曲也不放，改放小电影，诸如防艾滋病宣传片，纪念抗战胜利60周年打仗片等等。一块发黄的、颤抖的银幕挂在廊柱之间，黑压压的人群摇着大蒲扇，挤在正面和反面有一搭无一搭地观看。这情景仿佛一下子让时光倒流，回到了贫穷落后的上个世纪六七十年代。银幕上不清晰的影像，草丛中飞来撞去仓惶的蚊虫，都让人们显得颇不耐烦。这热天儿，只要不动起来，中老年人类绵甜的血液，肯定要成为蚊虫可口的牙祭。

就在那对男女离去的那段时间，也曾有人试图挺身而出替代他们的角色，霸占他们的位置。然而，没用。所有的努力全都失效。比方说，那个看起来十分年轻的大眼睛女子，化着很酷的浓妆，穿三寸高的高跟鞋，上身一个小吊带背心，下身一件艳粉色大褶喇叭花及膝裙，粉墨登场，招摇出现。不断有男人请她跳舞，她就挽上他们翩翩跶跶，莺莺燕燕，翻转飞腾在钨碘灯下。她也学着从前那个女人的样子，没事儿就转、无谓的旋转，转得天昏地暗，也让裙摆"扑喇喇"张开，起伏有致，亮出两条银光闪闪的玉腿，青春长腿，以及底裤，纯白色的三角内裤。

她跳得很好，很不错，无论被哪个男人上手，她都能跟对方配合很熟练，很协调，很风情。她的那个裙摆也很扑喇喇，她的那个底裤也忽悠悠，她的那种艳粉色的裙裾在灯光下也极其耀眼刺目。

可是，不行，怎么跳，都没有那个劲儿。无论她怎么风骚，搔首弄姿，娇柔做态，却都不是那么回事。哪么回事？人们说不清。民工们说不清。但是他们心知肚明。他们已经认同和默许了从前那一对男女的舞蹈风格——一对一的固定舞伴，一对一的虚拟交欢，一对一的风骚、激情、浪漫、璀璨，一对一的红雨翻腾、秋波暗转，一对一的回光返照、姣妍与妖艳。

他们只是一对一的彼此彼此。跟别人，跟任何一个他者，都没有关联。

一对一，可能是最美、最让人艳羡、最遭人嫉妒、最惹人联想的人类情感。谁都可以上手的，那是婊子，毫不值钱。民工们虽然不懂，他们嘴里说不出来，但是他们在心中已经颇有领会。在经历过那对男女之后，他们心里已经有了关于风骚的范本模式。他们的胃口已经被固定，吊高。别人，谁来，再怎么着，他们也不认。

6

那对男女的失踪,大概也就是两个星期之久。两个星期,够长的了。北方的夏天,转瞬即逝,总共也才有多长啊?

当他们又重新露头的时候,众人的精气神儿全都"陡"地往上一提——舞场上,确实太需要明星了!无论多么大的场子,大到国家,小到广场,都需要个别领军领袖式的人物,用他们的个人魅力和感召力,用他们的激情和热度,感染照亮芸芸众生。

民工们兴致勃勃,重新回到广场边的水泥地草丛旁,重新将身形降低到跟地灯一般高矮,重新目光齐刷刷、热辣辣,等待着熟稔的底裤模式重新上演。寂寞已久的群众也在热切以盼。他们自觉自动地把那块地方让出来,那块最最光滑的水泥地面、那个最最亮堂的舞台中心,自觉自动腾让出来,等待他们心目中的明星重新登场。

他们来了。他们重新登场。他们举手投足、他们踢腿下腰……怎么,他们的举手投足、他们的踢腿下腰,怎么看起来跟以前有点不太一样?

虽然他们来了,虽然仍像以前一样地跳着,舞着,然而,分明有什么东西是不对头了。是什么东西?也说不清。反正是觉得哪地方跟从前有点不太一样。

那对男女,外表跟从前毫无二致,女的,还是绿底白花劲爆天鹅裙,男的,仍然是黑色紧身衣,头发也还是用摩丝打理得根根不乱,然而,就是让人觉得两人跟以前不一样。他们虽也在跳舞,肢体的紧张程度，却远不如从前。他们似乎都有点漫不经心，三心二意，充斥着身体密码互相破解后的无限倦怠。女人不再轻盈，男人不再紧绷。女人慵懒怠惰，脚步尽量平移，少了许多旋转。即便偶尔转一下，也是转得勉强，难看，身体滞重，转得难如人意，似乎随时都能绊个跟头。男的手指暗号的推动显得有气无力，腰和屁股懒洋洋的，腰胯耸动马马虎虎，脸面颈部爱甩不甩。他们的身体偶然接触碰撞时，女人一点都不再为之战栗、激动，满脸都是漠然，仿佛无意间触到了一根棒槌。她的不激动、不激励、不唤起，搞得他也发蔫儿，整个人显得没阳气、没精神，无精打采。

他们的身体，像海啸过后疲惫的沙滩，满目疮痍。

尤其是，女人的底裤颜色明显褪色，从那里散发出的气息不再撩拨人心。民工们凭借雄性动物的敏感，从那里似乎嗅到某种真实交欢过后的蹂躏气味。

才仅仅半个月，怎么就有如此大的变化？半个月里，都发生过什么？下过两场雨。刮过一场未遂的名叫"麦莎"的台风。台风贴着陆地的边缘行走，很快拐到渤海湾附近的大连海边去肆虐，只是象征性地在身后给都市遗下几场小雨。雨过天晴，地上的蒿草又猛然窜出一尺来高。割草机在嗡嗡嗡嗡勤快地工作，阵阵香气从广场四周围袭来。青草的香味一成不变。可是，下过雨跟没下雨的季候，总归也是物是人非的感觉。

难道人的感觉会变得这么快吗？仅仅才半个月而已。半个月。却已经是汗湿溻透了脊背。半个月前的衣服被盛夏的汗水浸得已难再穿，勉强穿出来，也已是没款没形，漂白发皱，透着穷酸寒碜。半个月前的人们已经被连日来的闷湿浸得浮肿虚胖，微微发酵出一丝丝苦夏的蠢相。

半个月以后的舞仍同半个月以前一般跳着。只是不咸不淡。男人和女人，似乎有点无奈，又似乎在等待。在消磨中等待、虚耗，在虚耗中等待、消磨，似乎不知该如何完结。看得出，他们的身体已成强弩之末。每一次都像是惆惶的告别。第二天，却又来了，勉强的移动腿脚。观众们，似乎也看出了几许苗头，却又很快习惯了这种勉强。人活世上，不总能随心所欲、率性起舞，早晚有一天都要堕入半死不活的勉强。不管怎么说，只要他们还在，仍旧照常到广场来，便是好的。

　　所不同的是，现在人们已经消除了畏惧，也失去了崇拜，已经勇于跟这男女俩一同舞动在广场中央。人们也已经仿照他们的样子，把复杂舞步学会了不少。现在，失去了激情的他俩已经不再是广场中心的绝对主角。

7

　　一晃，已经进入秋天了，到了这个城市最美的季节。从西南边刮来的秋风把城市的天空托举得很高，很高，树上每一片叶子都在阳光下油光闪亮，一片耀眼的怡爽。微风夜寒，广场跳舞的人们已经穿上了薄呢裙和厚外套。而他们，那一对男女，却还是穿着一成不变的夏装。那一套已经穿了一夏的靓装，在秋天的灯光底下看着怎么那么薄相？不仅仅是薄相，又分明像是命薄、情薄。

　　九月中旬中秋节这天，正赶上一个星期天，小区管理处破例让人们可以在广场上昼夜狂欢，可以跳舞跳到夜里12点。平常，为了防止乐声扰民，物业管理处规定，每天跳到晚10点钟就必须收曲结束。

这一天，按照民俗习惯，注定将是一个群众性的狂欢节日。夜晚广场上聚集的闲人满满当当，来望月的、遛狗的、消食儿的、跳舞的、看热闹的，人声鼎沸，喧声连天。还有一家超市将卖剩的月饼拿到广场人多的地方减价推销。狗狗们欢快地汪汪狂叫，鸽子被惊得扑棱棱地盘旋乱飞。月亮隐进云层，乌云在广场上空愉快地翻卷游动。俗话里说中秋节的月亮是"十五不圆十六圆"，这个道理在北京这个纬度特别能应验。

舞曲还是从八点钟准时开始播放。群众演员首先鱼贯入场。群众一点都不客气，密密挨挨，挤挤擦擦，互相都有点不待见。群众跟群众彼此相像，你我不分，乌压压一群，转不过身，有时难免发生身体碰撞，偶尔，还会发生一些小的口角。跳着跳着，广场上的个别老舞迷就止不住郁闷，眼光不住地往钨碘灯照射的中心方向扫，看看那个劲爆天鹅裙和两条熟悉的大白腿来没来。只要领舞的一来，广场上的人众才能分出三六九等，跳舞的层次档次才能逐级拉开。

可惜，没有。这场浩大的群众狂欢仪式上，群龙无首，一片模糊，简直可以说是没有任何亮点靓腿可言。一个小时过去了，直到9点半钟，那对男女还没有来。老舞棍老舞迷们就止不住失望，心说，难道，他们又要玩失踪？

还好。尽管来得晚，那两个人终于也还是来了，在接近10点钟的时候。群众演员们的热身早已经热得火辣辣的。那两人一来，群众眼前一亮，身体一勃，立刻用舞姿掀起新的波澜。那两个主角也没想到广场今天是这副饱和样子，也受了感染，丝毫没犹豫，一个亮相就扭了进去，毫不谦让地占据了中心位置。女人今天头一次换了一件宝蓝色的舞蹈裙，掐腰，大摆，下面缀满金光闪闪的亮片，一转起来，

17

像裹在金子里飞。众人的眼球简直都要给晃瞎了！那个放舞曲的秃头管理员，本来已经要打瞌睡，忽见他们来，立即如同打了鸡血般，兴奋无比地按下录音机停止键，立马改放难度大的表演性质的舞曲伴奏带。

这是一场多么激动人心宏大集体舞情景啊！天空为幕布，大地成舞台。他们在中央灯光明亮处领跳，周围人一圈圈里三层外三层跟着移动，旋转。就像经过导演事先编排好了似的，他们一来，广场舞的人群立即主次分明，秩序井然。从三步四步缓步交谊舞开始。欲望全落在腿上，心情全收在腰间。随飒飒的秋风起舞，随看不见的明月招摇。随树枝的摇曳、秋虫的低吟逐渐高亢。

今夜晚他们发挥得可真好。轻灵，飘逸，似乎找到了最初的他们自己。他们都有点含情脉脉，还有点魂不守舍。他们时不时深情凝视，好像舞蹈语汇已经不够用，他们必须用彼此对视的眼光来表达。人们的心思也随着他们的舞步激动、明媚、思绪飞升。人们这会儿还不知道，就连他们自己也不知道，这将是他们广场舞蹈生涯的告别演出。

逐渐过渡到快节奏的水兵舞、摇摆、伦巴、桑巴、爵士、探戈。这是他们俩最拿手的，最能炫技的动作。广场上只剩极少部分人能跟上了，偌大的场子几乎又成了他们两人表演的舞台。围观的人群却没有怨言，心甘情愿晾在边上。毕竟，很久没有看见这对男女明星跳得这么敞亮、痛快、酣畅淋漓，即便是站一边看着，心里也舒坦。

最后一曲探戈舞曲响起。女人这时已经完全进入状态，香汗淋漓，身体的每个细胞里都是鼓点，野得有点收不住了。她亢奋地甩头，大规模摆尾摇臀，扭胯贴近。男的情绪也被她挑起，也亢奋得跟踩了电门，浑身每一处关节都在剧烈耸动，完全被舞蹈节奏所控制。他们已经完全物我两忘，一切只在不言之中。女人盆骨夸张耸动，趋前贴近他的小腹，臀部一摇一摇，做着虚拟摩擦。蓦地，她大胆疯狂，也丧心病狂，左脚点地，右脚高举，抬起白花花的大腿，去盘缠住男人的下半身！

这个动作简直突如其来，太狂野了！作为探戈舞蹈中的高难度动作，也只能在电视荧屏里向舞蹈比赛评委们炫技表演，却怎能在大庭广众之下，对广大手无寸铁、毫无抵抗力的老百姓们真人秀呢？

就听广场上的人"嗷——"了一声，然后又急遽安静下来。人们都屏气凝神，瞪大眼睛，盯着他们的下一步动作。

男人也被女人的举动搞得一惊，毫无防备，却还是下意识地伸出手去回应。他的右手在女人的腰后一托，同时左手高举，完成一个接续造型动作。本以为她会马上松开、赶紧下去就完了。谁知女人还不善罢甘休，就势将上身往后一仰，双手一松，左脚跟离地后翘，将全身重量，一下子全留在箍住男人腰的那条大腿上。

怎生得了！怎生得了！毫无默契、毫无准备的男人，不提防会是这样，心里一惊，手一软，没有托住，脚底下也没有站稳，眼见着女人就后仰着倒下去了。是整个背部着地，重重地、结结实实倒在地上。直至倒地，女人缠着他的那条大腿始终都没有松开，一直死死缠着，勾着男人的身体随之倒下，轰然倒下，倒了个正着，结结实实压在她身上。

多尴尬！多丢人！两个大活人，活生生压在一起，倒在广场中心最明亮的地方。还好，男人到底是专业演员出身，有一身好功夫底子，在倒地两秒钟之后，他就"腾"地跳了起来，在众人还没有来得及看仔细的时候，他已经一下子跃起来，假装没事人似的，然后，伸手去拉地上的女人。

女人的立起就显得比较艰难，迟缓。看起来她摔得不轻。她是慢慢站起来的，先是缓缓蜷起双腿，坐起，表情痛楚，龇牙咧嘴。男人用目光朝她示意一下，她就迅速把痛楚表情收回，瞬间就收敛了回去，做出一副平静状。然后，她就着他手臂的力量，很缓、但是很坚定地站了起来。

他们都假装不在意，也没有互相安慰。男人搂着女人的腰，像是从后背托扶着她，慢慢地向停放车子的广场廊柱边走去。众人看见两人走到倚靠在一起的自行车旁，用钥匙开了车子，推上，什么也没说，双双提前退场。

观众们盯着他们撤离现场，无数双眼睛落在他们的背上。他们是一起推着车子往同一个方向走的。女的，好像还一瘸一拐。从他们的背影上，人们看清了，这已是两个多么衰老的身形！他们早已不年轻了。其实他们早就知道这对男女已经不年轻了。不知为什么，当他们在夏季的广场燃起一段青春还阳之火，当沉闷的广场被他们的激情照亮时，众人还是忘记了他们的年龄。

他们渐行渐远。渐行渐远。舞曲也一点点进入到弱声阶段。人们的舞再也跳不下去了，他们有点意兴阑珊。狂欢的人群逐渐散去。午夜的钟声在广场上空响起。这是个水晶鞋变脚丫、美丽公主变回灰姑娘的时刻。月亮终于从云层里探出头来，一层金属般的铜红色清辉瞬间洒满了大地。

2005 年 8 月 16 日于北京以北

厨 房

厨房是一个女人的出发点和停泊地。

瓷器在厨房里优雅闪亮，它们以各种弯曲的弧度和洁白形状，在傍晚的昏暗中闪出细腻的密纹瓷光。墙砖和地板平展无沿，一些美妙的联想映上去之后，顷刻之间又会反射回眸子的幽深之处，湿漉漉的。细长瓶颈的红葡萄酒和黑加仑纯酿，总是不失时机地把人的嘴唇染得通红黳紫，连呼吸也不连贯了。灶上的圆火苗在灯光下扑扑闪闪，透明瓦蓝，炖肉的香气时时扑溢到下面的铁圈上，"哧啦"一声，香气醇厚飘散，升腾出一屋子的白烟儿。莴笋和水芹菜烹炒过后它们会荡漾出满眼的浅绿，紫米粥和苞谷羹又会时时飘溢出一室的黑紫和金黄……

厨房里色香味俱全的一切，无不在悄声记叙着女人一生的漫长。女人并不知道厨房为何生来就属于阴性。她并没有去想。时候到了，她便像从前她的母亲那样，自然而然走进了厨房里。

这个夏天的傍晚，在一阵骤然而至的雷阵雨的突袭过后，燠热和喧嚣全被随风吸附而走。大地逐渐静止了。城市一枚火红的斜阳正从容地在立交桥上燃烧，一层层散漫的红光怡然飘落而下，照耀着一个在厨房里忙碌的叫做枝子的女人。女人优美的身体的轮廓被夕阳镶上了一层金边，从远处望去，很是有些耀眼。女人利手利脚无比快活地忙碌，还不断在切洗烹炸的间隙，抬头向西窗外瞟上一眼。夕阳就仿佛跟她有某种默契，含情脉脉地越过一棵临窗的茂盛玉兰树枝头对她俯首回望。

枝子的目光，也便跟着燃烧在一片红辉之中，润润的，柔柔的。

厨房并不是她自己家里的厨房，而是另一个男人的厨房。女人枝子正处心积虑地，在用她的厨房语言向这个男人表示她的真爱。

一条鳜鱼浑身被横横竖竖切了不少刀后，周身码放好了蒜片、葱丝和姜条，然后放进锅屉里热气腾腾地蒸着。卷心菜和河藕也油亮亮地沾着水珠儿洗好，与沙拉酱一起错落有致码放在盘子里边等待搅拌。水汽正顺着不锈钢盖子的缝隙慢慢地一点点往上溢起来。枝子停下手，幽幽地喘了一口气，转头偷眼向客厅里望了一眼。透过宽大明亮的钢化玻璃厨门，她看见男人松泽正懒散地蜷坐在沙发上，一张报纸遮住了大半个脸。男人的身子、手、脚都长长大大的，T恤的短袖裸露出他筋肉结实的小臂，套在牛仔裤里的两条长腿疏懒地伸着，大腿弯的部分绷得很紧，衬出大腿内侧十分饱满，很有力度——枝子的脸突然莫名其妙地红了，浑身迸过一阵难以自抑的幸福。她赶紧收回自己潮润润的目光，慌慌转回身去放眼观望窗外斜阳。

夕阳巨大的圆轮现在只剩下半个，它正在被树梢和钢筋水泥的建筑物奋力衔住，一口一口激情地往下吞吻。枝子的脸庞转瞬间又被烧红，周身辉映起一阵盲目的幸福。

我爱这个男人。我爱。

枝子在心里这样迷乱地对自己说。在这样说着的时候她的心里充满了羞涩。

枝子是被称作"女强人"的那种已然不惑的女人。爱情到了她这个年纪并不容易那么轻易来临。经过了岁月风尘的磨洗，枝子早年的一颗多愁善感的心，早就像茧子那样硬厚，那样对一切漠然、无动于衷了。多少年过去，一番刻苦的拼搏摔打，早年柔弱、驯顺、缺乏主见、动辄就泪水长流的枝子，如今已经百炼成钢，成为商界远近闻名的一名新秀。

她这棵奇葩，将自己的社会身份和地位向上茂盛的苗苗固定之后，却偏偏不愿在那块烂泥塘里长了，一心一意想要躲回温室里，想要回到被她当初毅然决然抛弃割舍在身后的家。

不知为什么，就是想回到厨房，回到家。

事业成功后的女人，在一个个孤夜难眠的时刻，真是不由自主地常要想家，怀念那个遥远的家中厨房，厨房里一团橘黄色的温暖灯光。

家中的厨房，绝不会像她如今在外面的酒桌应酬那样累，那样虚伪，那样食不甘味。家里的饭桌上没有算计，没有强颜欢笑，没有尔虞吾诈，没有或明或暗、防不掉也躲不开的性骚扰和准性骚扰，更没有讨厌的卡拉OK在耳朵边上聒噪，将人的胃口和视听都野蛮地割据强奸。家里的厨房，宁静而温馨。每到黄昏时分，厨房里就会有很大的不锈钢精锅咕嘟咕嘟冒出热气，然后是贴心贴肉的一家人聚拢在一起埋头大快朵颐。

能够与亲人围坐吃上一口家里的饭，多么的好！那才是彻底的放松和休息。可她年轻气盛的时候哪儿懂这些？离异而走的日子，她却只有一个简单的念头：她受够了！实在是受够了！她受够了简单乏味的婚姻生活。她受够了家里毫无新意的厨房。她受够了厨房里的一切摆设。那些锅碗瓢盆油盐酱醋全都让她咬牙切齿地憎恨。正是厨房里这些日复一日的无聊琐碎磨灭了她的灵性，耗损了她的才情，让她一个名牌大学毕业的女才子身手不得施展。她走。她得走。说什么她也得走。她绝不甘心做一辈子的灶下婢。无论如何她得冲出家门，她得向那冥想当中的新生活奔跑。

果真她义无反顾，抛雏别夫，逃离围城，走了。

现在她却偏偏又回来了。回来得又是这么主动，这样心甘情愿，这样急躁冒进，毫无顾虑，挺身便进了一个男人的厨房里。

真正叫人匪夷所思。

假如不是当初的出走，那么她还会有今天的想要回来吗？

她并没有想。

此时她只是很想回到厨房。回到一个与人共享的厨房。她是曾经有过婚姻生活、曾经爱和被爱过的人，比较明了单身和已婚的截然不同。一个人的家不能算家，一个人的厨房也不能叫做厨房。爱上一个人，组成一个家，共同拥有一个厨房，这就是她目前的心愿。她愿意一天无数次地悠闲地待在自家的厨房里头，摸摸这，碰碰那，无所事事，随意将厨房里的小摆设碰得叮当乱响。她还愿意将做一顿饭的时间无限地延长，每天要去菜市场挑选最时鲜的蔬菜，回来再将它们的每一片叶子和茎秆儿都认真地洗摘。做每一顿饭之前她都要参照书上的说法，不厌其烦地考虑如何将饭菜营养搭配。慢慢料理这些的时候，她的心情定会像水一样沉稳，绝对不会再以为这是在空耗生命和时间。纤纤素手被洗菜水浸泡得指尖红肿、关节粗大，她也不会再牢骚埋怨。她希望她的心情就那样像水一样，温吞，空泛，温吞、空泛地在厨房里消磨时光，什么外面争斗的事情都不去想。她愿意看见有一两个食客，当然是丈夫和孩子吃着她亲手烧的好菜，连好吃都顾不上说，只顾低头吃得满嘴流油，脑满肠肥。

脑满肠肥？一想到这个词，枝子就不由得偷偷地笑了。

她真的是不想再在外面应酬做事，整天神经绷紧，跟来来往往形形色色的人虚与委蛇。不知为什么，她有些厌倦人。名利场上各色各样的人：卑鄙的、龌龊的、猥琐的、工于心计的、趋利务实的人……看都看得她眼花了。整天地与人打交道也快把她的神经折磨垮了。她想返身逃逸，逃到没有人的地方去。而厨房就是她最后的避难之所。

厨房对她来说从来没像现在这样亲切过。她从来没有像今天这样对厨房充满了深情。

炉上的不锈钢精锅冒出袅袅热气。枝子的想象也随之袅袅。太阳就在她缥缈的想象里一点一点落到树梢下面去，落到她想象的尽头。那个长胳臂长腿的男人松泽看完了报纸，起身抻了一个懒腰，慢慢腾腾挪到厨房里来，再次问枝子需不需要帮什么忙。枝子听到男人满怀关切的问候，赶忙满心欢喜地连连说："不用，不用。"。今天是这个男人松泽的生日，她想独立完成整个操作，让他尽情品尝一番她的烹饪手艺。

她为什么要主动向这个男人献艺？献艺完了又将会是什么呢？枝子不愿意想，不情愿这样残酷地拷问自己。她愿意在心里给自己的自尊留有一点余地。该是什么就是什么。枝子在心里说。枝子只希望能是她所想要达到的那个。此时她真是觉着自己对这个男人有些过分俯就、甚至有些低三下四。因为照她素常里的做人态度，以一个商界女星的身份来说，对她前呼后拥献殷勤的男人总是数不胜数。而她的鼻孔总是抬得很高，并且，暗中加着千倍的小心，很怕落入某些勾引利用的圈套。如今却这样巴巴地主动送上门来，可真是有些不好对自己的心解释了呢！

管它呢。随它去吧！反正来也是来了，还费力解释它干什么？

拖着长头发的高个儿男人松泽扎煞着两只手，在枝子身边围前围后转了两转，明白自己也实在帮不上什么。看来枝子对于今天的下厨是有过精心准备的，知道他这个单身汉的厨房里可能会七七八八的不全，所有的素菜、荤菜备料都由她亲自从外面带来。连烧菜用的油和醋等佐料，也全被她准备到了。甚至枝子还带来了围裙，柔软的白细棉布套头裙，腰间勒一根细带子，自上而下洒下一捧捧勿忘我小碎花。绵软的白裙贴在她身上，正好勾勒出枝子腰条的纤细。枝子的头发本来可以戴上与围裙配套的棉布帽，以免熏进油烟味儿。但她想了想，还是将帽子舍弃，将头发绾了几绺，然后向上用一枚鱼形的发卡松松一别，这样，她乌黑发亮的秀发就尽显在男人松泽的视野。

松泽盯着这个体态窈窕的女人，心里怦怦怦乱动了几动。当然，他是艺术家。艺术家面对美没有不动心的。他和她一直都算得上是很亲密的朋友，亲密的最初原因是枝子出资帮他举办个人画展的成功。从合作的愉快到亲密友好的交往，两人的关系大致上就是走的这样一个过程。但是，再友好，他也不敢说是劳动她的大驾来给自己庆贺什么生日，尤其是没想到她还要亲自下厨。这该是出乎意外且又让他承受不起的情分。

能有一个漂亮女人主动来家里给自己过生日，真是一个求之不得的美事情。男人一方面惴惴，觉得女人枝子给他的面子太大了；一方面又稍嫌累赘，觉得整夜晚在自己家里吃上一顿饭，太缺乏新意。艺术家，总是爱好推陈出新。就在枝子下厨期间，就有三四个女孩子的电话打来，邀他出去派对。他不得不柔声细语轻声回绝。与待在家里传统的吃生日饭相比，当然 OK 包间或派对沙龙里搂搂抱抱的扭捏抚摸更能激发创造力。但若从长远的角度看，比起跟那些小女崇拜者玩玩白相，跟女老板的关系处理好对他将来的用途更大一些。男人在考虑问题时，往往从最实利的目的想。所以他决定还是死心塌地，留在家里与女老板亲近感情。

这样心里边一踏实下来，男人也就专注移情于厨房中的枝子身上，渐渐从忙而不乱的枝子身姿当中体味到另一种情致。枝子的动作，熟练而静美，如一朵栀子花儿开放在氤氲的厨房香气中。植物烹炒的香气中夹杂的成熟女人的体香，熏得男人松泽有些想入非非。在不知道该从哪儿下嘴的情况下，他便懒散地一条腿以另一条腿为重心，倚在厨房门框上，一边静待时机，一边向忙碌的枝子身上乱抛多情的眼神。

枝子意识到了男人的注视，略微有些慌乱，不等春风吹绽，便先兀自欢颜，面若桃花的有些气短。她一面竖起耳根，悉心倾听男人粗长的呼吸，一面竭力命令自己镇定，尽量掩饰住狂乱心跳，将身体动作恢复成正常。她所企望的，不就是这个男人的这样一种目光吗？如今已经等到了，那么她还紧张什么？这么想着，她手里切菜的动作就有了几分表演性质。

厨房不大，容不得两人同时在里面转身，只要一动，就势必会发生身体上某些部位的接触。所以他们就在各自位置站着，口里还要间或说上几句哼哼哈哈应酬话，身体里却不免都暗暗生出几分紧张。主要是男主人还没有拿摸得好女老板的意图。松泽虽说已是风情老手，但在从来都很端庄的枝子面前，毕竟也是不敢造次，不知道她想要他做什么，要他做到什么程度。他还时时没有忘记她是投资人。所以他只是听之任之，一边散漫无际地调着情，一边还要暂时做出温文尔雅。

这种孤男寡女同一屋檐独处的情境，终归还是需要有一些半真半假调情意调的。不然，艺术家就显得太不艺术，太寡淡无味了些。

而女人枝子也还没想好该如何开始。她也很希望能有一些情调，并且，最好由这情调本身给她一个循序渐进、顺理成章、水到渠成过程。她倒是很希望示爱能由松泽一方主动开始。可一旦他真的主动了，说不定她反而会变得厌恶他，拒斥他。见他站在原地兀自不动，她不禁有些既希望又失望的心理。她看上他，经营他，是看中他的画风里的野气和灵活。后来单相思瞄上他，也是因为在相处过程里发现他已将这野气和灵活全然融合、发挥殆尽，在各种场合都圆熟，灵动，洒脱，很符合她眼里真正艺术家的气质。她以为四周围到处都是被文明过分文明化了的衰人，他的画里未曾泯灭的人类远古的粗犷之气，还有与神明相通的灵性。而这一切，正是她内心所深深需要的。

在女老板的得力赞助经营下，松泽果然就大获成功且声名远扬。而她则以画推人，认为理所当然人如其画，画如其人。她便因此而爱上了自己的经营品。

两个身体持久的紧张让他们都有些承受不住。枝子在男人松泽的目光里已经汗流浃背。假如还没有进一步的动作，却还要这样无谓地僵持下去，枝子的细腰简直就要绷断了。她不停地用眼角余光扫射着身旁男人，脸蛋儿烧得厉害，肢体以一种柔和的弧度微微向他倾斜过去，那种身段中分明表示着一丝丝鼓励、期盼和犹豫不决。男人在承受温软的肉体倾斜过来的弯度同时也同样是犹疑不定、优柔寡断。他的身体不易察觉地晃了两晃，终于什么也没有能够做得出来。

就这样又沉默了一会，枝子的手指在水盆里游动时漫不经心地挑起"哗哗"的水声，听起来略微显出了一点烦躁。过分的紧张和犹疑终于把松泽自己调情的兴致破坏了，松泽说了一句："我去布置餐桌"，借机急忙把自己从厨房打发开。

枝子的身体这才有空隙松弛下来。她抬起胳膊肘悄悄抹了一把头上的细汗。松泽到厅里叮哩当啷地去拿碗筷、摆酒，布置餐桌。餐桌就由一个矮脚茶几临时串演。画家的客厅里一切当然都不正规，几个绣着花儿的软垫子散乱地扔在手工绘绣的波斯地毯上，床铺比正常人的矮去半截，只由一层席梦思垫子铺在地上充当。靠墙的一圈转角水牛皮沙发无比宽大，舒适，倒仿佛画家的一切日常活动都要依靠在沙发里展开似的。

松泽把枝子买来的油蜜蜜的生日蛋糕摆在桌子中央。巧克力奶油在灯下沁出浓浓的甜色，样子极其诱人。松泽盯着蛋糕上的奶油想了几想，终究也没想出个子午卯酉来。到现在为止他的另一股情绪并没有得到完全的调动，行动中仍旧有一些惯常与枝子交往时候的应酬色彩。"另一股情绪"当然就是他每每见到来为他献身的崇拜艺术的女孩子时的，那种身体内部的骤然启动，那种非要把一个回合进行到底时的狂乱和野性。说来也怪，他这样野气狂生的时候，竟然没有一次是不得逞的。

可现在他的身体里却分明缺乏这种感觉。怎么回事？这究竟是怎么回子事呢？松泽暗暗为自己的身体担忧。他并不明了，一旦有了身份和功利的意念，一切就都不好玩了，连一点点肉体的冲动都不容易发生。松泽坐下来开启酒瓶，同时也散漫地回眼向厨房打量了一眼。玻璃厨门内的枝子似乎也已料到自己的身影会牵动男人的目光，于是，弯腰投臂的动作都尽力跟他欣赏的趣味相暗合，不慌不忙，舒缓有致。光与影当中枝子的柔媚影像，正跟厨房的轮廓形成一个妥帖的默契。那一道剪影仿佛是在说：我跟这个厨房是多么鱼水交融啊！厨房因了我这样一个女人才变得生动起来啊！

而松泽眼睛里却始终是莫衷一是的虚无。

太阳这时已经完全落下去了。晚霞收起她最后一轮艳丽，渐渐沉没于幽暗之中。夜的幕布开启，一切的人与物转眼之间变得朦胧。灶台上的累累成果现在被移到了餐桌上，香气淋漓，色泽也炫目。紧张和等待了大半晌的松泽这会儿真感到体能被消耗得够呛，确实需要补充营养了。可饥饿之后见到琳琅满目的这么一大桌子，却又有了几分惴惴和惶惶，愈发不知嘴从哪里下比较合适。抬眼再望枝子，枝子这会儿已经面目一新地端坐在他对面，脉脉含情地抬头凝望他。忙完了厨房里活计的枝子没忘了到卫生间里隆重地整修了一下自己。她在眼圈周围细心加过了眼影，这样眼中就愈发布满深情。唇线也用唇笔淡描素抹而过。腮影要不要打上橘红呢？枝子思忖了一下，最后决定放弃。等到进入接吻的实质性阶段时，满腮满脸的厮磨，粉影多了容易弄成一团花脸。

脸部修饰完毕，然后枝子又从手提袋里拿出一套真丝晚装，换下了身上一进门来时穿的果绿色白领丽人套服。套服太呆板，僵硬，笨手笨脚，不太使人容易介入，而丝绸可就相对质感、也简捷轻快得多了。这些都是为今晚的爱情特地准备的。虽然烦琐，但在她满心都是甜蜜憧憬之时，也并不觉得有什么费周折。

再从房里出来时，枝子就已经是黑色真丝长裙飘逸，身体上最值得称赞的部位——修长的脖颈和光洁的臂膊全都从领口和袖口裸露出来，它们在灯下泛起象牙色的皮肤光泽。而没有裸露出来的部位正包裹在真丝绸的内部炫耀着它们的初始神秘，诱惑着艺术家修长的手指去一点一点开启。

松泽再怎么上不来情绪，也还是不免为枝子的这一身装扮眼皮跳了几跳。饱览美尔后再将其饱尝，本来就是他作为画家的特长。这时的松泽他赶忙表示惊艳，表情夸张地一手扶杯，一手将握着倒酒的瓶子停在半空，眼含赞许地盯住枝子，仿佛喃喃自语地说："唔，我的上帝！真漂亮，你真漂亮！"

枝子有些激动，又不好意思流露，只很含蓄地说："谢谢。"说完便用眼光四下里斜了一下，思忖着自己该落座哪儿。松泽正很舒服地陷落在沙发里，把住了桌子的一方。枝子此刻也很想陷到沙发里去坐，跟松泽并排紧挨着……那样就比较方便多了。枝子脸一红，暗中瞬时一转念：可那样是不显得自己过分主动了呢？她又把眼光偷偷瞟向松泽。可恨松泽那家伙此时并不给她一个在身边坐下的台阶，他若是能拍拍身边的席位，再半开玩笑半正经地说上一句："此处正虚席以待。"那么她也就顺水推舟地坐下来了。可现在他除了假装惊艳，别的一点表示都不呈现。害得她只好溜溜地错过他的身边，绕到对面去，隔着一张桌子，带着好大的失望装出款款落座。毕竟，在一切没正式开始之前，她不愿意将身份失得太轻率。

红葡萄酒在高脚杯子里幽幽的泛情。顶灯、壁灯、落地灯都被男主人一盏一盏地熄掉，只留下烛台上几只红红的蜡烛闪烁灼灼。隐藏进棚顶四角的音箱放送出柔柔的软歌。那是一种从鼻腔送出来的哼唱，绵绵无骨地含在一管萨克斯里头。枝子姿态软软地给松泽一小块一小块切了生日蛋糕，将带有粉红色玫瑰花的那块儿送进了他的碟子，而自己只留一枚嫩绿色的奶油叶子。祝福的话语一说就落入了俗套，远没有喝酒更能展示出新意。枝子和松泽俩人就频频地碰杯，你一杯，我一杯，你再敬我一杯，我再还你一杯。看架势好像都要成心地把自己灌醉。

其实枝子才没想把自己灌醉，她只想借酒壮胆，把自己灌出几分将过程进行到底的勇气来。松泽暂时还没有想到那么多,他一边不辜负枝子的手艺,大快朵颐,一边还要腾出嘴,抽空表扬一下枝子的手艺。那些称赞的话语落到枝子的耳垂儿上便款款粘住不下,湿乎乎的受用动听。而枝子手中的筷子却难得一动。一来是厨师从来就吃不下经自己手做出的美味佳肴,二来嘛,枝子的心思也完全不在这上头。枝子的眼睛在酒的滋润下,酒汪汪,直勾勾地,几乎是目不转睛地盯着对面的松泽,定定地瞧着他咀嚼时腮帮肌肉的漂亮滚动,看着他对女人说赞美话的时候口吐莲花,满头的艺术家长发一甩一甩的,还有他四十多岁男人刮得铁青的富含魅力的下巴,枝子真是看得又怜又爱,脸蛋儿烧得要起火,连眼珠儿都滋啦滋啦地要冒出火星子来。

这个时候的枝子就有些恨,有些爱,有些无奈,有些牙根儿发痒。她就只好又恨又无奈地猛往自己嗓子眼里灌酒。她不知道松泽对她是怎么感觉的,反正,是直到了这会儿他还没有动作。她想他至少应该提议跳舞,或者是提议做点别的,发挥出这种场合他惯用的技巧和手段,找个恰当的方式,让亲密和爱意的身体接触有个自然而然的过渡和衔接,而不要显得太雄起和突兀。总不能就这样整个晚上待在一个位置彬彬有礼固定坐着吧?可他为什么不提议呢?难道这还要让我一个女人家来提议吗?

他还要让我怎么样呢?枝子想。该做的我都做了,我再也越不过我这个年纪的矜持和自尊。她想自己无法保持长久期待状态,得不到满足的期待是持续不下去的。

枝子就愈发独饮自斟,把自己喝得眼神和身态都酒汪汪的。

松泽没边没沿摇头晃脑夸赞了半天,稍一停顿下来时,才发觉耳朵里却只听见自己的话音,对面枝子连一点回声都没有。他赶忙伸手去给枝子斟酒,借这工夫用心往她脸上觑了一眼。却见枝子那里,正在拼命用她的眼神织网。枝子的眼神都快要不行了，温软黏稠，密密匝匝来来回回缠绕在他身上，直把他锁困在情意里头，只要他一挨上，就休想再挣得脱。松泽的心一软，身体一晃，酒就有点对不准杯子口，"哆"的一下，一大半都洒到了酒杯外头。

枝子端起顺着杯沿儿滴的酒，摇摇晃晃起身，说："来，我们为今夜晚干杯。"

松泽说："好，为今晚干杯。"

没等松泽的杯子递过去，枝子的杯子却直伸过来，摇摇欲坠地往他的酒杯上碰。但却因为目标不准，杯子直探向他的怀中而来。松泽下意识伸手一搪，"噗"，一杯酒碰洒，全洒在他的T恤和裤子上。

枝子慌忙说声："对不起，对不起"，松泽说："没关系，没关系"，说完回身要找东西去擦。枝子忙说："我来，我来"，说着就晃晃地伸手把他拦住，又晃晃地起身，慢慢蹩到厨房里，找来抹布和纸巾，欲替他擦拭身上的酒滴。她从厨房径直过到他的身旁，倚在沙发上，不等他客气拒绝，曲下身，半蹲半跪倚下去，伸手替他在裤子上擦。他就姿势艰难地曲在沙发上承受着。她现在已经跟他靠得这样近了，她的头发已经刮着了他的下巴，他们的身体也几乎完全要贴上，她已经闻到了他身上的体香和酒香。她这时在半晕半醒的脑子里划过一瞬间的迟疑和恍惚：要不要就势投到他的怀里去？

但是就在她这样稍一迟疑的时候，那个可以自然而然投怀送抱的两秒钟已倏忽而过。过了这个时间差，再想要投入进去就显得生硬、扭曲，动作之间的衔接就不紧密、不准确。

恋爱真是不可以用脑子的，只听凭本能去行动就行了。她想。恋爱的时候脑子真是多余啊。她想。她这样想着的时候心里边说不出有多么地沮丧，沮丧得简直就要流出眼泪来了。

还好，就在这当口，一双热乎乎的大手终于伸了出来，温情地顺势将她揽了过去。再不将她揽过去，可就真有些说不过去了。松泽想。松泽就这样做了一个顺水人情，顺势揽过了枝子的腰，让她靠在他身上。枝子听到了男人有力的心跳。她将头紧紧贴在他前胸上，闭着眼，两行委屈的泪水顺着眼缝悄悄流出了一点，但她没有顾得上去擦。她的身子这会儿全软了，软得一塌糊涂，什么也动不了。直到这会儿她被男人搂进怀里，这才觉得所有的骨头立刻都酥化，所有的矜持的铠甲也都立即崩塌。这会儿她想，她只想，我爱这个男人，我爱。跟我爱的男人在一起，这就行了。行了。

　　男人搂着一个没有骨头的酥软肉体，自身也不免迅速膨胀，酒和本能混杂在一块儿，热辣辣地开始发酵启动。他用力抬起紧贴在他胸口的脸，急速地将嘴唇凑了上去。她那滑得像缎子一样的皮肤，嘴唇在哪儿也站不住脚。他忽然觉得有点咸，稍稍睁眼，推开了一点一看，女人流泪了。泪水顺着鼻梁两侧往下流。他忽然受了莫名的感动，重新将嘴唇贴上去，从眼睛一点一点地往下滑，先是吃干了她的泪，然后将吻落实到她的嘴唇。开始她还有几分矜持，昏昏之中还知道把嘴唇结成一条线，不给他以进去的机会。男人见状手段更加老到，一边吻着，托在她后背上的手还在不停地抚摸，一直抚到她在他手掌里马上就要摊成一汪水。男人见火候已到，这才缓缓将她抱到沙发上，伸出满是触角的舌头，用力触探上去。果然，女人一双滚烫的红唇，立刻蚌一样张开，她不假思索，一口贪婪吸住了他的舌头。

　　男人立刻就被火辣辣地舔了进去，任凭怎样也抽脱不出来。这时他才晓得了她这一吸的厉害，不是温热，不是柔软，而是一股狠劲，一股不要命的劲，真是恨不能把他的整个生命都吸吮下去，恨不能立即吊在他这棵树上摇晃死。男人领受不住，慌忙将身体稍微挪开，用力摇动出舌头，只剩舌尖在她的口里到处触碰，毛茸茸撩拨，却不敢在一处固定，不再敢让她有踏实吸附的感觉。

这样在肉体上用力调度她的同时，男人脑子里还在先惊后怕地想，不得了，真不得了，这个女人，不要命的女人，简直要把我玩死了。松泽他曾跟无数个女人玩过这种把戏，十分知道吻与吻之间的区别，些微的差异都逃不过他舌尖上敏锐的触觉。好玩好散的那些女人真是没有这个样子接吻的。她们吻得非常轻飘，愉悦，吻得蜻蜓点水，心猿意马，风过水面打个唿哨就走了，接吻通常都是向床上靠拢的过门儿小调。她们哪能像现在这个女人一样玩得沉重，死命，执意，奋不顾身，吊在他的舌头上，拼命想把他抓牢贴紧，生怕他跑掉了一般。他忽然间心中一动：莫非她是很认真，真的是跟他动了真情？她今天的表现，好像有点不大对劲啊！她为他所做的一切，她的所有厨房语言，好像都在向他示意：她愿意做他这个厨房的女主人，她是做他这个房间女主人的最佳人选……

一意识到这里，男人火烧着的身体"忽悠"就打了一个激灵，热度瞬间就冷了下来。原来女人是认真了。这会儿他忽然明白了女人今天不是来玩的，女人今天是来认真的。女人今天来的目的性非常明确。她想要的是结果。她可不光光玩的是情调，而是想要一个实实在在的结果。从她的接吻态势上他已经就品味出来了。她的那些厨房用语的艰苦卓绝，无不在表明一个实实在在真的心迹，直到这会儿他才把她破译开来。

男人突然间感到懊丧。男人的这份懊丧一下子就灌满了他自己的周身，让他刚刚膨胀起来的身体很快就软化了。真不好玩。实在是不好玩。他能领受假意，却要拒绝真情。他不愿意有负担。在这个人人都趋功近利的时代，谁还想着给自己上套，给自己找负担？尤其是对于他一个艺术家来说，更不愿有任何形式的羁绊。家庭责任也好，社会义务也罢，能躲的就躲，能逃的就逃，能推脱的就推脱。他松泽卖画的税单，都是被逼无奈被税务部门找上门来才交的。他难道还会在他事业最火爆的时候，去选择接受她，会把一个女人当老婆娶到屋子里来养吗？那样的话他的自由和无羁还怎么体现？

谁说女人只是情感动物，比男人缺乏理性呢？女人一旦目的起来，比男人一点也不傻，也不逊色。关键是她选错了人，挑错了对象。艺术家松泽他一点都不想有什么负担，一点都不想去对别人负责。白玩可以，动真格的却不行。她想依赖上他。可他偏偏不是个愿意被依赖上的人。他不愿意有负担。男人跟女人的想法不一样，从根本上就不一样。若说假意嘛，他可是随便乱施得多了，还挺自在安全挺幸福的；若论真情的话，他画家松泽除了对他自己，对他自己的名和利以外，就再也没对谁真情过。他不怕玩，他就怕认真。以假对假的玩，玩得心情愉快，彼此没有负担，同时毫无顾忌。以真对假的玩，那就没法子玩了。以真对真就更不能玩了。

但是他又不能猝然把这一场游戏结束，装作冷冰冰地拒绝。得罪一位对他有用的女出资人，怎么说也划不来。况且他一贯以怜香惜玉著称，在一位风姿绰约的女人面前也不能显得太缺乏风度。再说，跟一个漂亮女人做一场稍微有一点危险的游戏，有什么不好？在悬崖边上玩，才会来得过瘾，比平常有刺激。再怎么说，他也不至于被她强奸成婚吧？

等到漫长的拥吻过去，女人感到心力衰竭，停止吸吮睁开眼睛时，见男人却口里噙着她的双唇在注视她。两个人的脸离得这样近，以至于一瞬间都在彼此的眼里变形。女人感到不好意思，急急避开他的打量，低下头，将脸埋在他的胸里。男人就像理顺一个小狗一样抚摸揉搓着她的后背和头发。她也就顺势连人带衣服蜷进他的怀里做小狗依人状。她闭上眼睛，默默享受着吻后余晕，觉得这心情总算有了着落，爱情也有了着落。对女人枝子来说，能够进行到这一步是多么的不容易，不容易啊！她却哪里有暇猜想，这样的逢场作戏，男人松泽他究竟经历了多少。作为一个男性艺术家，他跟周围那些崇拜他的女人滥情滥得，简直都快要滥不起来了。

  沉浸在自己一厢情愿爱情中的女人枝子并没心思去猜想这些。沉浸在不惑爱情中的女人可真是了不得。女人热情似火，稍微给她一点暗示就可以扑上来，又啃又咬，真正像只发情的猫。男人沉着应付，以手指的圆熟技巧来对抗她的目的性，饶有兴味地应付着这场追逐。一旦明晓了女人的目的性，男人的身体立即褪了激情，但他的另一份兴致却被点燃起来。现在他虽然置身其中，但却又像抽身其外一样观看着一场情戏的上演，有点像一个把持全局的导演在陪练一个女演员。他已将她的真情当作了好玩的事情。他还很有兴致再看一看，再陪练陪练。他发现自己倒也是很能进入角色嘛！

  男人松泽暗中就很有些为自己得意。

  而女人千娇百媚，女人此刻正沦陷在激情里不能自拔。女人的脸蛋已经燃出了大火，非要把他和她自己焚成灰烬不可。女人将红葡萄酒跟他一口一口嘴对着嘴含喝。女人偎在他的怀里，将紫红的蛇果拦腰横切，又在每一半边上都细细刻出锯齿形的牙边，然后两人像小老鼠般将锯齿牙边一点一点地啃啮，咬到最后就是嘴唇跟嘴唇的会合，两片肉体贴在一起狂吻热舔。女人的一切小把戏松泽都来者不拒，含情承受。但是他从不主动往下探索，他的手只是隔着衣服揉捏着她的乳房，然后再摩挲在她的细腰上，尽情挑逗撩拨，接着他就停滞不前，绝不打探她那开叉很高的稠裙里面的内容，就仿佛他是真正的谦谦君子似的。

这样女人就不知是什么意思。她把自己频频地发动却得不到最终结果,女人简直都快要对自己失去最后的信心。难道是自己的魅力不够吗?女人在焦灼之中困乏地想,只要他一暗示,一有要求,她就会给他的,毫无保留地全部给他。她太想对这场爱情有一个切切实实的体认,太想要一个他和她定情的深入纪念。但是男人却偏偏就不予以满足,让她更百倍地煎熬和难受。情急之中她就更主动,更狂烈,更以丝绸的质感攀附缠绕在他身上,让他动作松懈不得。他也就紧紧用嘴唇将她的唇吻胶住,手掌忙不迭地将她身姿把玩戏要,极其愉快地观察着她表情的每一点变化,就像一个衔笛起舞的印度耍蛇者。

这样玩着闹着,几个大起大落下去,不知不觉,夜已经深了。当女人又一次滚倒在他的怀中,沉醉于他中音共鸣区的声情并茂时,却听得他咬着她的耳垂,以一种湿漉漉的舌音在耳边叮咛:"嗳嗳,你看,已经两点钟了。我该送你回去了。"

女人一愣,像没听清似的,手臂从他脖子上掉下来,呆呆地仰起脸来看着他,两只盈满秋水的大眼睛里露出迷茫。回去?什么回去?为什么要回去?他这是什么意思?是在下逐客令吗?

女人的思绪半天没有回过神儿来。她的自尊与自信受了格外的打击。这是怎么回子事?难道这个样子就算,完了?他这个态度表明的是什么?

可是她能说不走吗?她能说主动要求留下来过夜吗?那样她成什么了?

男人却根本不顾女人情绪的空顿,不由分说,起身离开她去衣橱里取外衣。男人的这一动作果断,坚决,不容置疑,不容商量,仿佛在用他的形体语言提示她:他并无意于接纳她。他已经玩够了,不想再继续玩下去。他对她已经够负责的了，耐心陪了她一个晚上，且还让她囫囵的样子，并没有说对她始乱终弃或者多做别的什么。

女人看着眼前的一切，巨大的失落和自尊，让她的胸脯急遽起伏着，面部表情剧烈扭曲，半句话竟也说不出来。但也就是那么简单的一刹那，她就立刻止住痉挛着的眼底肌肉，突然变得满脸盈笑，用手指撩了撩额前的长发，装作满不在乎的样子，极其大度极其平静地说："好吧，我先来帮你收拾一下碗筷。"说话的语调，就仿佛她已是情场老手，对于这样的逢场作戏已经司空见惯，仿佛她真的纯粹是为给他过这个生日，为他做一顿生日晚餐而来。并且她还要做得善始善终。

不等男人阻拦，女人便大幅度地行动起来。她的动作幅度很大，有些不正常的难以自抑的夸张，大声问这个东西该放哪儿，那个碟子该放哪儿。她手脚麻利地将所有的东西都归拢好。然后又进卫生间补了补脸上被接吻弄乱的晚妆。接着她表情平静地出来，顺手拎起厨房地上的垃圾袋，对着厨房门口那个看得有些发怔的男人平静地说："走吧。"

树叶在夜风中哗哗响着，冷露提醒给人以无法遮掩的幽凉。枝子不由在风里打了一个寒战。男人讨好地上来，又殷勤地搂了搂她的肩膀。枝子不说话，任他殷勤着，浑身木木的，一点感觉都没有。进了车里，男人和她并排坐在后座上，车子一开动，他便无限温存地伸过手，将她搂靠在他的臂膊中。枝子不拒绝，也不回应，仍旧是麻木的，任他这样毫无意义地搂着。此时她才觉得一切都变得毫无意义。

车子悄无声息地在暗夜里滑行，滑得轻飘而又滞重。偶尔能见前面的车尾灯划出几抹窒息人的暗红。夜是干燥的。夜根本就没有潮声。她想。到了小区的楼门口，女人下车，男人也跟下来，假意跟她拥抱握别。握别完了，男人又返身低头钻进出租车，跟着车子往来时的路上走。女人目送着载着他的红色皇冠在夜幕中一点一点远去。毕竟，他还不是个坏人。她这样想。她愿意尽量往好的方面想。毕竟他还是有责任感的。哪怕这责任感只是在他最后护送她回家的这短短的一程。短短一程中的呵护和温暖，也足够她凭吊一生。

夜风猛劲地从楼门口吹了过来。女人的头发又乱了，几丝长发贴到脸上来，遮住了她的双眼。她抬手将发梢掠向脑后，无意间手指触到了脸上潮乎乎的东西。她转回身，扭亮楼道里的廊灯，准备快速上楼。刚一抬脚，一大包东西碰着了她的腿。她低头一看，原来是厨房里的那一袋垃圾。直到现在她还把它紧紧地提在手里。

眼泪，这时才顺着她的腮帮，无比汹涌地流了下来。

1997年5月26日于北京双秀

狗日的足球

马拉多纳来啦！

柳莺的心里狂跳不止，拿着报纸的手无法自制地抖了几抖。马拉多纳，马拉多纳，哪个马拉多纳？难道真是那个被她崇拜得至高无上、满脑袋都是羊毛黑卷儿（中间还夹杂着一小撮精心染制的黄毛），小矮个儿，大脚板丫子，每一个脚指头上都长着眼睛，传球永远准确到位，中场启动时风驰电掣，带球过起人来虎虎生风，从不黏黏糊糊逮机会抽冷子就射的那个长得卷毛狮子狗似的足球巨星马拉多纳?！

柳莺定了定神，把眼睛贴近报纸上那帧大幅的彩色照片狠狠地打量。没错，没错，的确是阿根廷的那个马拉多纳。小马于7月25日要率领阿根廷博卡青年队来北京，跟国安队举行一场对抗赛。不会吧？不会吧？这怎么可能呢？柳莺心慌意乱地把眼睛从偶像粗糙的脸蛋上拿下来，心里边止不住地嘀咕：马拉多纳那么大一世界级球星，怎么

41

会屈尊下降到这么个足球不甚发达的东方城市里来？

留校任教没多久的青年女教师柳莺简直要被这个突如其来的幸福给打晕了，有那么一刻，她甚至觉得脚底下的大地都有些微微的颤悠，周围的街景在她眼里全变成飘飘忽忽的，大马路上走来走去的人们就像蛇鼠出洞蚂蚁搬家，忙忙叨叨惊惊惶惶一派大地震前兆的唐山景象。还不时有光，一道紧跟着一道的白炽热光忽闪忽闪地在她眼皮内明灭，让她把什么都不能够再看得真切。柳莺把报纸紧紧地贴在怀里，迈着有些支持不住要往下瘫软的步伐往家里颠儿。七月汗津津的热风打在她的脸上、后背上，印满金黄色向日葵小碎花的吊带裙紧紧贴住了脊梁，沉浸在冥想之中的柳莺却浑然不觉，心正拴在充胀的热气球上徐徐地往上升腾，带着莫名其妙的渴望和憧憬，就仿佛马拉多纳不是为了 200 多万美元的出场费而来，而是专门冲着他的一个遥远的不知名的东方女性崇拜者柳莺而不远万里来到中国，并顺带着支持一把中国人民的足球解放事业。柳莺冲着马路牙子傻笑着恍恍惚惚一路陶醉着走来，一脸即将投入热恋情人怀抱即便被踩躏得粉身碎骨也在所不惜的潮乎乎的样子，家门口都走过身后好远了，她却没有感觉毫不知晓。

在被马拉多纳正式给启蒙之前，柳莺一直对足球感不起来兴趣。她不仅不是球迷，而且还应该算做比较典型的那种女"球盲"，对足球丝毫没有感应，一看见电视里踢球就特烦，握着遥控器劈劈啪啪把频道转换得直要冒火花。尤其让她见不得的，就是那些围坐电视机前看转播的男人，三五结群的，以各种最不雅的姿势乱七八糟而坐，身旁往往要堆放一整箱一整箱的啤酒，老头衫全都高高挽到肚脐眼以上，眼珠子瞪得酒汪汪的，嘴里螃蟹一样来回吐着啤酒泡泡，手指头一会儿抠着脚趾丫缝儿，一会儿忙着对电视里奔跑着的小人儿指指戳戳，还不时地粗话连篇,满脸潮红舌尖上不住翻卷着某个与男根崇拜相关的词儿,仿佛一群鸟儿同时染上了脏口。柳莺听得恶心,弄不明白他们这样集体兴致勃勃究竟是为了什么。

有那么一两回她也试图坐下来,想体会一下所谓"绿茵场上的鏖战""力与美的结合"什么什么之中的乐趣。可是,任凭她把眼珠儿都睁到了眼眶外头,除了瞅见二十来个小人儿可劲儿撵着一粒皮球,在几尺见方的电视框框里不停地跑来跑去外,就再也瞧不出什么来了。再回头瞧一眼观战的男同志们,依旧撸胳膊挽袖子"射呀!""射呀!"极其蓬勃地叫劲起急,柳莺一时间可真是迷茫坏了,傻呆呆地睁着她的一双丹凤眼,不明白别人都从电视里看见了什么,也弄不通自己的情绪为什么就高潮不起来。不知道是什么东西障着了她的法眼,使她不能够跟他们一道欢喜。

马拉多纳。马拉多纳。还真就是马拉多纳把她给启了足球蒙了。

1990年世界杯足球赛那会儿,她正跟她现在的丈夫、彼时的"未婚夫"杨刚腻腻歪歪地谈着恋爱。柳莺那时还没有从一次惊天地泣鬼神的与某位社会知名男士的婚外恋挫折中振作过来,她的青春和热情都已心甘情愿地被那人糟践得一塌糊涂。就在半梦半醒半死半活之间,盯人已久的这位老同学杨刚便以高超的过人技巧把她接住,随后便趁着她的精神不振、后卫防守出现漏洞时强行带球破门而入,活活地把她的禁区防线给突破了。事后总结经验时柳莺深深觉得自己这一局的防守失利太不应该,但是攻进去的球毕竟也是不能够倒吐出来。两人在这场你来我往没头没脑的攻防战事里欲擒故纵拖泥带水地盘带着,都有些互为鸡肋但同时又慰情聊胜无。就这么着晃一过三、一退六二五的该射不射该传不传,不知不觉,离婚姻的无底球门一天天逼近了。

世界杯足球赛就在这种背景下恰逢其时地胜利召开。

已经被盘带过多的爱情折磨得显出些疲软迹象的未婚夫杨刚,立即全身心投入,一头扎进电视机里,像吃了类固醇兴奋剂似的处于甲亢之中自拔不出来。柳莺这才暂时从对方吊射垫射倒勾的无聊中得以解脱。杨刚那些天里抱着个电视看转播看得昏天黑地,所有的赛事他几乎看得场场不拉,要么深夜不着家跑到别人家里聚众看球,要么把他编辑部的男同事领回家来围着电视里的球门集体扎伙儿,他们俩居于筒子楼的未婚小家里简直都成了免费放映厅,常常是人满为患,来晚了就找不到座。家里四周围的环境也被杨刚布置得颇具现场氛围,除了没设立赞助商的广告牌,其他的一切全都安排齐全。赛事日程表贴了一床头,碗架柜和冰箱上贴满了杨刚自制的各球队的积分排行榜,那上面还不时有红笔随时涂抹修订的痕迹。四壁墙上更是见不得了,原先柳莺挂的那些个风景画、时装模特、卡通娃娃还有一些木雕垂饰等物件统统都被杨刚摘掉,换上了清一色黑了咕黢穿大裤衩的一群群男人,全都在那儿横七竖八地踢腿、飞脚、下绊儿、生拉硬拽、仰面朝天。柳莺每天只要一睁眼,就得被迫面对满墙那一颗颗庞大的头颅和一根根粗糙的大腿。气得柳莺大喊大叫,扬言要把那些个破球星统统扯去烧了。

杨刚一听,急了,赶忙张开不太够长短的双臂紧张地护住一面墙说:"宝贝求求你了宝贝,给我点面子,咱当一回球迷容易吗咱?怎么也得正儿八经地做一点样子给别人看看哪。"

柳莺说:"哎哟喂!核是你当球迷都是给别人看的?不行!你趁早都给我摘下去,别弄得我天天睡觉做噩梦。"

杨刚双手合十抵在胸前喵喵地恳求说:"就这几天,就这几天行不行？等杯赛一结束，我立马就摘，立马就摘。"

柳莺看他那真真假假的一副可怜样，懒得跟他磨缠，只好暂时做一次妥协。

这下可倒好，经他这一布置，筒子楼里的单身汉们被招到家里来的更多了，还有一些已经娶完了媳妇的，也是在家里过完上半夜、把自家女人拾掇完毕以后，又在零点钟声敲响时准时披星戴月大老远地骑车赶往柳莺他们家里报到。柳莺心说这些人看球这么兢兢业业，图什么呢？杨刚则对他的球迷战友一律虚门以待，早早预备下啤酒并在地上用砖头撂起一个个加座。来人不停地对杨刚的室内装饰艺术进行夸奖，还假么惺惺地在他白面书生的瘦弱鸡胸脯上擂上几拳，以表示出一种同类之间的相互认同。杨刚这时就满意地龇出一口绵软的食草类动物犬牙嘿嘿傻笑个不停。

由于地球时差的影响，在西方举行的比赛，实况转播到东方中国来时通常已是下半夜。可这根本阻碍不了刚刚入港的球迷未婚夫杨刚。在柳莺的眼里，杨刚这时真就跟深夜闹猫似的，眼白儿倍儿绿，眼仁儿荧荧冒蓝光，光着膀子穿着大裤衩蹲在小板凳上（沙发高风亮节让给客人坐了），仿着一个标准球迷的样子，呷一口啤酒拈一粒花生米，看到忘情处喉咙里便发出一种低沉的颇类似于叫春的声音，被他招来的同伙们这时也一律地呜呜噜噜的嗓子眼里吭叽着欢实，啤酒瓶子烟灰缸可地地乱扔，仿佛猫群集体不负责任地爬上了别人家窗台。逢到这时候，未婚同居不成了的柳莺就只好被迫披衣坐起，悻悻地看着电视里电视外的一群阳刚族生物兴奋得乱蹦乱跳像要用脑袋撞墙，自己精心布置的小家被祸祸得跟猫食盆子似的。柳莺的气就不打一处来。她真不明白看一个破球何至于闹到如此？尤其是杨刚，一个在床上已经强弩之末香蕉球勾射不动了的人，此刻又哪里来的头槌本事？

厕身于球场与观众之外，柳莺带着一股局外人的无名怒火，忍气吞声地发呆冥想，想起走在大街上随处可见街旁小酒店里男人扎堆看球的情景，想到单位里男同事们一上班就疯狂侃昨夜足球的景象，想到他们老少爷们儿从正局长到副处长、从系主任到助教实习生，所有男人们在足球术语里打成一片、勾结成一团的紧密情形，再瞧瞧眼巴前这些精神头集中、嘴里边吐泡的男青年，转瞬之间豁然想通，足球原来是他们男人的世界语呵！人际隔膜的时代，他们就靠这玩意儿彼此聊以沟通，并一同遥想和追怀远古狩猎时代男子们追逐猎物、追逐女人、追逐占有天地间万物的剽悍和辉煌。哪个男人若是缺乏了这门语言，闭上眼睛不能够瞎侃它仨小时，那他就会被摒弃在男性群体之外，简直就不配当个男人了，活活要遭人轻贱耻笑死。难怪像杨刚那样的白面书生也要拼命跻身于这个行列里呢！未婚夫杨刚那张强颜欢笑的书生小白脸上，不是明明写满了担心被逐出男团的内心恐惧、明明洋溢着要伤好归队的热切企盼吗？！

小可怜价儿的！

柳莺的目光再次透过窗帘向外望去，但见窗外万家萤火，整个世界但凡有男人的家庭里几乎都荧光粼粼，一片诡异。足球却原来是他们男人现世的灯啊！就是那足尖上蓬蓬燃烧的野性火舌，灼灼照亮了他们被文明委顿的当下生活。或许也开蒙了他们的冥茫来世。

柳莺已经不忍心对杨刚和球迷客人们发火了，她觉得男人也真是活得不易，够悲惨的，在一粒小小的皮球上温习和寻找他们先前的性别。并且，他们多数人还连半点介入现场亲身一试的可能都没有了，只能是隔着一万八千里远的地方，团团围坐在几尺见方的电视机旁，透过一个小小的玻璃罩儿来集体进行回顾和留恋。唉，可怜哪！她还能说什么呢？且宽容过这几天，先回学校单身宿舍，把这一阵儿的足球坚挺躲过去再说。毕竟也是四年才能来一次，再硬它又能够硬撑到几时呢？

柳莺卷起她的几件换洗衣服，默默地起身离开未婚小家，回到学校的宿舍里躲清静。但是，让她万没料到的是，同屋的青年女教师邵丽竟也是一个真正的假球迷！邵丽不知从什么地方搬来了一台破电视，没黑没白价的，把个彩电拧得连一点彩色儿都没有了，却还在荧屏前那儿不屈不挠。当然，最可气的也是最关键的，是邵丽总要领来热恋男友一道观摩。两人叽叽嘎嘎，手嘴并用，不时在底下寻找交换着共同动作和共同语言。柳莺这时便有些像球场上空的灯光一样，把一切不该暴露的细节统统照得尴尬。

柳莺这份气呀，倒首先把自己个儿给气糊涂了。她心说男人集体起哄架秧子当当球迷倒也罢了，雄性门类里头人人都是那副死样子，可这女人当球迷又是图个什么呢？一群乱跑乱窜的胡子拉碴穿大裤衩的汉子，可究竟有什么好看的？哪有赵忠祥的动物世界和鞠萍姐姐的动画剧场好看？就连"我爱我家"一类的贫嘴饶舌的肥皂剧，也比单调的球场射门儿动作要丰富好看得多。邵丽这人究竟是怎么回子事呢？没恋爱之前没发现她有爱看足球的毛病啊！

实在不好意思再当电灯泡了，柳莺只好灰溜溜地又重归苏莲托，返回自己那个乌烟瘴气的小窝。在众男客的包围之中，她这个女主人倒仿佛成了外人，没地方站没地方坐，受气包似的，不说话，也不看电视，蜷在沙发的角落里困得嘀哩当啷的睁不开眼睛，耳朵里依稀听得电视中传来球场奇怪的哨音，鼻子里闻着身旁一大堆男人的咻咻亢奋鼻息，以及汗味、臭脚丫子味，嘴里被动呛进致人迷幻的尼古丁毒气，在足球翻来覆去的抽射挑射拐射撅射里痛苦地挨着，熬着，以一种看客的悲怆，默默忍受着场里场外人们那种决绝的、歇斯底里般的狂欢和庆典。

亏得杨刚在假寐之余还想着抽空儿瞄一眼自己的媳妇。见到柳莺那等受难的样子，杨刚显得很有些过意不去，巴巴地很讨好地过来，蹑手蹑脚地把她的身子给扶正（通常他总是要把媳妇给揽到怀里哄着的，眼下碍着外人眼没好意思显露亲昵），轻声嘘寒问暖，又轻拍着她的脸把她给打精神过来，充满诱惑语气地鼓动说："别睡，别睡，这样睡着了会感冒。快睁眼，快看马拉多纳。马拉多纳出场了！"

"什么麦多娜啊麦多娜？"

柳莺把身子扭了几扭，不耐烦地将眼睛翘出一条小缝儿，无精打采地乜斜电视荧屏。她原以为杨刚说的是歌星麦多娜，是那个美国傻女孩儿利用球场休息时间，要上场疯狂缺心眼地唱"我是一个处女，我是一个处女"了呢。可是，没有。荧屏上仍是二十来个小人儿在跑来跑去。柳莺很生气杨刚搅了她的假寐，可是当着外人的面不好打孩子，当着宾朋的面也不好跟未婚夫急眼。她只得失望地闭上眼睛重又吊儿郎当歪着头打瞌睡。杨刚急了，再次拍她的脸蛋儿："好老婆，快睁开眼看看，马拉多纳，10号，中场发动机，世界级球星，不看要后悔一辈子啊！"

杨刚很有些为柳莺的不识货而感到有些没面子。柳莺恍恍惚惚听得他叫了自己一声"老婆"，耳朵里感到新鲜，她记得人背后他可从来都是"宝贝儿"长"宝贝儿"短的，现在在足球的激励鼓舞下，当着一大帮球迷弟兄的面，他竟然管她叫起"老婆"来了，无外乎就是想表示一种牛皮哄哄的版权所有不许翻印违者必究，挺大言不惭厚颜无耻的。柳莺想足球这东西看来是挺壮人胆儿的。给缠得万般无奈，只得再次睁开眼，把定不稳焦的散乱目光，晃晃悠悠飘向了电视屏幕上。透过重重尼古丁烟雾的阻隔，又透过二十来个乱跑着的小人儿的摇晃阻挡，柳莺终于勉强依稀分辨出一堆蓝色球衣中的一个斗大的"10号"来，然后又依稀瞅见了穿这件球衣人的大致外延。矮墩墩、圆乎乎的。哎哟喂，柳莺心说这人怎么这么矮呀！

柳莺的第一个感觉是这人长得太矮了，从体貌上根本判断不出是个足球运动员，倒像是个被杠铃压瓷实了的搞举重的。在众多人高马大球员的包围拼抢当中，这人简直就是鸡立鹤群，显得如此娇小，羸弱，好像是有点处处受气，不堪一击的意思。柳莺怀着一种女性恻隐下意识地开始替这个10号担心。

果然，那么多匹高头大马抓紧一切机会冲撞他，欺负他，伸腿，别脚，一个绊儿，又一个绊儿，推一把，又拽一把。扑哧，这家伙跌倒了，四脚着地像个乌龟，蓦地又一个俯卧撑立起来，带起球来继续朝前跑。没几步，扑哧，又给绊倒了，这次好像还没有完全倒地就一个前滚翻跃起来，脚下没球也继续往前跑。在一堵堵围墙似的壮汉的夹击堵截里，身材矮小的马拉多纳就像一粒球一样被踢，被卷，被绊。柳莺的心忽然间被他给牵得悬了起来。睡意顿时全从她的眼前溜掉，一种对弱者的怜悯让她把心格外揪着，紧紧盯着10号这个人看下去。吭哧，马拉多纳又一次被绊倒了，摔得可真够狠啊，连电视玻璃外头的她都听见了马拉多纳肌肤跟地相撞的沉闷的声音。柳莺的心里一沉，好像感到自己的哪块皮肉也被磕碰了一下似的，微微地有点疼，有点与被欺凌弱者的交感相通。眼见得马拉多纳又是一个滚翻跃起，腿儿一抬，球就敏捷地截到了脚下，刚一盘带，夸嚓，又被横过来的一个粗腿给撂倒了，咯吱，更刺耳的皮肤与地面摩擦声传来。

这哪里是在踢什么球啊！这只不过是在把人类的粗野明目张胆地合法化啊！柳莺愤怒了，挥起拳头举过头顶疯狂地喊："野蛮！野蛮！"

惹得周围男同志们都纷纷回头看她。但她这时已顾不得了，心全拴到马拉多纳身上，马拉多纳每被绊倒一次，她就不由自主地"哎哟"一声，整场比赛她就这么"哎哟""哎哟"地心痛惊呼不断。替弱者鸣不平已经要把她的嗓子鸣哑了。

就是在这次总共被绊倒130多次的杯赛上，马拉多纳终于赢取了东方女球盲柳莺小姐的芳心。柳莺眼睁睁地瞅着他在一吭哧一吭哧不断被绊倒之际，愣是用一种著名的马拉多纳式的摔倒和跃起，在两次绊倒之间的0.5秒的间隙里，伸出他那长了眼睛的脚指头将皮球准确无误传到"风之子"卡尼吉亚金黄色的头顶，让一枚小球整个儿地洞穿了巴西的心脏。柳莺这时就跟场地边上那个穿露脐装、啃手指甲的漂亮巴西女球迷一样眼巴巴地看呆了！待到核计过味儿来以后就是呜呜嗷嗷地大喊大叫，拼命跺脚、拍巴掌。

原来这就是足球啊！

柳莺感慨。不是感慨足球，而是感慨马拉多纳。一个叫"马拉多纳"的阿根廷小个子，借着"足球"这种游戏给人们演示了什么叫做个人魅力和偶像风范。她就这样喜欢上了足球。不，不是喜欢足球，而是借着"足球"这种体育形式喜欢上了在球场上踢球表演的马拉多纳。她对那些技术战术和打法名称至今一点也闹不懂，但这并不妨碍她继续去喜欢崇拜马拉多纳。只要有马拉多纳在场上来来回回不停地跑动，就够她的眼睛去顾盼追随的了。她就是爱看他在球场上总挨欺负的那个熊样，爱看他受了气也没脾气，一骨碌爬起来再接着跑的犟劲，爱看他摔倒着地时四脚八叉的乌龟样子，爱看他中场启动时突然爆发的狮子般的迅猛和敏捷，爱看他的质感的大腿，他的比手都好使的长脚板，他的毛茸茸的大眼睛，他的西班牙后裔的混血皮肤……

爱屋及乌，柳莺爱马拉多纳爱得自己都有点犯迷糊了。从那以后但凡有马拉多纳的球必看，但凡有他的大道小道消息必要寻来一读。偶像个人生活的点点滴滴都被柳莺牢记在心里。马拉多纳枪击记者、马拉多纳吸毒、马拉多纳泡妞、马拉多纳被罚禁赛、马拉多纳拒不认私生子、马拉多纳声言退出足坛、马拉多纳再言告别足坛……马拉多纳真是糙人自有糙心眼儿，要么就是他背后有一个强大的智囊团，致使他像个演艺明星一样聪明不断地故弄种种新闻来爆炒自己，使他自己个儿永远成为世界球坛的主旋律和中心话语。在衷心热爱马拉多纳的女读者女观众女球盲柳莺那里，马拉多纳所有的这些缺点都成了他与众不同的特点，吸引得她愈发神不守舍魂不附体地崇拜到底。

这究竟是怎么回事儿啊？柳莺在对自己的行为无法进行意义明辨之后，便在私下里去找邵丽交换意见。邵丽那儿正拿一本足球书，从贝利贝肯鲍尔普拉蒂尼马特乌斯罗马里奥，到荷兰三剑客意大利铁三角，以及"四三三""五三二"地翻书猛背呢。柳莺挺吃惊，说邵丽你真的这么喜欢足球吗？邵丽一听，小脖一梗说："咳！谁他妈的喜欢这玩意儿！"

柳莺差点没给她这话噎死，瞪大眼睛，十分诧异地上前摸了摸邵丽的额头说："邵丽，邵丽你怎么了邵丽？是不是有哪儿不舒服？"邵丽一把拨开她的手说："没有没有，我好着呢！还不是为了能跟我们那位有共同语言嘛……"柳莺说："你们就有这样的共同语言啊？"邵丽说："没辙啊，他那边有着一帮子球迷发烧友，我要是不会侃两句，每逢他们一谈起话来我就得待一边晾着。我这一切还不是为了就乎他，哼！"

"哦。"柳莺点头，"可也是。也是。""也是什么？"邵丽反过来追问说，"我看你最近也抱着足球杂志一个劲儿看，是不是也成球迷啦？"

柳莺说:"哪里哪里,我,我,我……我只是喜欢看看马拉多纳。"

邵丽一听:"对呀!我也就是喜欢看看个别球星的长相,再看看他们奔跑起来时一颤一颤的肌肉大腿,你说像不像动物世界里的豹在追羚羊?"柳莺兴奋地说:"像啊像啊!我也是特喜欢看他们跑动起来的肌肉和大腿,一滚一滚的,太有力度、太健美了!"

邵丽喜获知音,一脸眉飞色舞:"哎呀,咱俩可算想到一块儿去了,平时我从来不好意思把这点告诉别人。哎,你说咱们能建议国际足联把球员的服装改成'三点式',让他们场上多暴露一点吗?"

柳莺"扑哧"乐了,说:"想什么呢你?那不成了耍流氓了?"邵丽说:"哎,哎,你看你看,这规矩立的可真不公平啊,只许他们看咱们,又是高跟鞋猫步又是比基尼脱衣舞的,咱们就不可以反过来欣赏享受一把他们?你说整个世界这场球到底是怎么个玩法?究竟是谁定的游戏规则?"柳莺说:"这……我倒还没想过。只听说秀色可餐,倒还没听说傻大黑粗也可以餐呢。"邵丽说:"照你这一说咱们更不知看足球是为了啥了。"

柳莺糊涂了,一时想不明白,也更加判断不清她和邵丽这类女人看足球究竟是纯审美的,还是男神崇拜型的,是女人"寻找"男人的努力呢,还是试图"加入"男性群体的努力。反正不管怎么说吧,也不管他们"足"的究竟是一个什么"球",总而言之,她是彻底喜欢上踢足球的马拉多纳了,从足球而喜欢上马拉多纳,又从马拉多纳而进入足球。

有谁知道呢,她的最初喜欢上马拉多纳竟是因为怜悯。女性对弱小的怜悯。

也正是从此开始,她知道了在足球场上,诸如给人脚底下使绊儿这类动作可以冠冕堂皇地称之为"铲"。下绊儿正式叫做"铲"。一切歹毒的粗野在足球场上都被赋予了堂而皇之的名字。

眼下，拿着"马拉多纳来啦"报纸往家赶的柳莺早已顾不上想什么了，从热辣辣天空中氧分子流动撞击里她已隐约体味到，一场偶像崇拜的狂欢已经迫在眼前。

北京的灯光球场永远是球迷们吃饱饭以后宣泄滋事的好地方。马拉多纳率领的阿根廷博卡青年队与北京国安队的球赛定于晚八点半开始举行，柳莺按捺不住心里的激动，五点半就扯上杨刚从学院路的家里出发了。这之前的一些天里她天天盯着报纸上的追踪报道看，生怕马拉多纳来北京的这条消息是假的，或者马拉多纳突然间改主意不来了，再或者是派一个假替身来。直到买完球票以后她还是有点惴惴不安。眼见为实，她得赶紧过去先睹为快。被她强拽去的丈夫杨刚的兴致看上去并不像她那么大，虽然杨刚已能将世界级足球明星录倒背如流，但显然并没有对哪一个球星显出发自内心的特殊爱好，无论别人议起哪位时他都能插上去侃几嘴，很滥情。相比之下，柳莺要比他坚贞得多。柳莺从一而终，一旦爱上哪位球星，就一竿子喜欢到底，绝不中途有所偏废。

车子不好打，司机一听说去工人体育场，就摇头说不去，今晚儿马拉多纳来，六点钟蓝岛大厦那儿就戒严，车子不让左拐弯。柳莺一听，新鲜，敢情这马拉多纳来一次比国家元首来访问还隆重呢，提前两个半小时就戒严了。好说歹说，才截上了一辆"桑塔纳"。虽然对那几十块钱的车费微微有些心疼，但转念一想，400块钱一张的球票都买了，所有的球迷用具：小喇叭、V字形欢呼胜利的大手、望远镜、矿泉水、小旗帜、脑袋上缠的小布条……两人也一应披挂俱全，哪还在乎再多花一点车费呢！有道是出血越多，爱得越深，记得越牢嘛！

稍稍有点遗憾的是，柳莺上午去球迷专卖店买V字形塑料吹气大手时，把颜色给买错了。她看着货架上一溜赤橙黄绿青蓝紫，选了半天，挑了平素喜欢的红色和蓝色的两个。把大手拿回家，杨刚下班回来一看就叫唤起来："我说你这是想到球场上挨揍是怎么的？"柳莺不解地问："怎么啦？"杨刚说："你怎么能买红色和蓝色的？你这不是成心撮火吗？国安队的吉祥色是绿色的，蓝的是阿根廷队！连这点常识都不懂，还球迷呐你！"柳莺一听，又生气又挺泄气地说："废话你！要不是为看马拉多纳，我大老远去买这破玩意儿？没有马拉多纳跟他们踢，我哪知道什么国安不国安的？"杨刚气得没办法，说："拿着吧拿着吧！藏兜里，把气放掉，别轻易亮出来。"

坐上车，他们先拐到另一个球迷朋友崔巍家借望远镜。崔巍家有一个从俄罗斯买回来的前苏联高倍军用望远镜，听说他们要去看球，主动提出要借给他们。崔巍一边把望远镜塞到杨刚手里一边揶揄："我说，烧包，你们！800块钱的看他？！电视里看转播多真切，还特写。"杨刚嘿嘿干笑，说："嘿嘿，都是她穷张罗的，非要来不可。"柳莺嘴里没说话，心里头说，呸！电视里看转播，电视里看那还叫球迷啊？装蒜吧你！另外还有杨刚，也整个儿一"包装"球迷，混事儿的。

才不到六点半钟，工体门前就已经人山人海，看球的人缕缕行行，警察也缕缕行行，花插着凑在一起热闹。小喇叭呜哩哇啦叫，彩带儿满天飞飘，吆喝声叫卖声，很像村子里在赶一次社会主义大集。柳莺吃惊，无限感慨地说："这么多人都来看马拉多纳？真没想到哇！这要是克林顿来了还只不定怎样呢。"杨刚说："傻！克林顿来？小克来了也不过就是礼炮二十一一响到头了，谁花好几百块去看他，有病是怎么着？""可为啥马拉多纳来了就惹人眼？""马拉多纳？马拉多纳代表的是世界顶尖级足球文化，而克林顿是谁？一国之总统尔。连这点事儿都想不明白还张罗着来看马拉多纳。不好意思，不好意思。"杨刚摇头晃脑。柳莺推搡他一把说："去去，少跟我这儿犯贫。"

俩人说着往前走，走几步，就要被摊主们截住一道，死乞白赖推销他们各自手中的产品。大幅大幅的马拉多纳招贴画，马拉多纳蹲着的，马拉多纳站着的，马拉多纳跑着的，马拉多纳搂着两个女儿的。一看就是仓促印出来，套色套得花花绿绿，稀奇古怪。同时还有马拉多纳戒指，马拉多纳球衣，马拉多纳裤衩，马拉多纳球鞋……马拉多纳，马拉多纳！马拉多纳身上究竟有多少个卖点，让商家们炒作得如此忘乎所以？！

柳莺兴奋地在一个个贩子的摊儿前流连，一见到有关马拉多纳的资讯就狂热地收集，不一会儿就划拉了满满一大抱，满脸通红地颠儿颠儿举在杨刚面前显摆：

《北京青年周刊》封面是龇牙咧嘴腆胸叠肚欢笑奔跑着的马拉多纳，穿着蓝白条相间的阿根廷队球衣，左肩上扛着黑底红字和黑底蓝字：取缔异性按摩之后　抢占中国汽车市场。右肩上扛着黑底白字：马拉多纳来了！

《海内与海外》封面马拉多纳笑着比划着，穿着一身休闲服蹲坐桥头半截树桩上，头顶是蓝天辉映的红色大字：且看今日中国土皇帝　来了，马拉多纳风暴。在他的黑色软布面休闲鞋底踩着两行蓝白字：世界旅游热中的浊流　日太子妃将接受人工授精。

《为您服务报》头版一整版刊登马拉多纳的报道，身穿蓝色球衣的马拉多纳通栏顶天立地，做目瞪口呆状，胸围上是醒目的紫罗兰色特号字：球王？烂仔？右耳朵边上附有斗大的草绿色导语：世纪末最后的足球怪物　迭戈·马拉多纳。

真来劲啊！柳莺的情绪已经完全被调动起来了。有多少个普通老百姓渴望着狂欢宣泄，渴望着把单调沉闷的日子捏出个响来啊！找到个爆炸的借口和由头不容易啊！柳莺此时浑身充满了想投入狂欢洪流、想加入喧声大合唱的急切。她在外头不停地上厕所，连续上完三次后，这才莫名激动地牵着杨刚的手，按票号找到了他们的入场口。兴致勃勃往里头进，把门那位一眼瞅见柳莺手里握着的矿泉水瓶子，打老远就大声嚷嚷："哎哎，不准带水！说你哪，你！还往里走，听见没有你？"说着冷不丁从旁拽了一把柳莺裙子的吊带。

柳莺一愣，本能地往后一躲说："干什么你？！"

把门的半大老头子说："告诉你不许带水听见没有？"

柳莺这时被拽得有些上火，也不由得提高了嗓音说："谁说的？哪儿写着不许带水了？"老头儿甩着一口圆熟的京片子："看球不许带软包装饮料，明白不？"柳莺白眼仁儿朝上翻，说："不明白。"死老头子说："不明白就看看票后边印的说明。"柳莺也来了劲，把票翻转过来举到老头子面前："你自己看，哪儿写了，有吗？"票后边的确是没写。可老头子仍在顽固："嘿！我说你是想怎么着？看过球没有？"杨刚在一旁忙接过来："没看过，没看过，我俩这是头一回。"臭老头子就坡下驴："没看过？没看过就学着点。去，外头把这处理了再进。"

"以后把注意事项写明白点。"杨刚一边小声嘟囔着一边领柳莺退出门来。柳莺鼻子里"哼"了一声，心里边窝着一股无名火。怎么一切还没开始呢就已经变得有点不对味儿了？悻悻地出去，把一大瓶尚未开启的矿泉水扔在一棵树下，空手返回。迎面二道门里穿安检制服的警卫正虎视眈眈。一个脸上抹得油光锃亮的四十来岁女人负责搜查柳莺。女人在柳莺的碎花吊带裙上转圈儿捏了几下，又令她打开蛇皮坤包，将一根电棍样的黑东西粗暴地捅了进去，又用力搅了几搅。柳莺的自尊心一阵痉挛，她勉强咬紧牙关，忍耐着。女人似乎觉得不过瘾，又将弯曲的五指直探进皮包，抓捣了几下，拎出一管儿玫瑰色口红来，拧开，摆弄了摆弄，扔回去。不尽兴，又进去，拎出一盒双色粉饼，打开，凑近鼻子底下闻闻，"啪"地扔回原处，似有些不耐烦。柳莺的忍耐还差一分钟就已到了极限。若是再耽搁一分钟还不放行，她也保不准自己会做出什么样冲动来。

为什么，一沾了球场边，就立即男人粗鲁女人变态了呢？柳莺的体内似乎有一股什么东西在翻卷涌动，抑制不住地想要往外涌溢而出，想喊，想叫，想骂人，想打架，想摆脱一切理性束缚，真真切切用自己的肢体干点什么，干掉点什么。此刻她血管里的血，仿佛已经不受自己中枢神经的控制，而是完全听命于自在，完全被球场辐射出来的"场"所辖服，一个巨大的、解放了的"场"，在辖服所有人的行为，撺掇着人们去与禁锢已久的文明作对。

待到柳莺和杨刚找好座位，在四周围一转圈铁桶似的警察包围中将屁股稳定在橘红色小板凳上时，什么马拉多纳不马拉多纳的，此时已经退隐到他们的思维意识之后去了，无比明晰的，是要自身宣泄的欲望正在周身蒸腾。1996年7月25日夏季傍晚工体上空渐聚起来的人气里，明晃晃浮动着一个巨大的氢弹般的信息：宣泄。渴盼已久的偶像崇拜仪式已经被急切想要自身宣泄的欲望所代替。马拉多纳这时只成为了一个仪式的由头和衬景，一切个人都急欲想亲身表演体验的躁动使球场的白炽灯光摇曳不安。放眼一望，密匝匝的，各看台上都已提前一小时布满了一层层跃跃欲试的微醺激动的人群，从660块钱到80块钱高低起伏不等。低头一瞧，马拉多纳领着他的博卡青年队此刻就在他们的眼皮子底下弯腰劈腿地热身。柳莺赶忙举起她的高倍军用望远镜筒一照，她那紧贴在凸透镜上的妩媚丹凤眼就转告她的心说，别指望了，上帝本来就不应该轻易降临凡间，偶像本来也不是可以拉近了看的。作家只有他写作时才叫个作家，球星也只有他带着球的时候才好看。身上没球时也就跟个自摸不和的相公没多大区别。上停。木着。

在领导讲话电视台采访小姑娘献花等等一系列有中国特色的社会主义序幕拉开表演完毕以后，裁判员一声哨响，"嘟儿——"一声，二十来个小人儿开始在场地上跑动。还没等看清谁是谁，"嘟儿——"又一声，阿根廷队进球了。巨大的液晶显示屏上亮出比分：1：0。

寂静。发愣。大概有那么三五秒钟的沉寂后，看台上开始骚动、混乱，有一些声音响动传出来，不太明晰。然后，气流渐渐碰撞、攒聚，一浪接一浪，唾液的泡沫舔舐到一起，渐渐无比清晰，无比流畅，无比浑浊，无比恶俗，汇成一句话，汇成那一句话：

傻比尔！

柳莺蒙了！傻了！呆了！她反应不过来，对阿根廷队的快速进球反应不过来，对场地上空渐近浮起的那一句话反应不过来。待到那句话又无比热烈，无比欢快、无比生动、无比愉悦众口一词再次响起：傻比尔！傻比尔！柳莺的心跳骤然间停止了，像是突然间被当众扒光了衣服，浑身战栗惊惧着赤裸。怎么回事？这是怎么回事？他们这是在喊，喊……什么？！难道真是在骂，骂……那个吗？！

此刻柳莺比不相信自己的眼睛更不相信自己的耳朵。什么意思？什么意思啊？他们怎么可以这样、这样……说得出口？日常里她也不是没听过粗口，缺知识少修养的人们随处可见，甚至就在她所供职的知识分子圈里，甚至就在丈夫杨刚不经意的怒气牢骚里，人类没进化好的那根尾巴骨时时都抖搂出腚后边恶臭操行。她已被迫司空见惯，且不得不麻木不仁。但是，她万万不能相信，此刻，在几万人汇聚的公开场合，几万人哪！几万人的粗口汇成一股排山倒海的声浪，用同一种贬损女性性别的语言，叫嚣着，疯狂地挤压过来，压过来，直要把她压塌，压扁。柳莺赧颜，她那颗无端受辱的女性自尊，羞怯地瑟缩着，无处躲，无处藏，不知道怎么办，不知道如何是好。在这突如其来的污损耳膜的脏音里，她的嘴大大张着，呆呆地，渺小无助不知所措地定格。

接下来的足球完全不再是她所期盼的足球，马拉多纳也因着足球的变味儿而失去她心目中的英雄本色。只因为马大爷是上百万美金远道请来的，国安队谁也不敢说轻易给他下绊儿，围他屁股后边绕哄绕哄的，像跟着老师在进行体能训练。马拉多纳的王八式摔倒当然也就无从上演。从660到80块钱的观众都希望物有所值，希望能看到马拉多纳好好当众表演一回射。但是马拉多纳显然是有些兴奋不起来，行动怠惰，草草敷衍，看样子是想尽快把一个回合搞完。力与美的搏击全都隐没于斤斤计较的商业算计之中了。整场九十分钟的比赛里起哄声激将声此起彼伏。脏口，并且是、仅仅是贬损女性的那种脏口如同夏季林子里的蝉鸣，一棵树上的知了起了兴，即刻就有整座林子里的上万只鸟儿跟着群起响应。

柳莺的心悲哀了。她陷入到一种深刻的悲切里，不能说，也不能想，任凭耳膜被一次又一次沉重地污染、毁击，喉咙里却不能够说得出话来。她紧紧并拢双腿，尽量把身体往回缩，往回缩，缩拢到她的那件小小的碎花连衣裙里，以此来躲避和拒斥这可怕的粗俗。在铺天盖地的众声合鸣当中，她不能够表示出自己的不满和反抗。如果表示了，在男人当中她就会是个讨厌的叛逆，在女人当中她也会成为不受欢迎的异族。她看见坐在她前排有两个年轻姑娘，一脸潮红地跟着激动着，也不看球，忙着低头叠纸飞机，还撕了好多碎纸，场上一开始大规模哄骂"傻比尔"，她们就兴奋地站起身来欢蹦乱跳把碎纸乱扬，纸飞机乱抛。柳莺的悲哀，更加彻骨了。

所有的男人和女人都已经把这种语言认同了。这种最不堪入耳的污损女人身体的语言，不断被用来攻击女人也轻贱男人。听上去就仿佛几万人事先预谋排练好了似的。其实他们根本无须事先预谋排练，自古以来他们就已经如此了，自从有了男与女的角色区别那一天起就已经如此了。柳莺的喉头痛苦地蠕动着，憋闷着，嘶哑得有些充血。当又一次辱骂狂潮掀起来的时候，她实在按捺不住了，在她的裙子里站起身来，勇敢地站起身来，张大嘴巴，试图发出一点自己的声音。

可是，没有。当她鼓足勇气，想表示自己的愤怒，想对他们的侮辱进行回击时，却发现这个世界根本就没有供她使用的语言！没有。没有供她捍卫女性自己、发泄自己愤怒的语言。所有的语言都是由他们发明来攻击和侮辱第二性的。所有的语言都被他们垄断了。他们就如此这般地把女性性别恶意贬损刻毒羞辱着，却让女人在愤怒时张口发不出声音。为什么，为什么，这到底是为什么啊?！

柳莺颓然地坐下去，心在猛烈抽搐着，悲哀的无法言说和愤怒的无法排泄让她的喉头痉挛，面部肌肉难看地扭曲。蓦地，她想起一个叫刘恒的作家曾经写的一篇叫"狗日的粮食"的小说。狗日的。"狗日的"可能是她唯一知道的与女性无关的粗语。狗日的粮食。狗日的足球。狗日的国安。狗日的马拉多纳。她在心里默默地说着，但是仍旧张不开口。即便是狗日的，也仍充满对阳具的自恋和褒扬，仍让狗的后腰上的某部位与太阳崇拜发生关联。

柳莺彻底绝望了。在阿根廷队以 2∶1 终场前的又一阵铺天盖地袭来的谩骂狂潮里，她默默咽干了她屈辱的眼泪，在无法言传的哀伤中，闭上眼睛，以一种痛楚的决绝，拼命吹起了胸前的小喇叭。

"呜哇——"

那种尖厉的声音，在众声合鸣之中显得分外纤弱，又分外坚强。她只能用这种纤弱的坚强，把自己娇柔的视听遮盖、掩埋住，把自己无端受损的性别刻意修复。"呜呜哇——"

犀利的长号，吹得竞技场上狂欢停止了，飨宴的饕餮曲终人散。她枯坐那里，还在吹，不停地吹，诉说着她的孤独愤懑。她感到自己的反抗力量正一点点被耗尽，被广大的、虚无的男权铁壁消耗殆尽。在尖厉的号声中她听到自己的嗓音断碎了，皮肤断碎了，裙子断碎了，性别断碎了，一颗优柔善感的心，也最后断碎了。

1996年8月14日于北京双秀

鸟　粪

　　思想者坐在广场中央，以一种固定不变的造型，全身赤裸着，供来来往往的众生浏览和瞻仰。这尊历史悠久的青铜雕像，是经过飞机和汽车的长途贩运之后，历经数十个小时的旅程颠簸才到达这座城市的。又动用了两辆大吊车来回钩吊，才把他最后安置在市中心的广场上。

　　广场是整座城市的心脏。思想者便正襟危坐在左心室或右心房的位置上，亮出一身健康壮硕的筋肉，饱含着智慧的偌大头颅微微上扬，怡然欣悦地打量脚下的这座沸声连天的城市。那时候，整个广场上空，都翻卷涌动着遮天蔽日的滚滚黄尘，人类行走或驻足的风景全都被掩盖不见了，只剩下成千上万只鸟儿在弥漫的浮尘中翩翩惊飞。它们对这个闪现着亘古青铜之光的思想者的存在表示出应有的警觉和愤慨，以啁啾鸣叫之音把内心的隐隐不安彼此间相互传递着。它们的心里还在纳闷：广场上有这么多鸟儿占据着就已经足够了，何须又弄出这样一个巨人思想者来掺杂其中呢？思想者那和美恬淡的呼吸成了众鸟浮躁啼鸣之中的一个不和谐音。留他在此究竟何用？

褐色鸟群扑喇喇、扑喇喇地从地上蹿起，环绕在思想者上空，盘旋着，思忖着，惶惶然不知该以什么面目面对思想者这非我族类，不知这个庞然大物会不会给鸟族造成伤害，也不知他能否给它们带来些新鲜的黍子和谷物来。

思想者不由得暗自笑了，他知道鸟儿们的担心都是多余的。作为广场上最后一个思想着的人，他所能做的事情也不过是思想。孤独地思想。而思想，并不会对鸟儿们世代相袭四平八稳的啄食生活造成任何妨碍，它们大可不必这样仓皇地起伏翻飞。于是他把目光收回，凝神阖目，专心致志地继续思索起关于人类生存与永恒等哲学命题。

鸟儿们的不安却由此加剧。它们搞不明白，一个人竟可以什么都不干，而单凭着坐在那里苦思冥想便可以存在下去。他那种坐定不动的姿势是否是出击以前的一种蓄积力量的准备活动呢？褐色鸟群叽叽喳喳，一次又一次大规模地俯冲，围绕着思想者打量，试探，用翅膀扑扇着他的肢体，用尖嘴啄一下他的头发，或衔起几枚小石子往他身上掼着，再不就将一小粒谷米放到他厚厚的嘴唇上，试探着看他会有什么反应，看看他这凝神不动的样子究竟是一种什么狩猎新招法。

思想者此时正沉浸于自己的思想之中，思索得那么投入，那么忘形。智慧正如闪电一样屡屡划破黑沉沉的意识之层，挟着他那滞重的身体，跨越重重障碍，明亮而飞速地朝灵境驶去，身后传来难题破解之后的轰隆隆雷鸣和无比酣畅的雨声。他那脑部的皱褶因着思想的丰富而更加密集地层层堆起，身上的肌腱因着智慧的折射而闪动着耀眼的金属光泽。思想的光辉，逐渐透过遮蔽的凡尘，温暖而蓬勃地显现出来，使他这人类，而不是鸟群，又一次成为广场上最惹人注目的中心。

思想者是完全地被这灵与智的游戏擒住了，早已忘记了现世的存在，听不见了尘世的喧嚣，兀自以自己的方式执著地思想着，思想着。

奇怪的是鸟儿们的欢乐也并没有亚于思想者。它们发现自己的试探、挑衅行动并没有遭到应有的还击之后，不禁叽叽喳喳地乐了。天空中到处布满了喑哑、嘈杂的讥诮之音。原来这貌似庞大的家伙也如麦地里的稻草人一样是不会动的，原来这也不过是一个一无所用的思想者。那么我们还担心他什么呢？

褐色鸟群霎时间便前呼后拥着纷纷降落下来，落到思想者的头上、肩上，欢呼着，歌唱着，庆祝一场虚惊的过去。雄鸟儿骑在他的肩上，也学着他的样子，叉开两爪，张开翅膀，凝神闭目，做出一副能与之相匹的思想状。雌鸟儿则一步三摇，投怀送抱，钻进思想者的腋窝下，跨坐在他的腿上，用尖嘴淫邪地在他浑身上下四处触摸亲啄着。雏鸟儿则蹦蹦跳跳地踩踏在思想者的头上，一副登高望远遗世独立的模样。

"嘻嘻嘻嘻——"

"哈哈哈哈——"

欢乐的鸟语一阵一阵爆发出来。

鸟儿的吵闹声终于分散了思想者的注意力，把他从沉思中惊醒过来。看着前后左右欢腾雀跃不可一世的鸟群，思想者感到有些迷惑和不解。他真不明白为什么自己要被放置在鸟类群集的广场上，整日被这些不能与之对话的鸟儿们所环绕。偌大的广场上为什么没有人声而只有鸟语？那些会说话的人类都失散到哪里去了呢？他感到了一种思想不能自由表达的郁悒痛苦。

有什么能比失语症更令思想者痛苦的呢？难道他不该置身于人群中与人类交流向大众宣言吗？难道他就该整日枯坐着与鸟群为伴吗？

难道他不是一个人、不是由人类艺术家创造产生的一个血肉丰满情感充沛的人吗？

一想到自己的诞生过程，思想者情不自禁地热血沸腾。他的思绪一下子就拉回到了那个悠远的年代，又看到了罗丹老爹和他的小情人克劳黛尔在那间巨大的画室里狂风暴雨般地制造爱情。他认定了自己一定是罗丹跟小情人克劳黛尔所生的，而不是跟那个糟糠拙荆的黄脸婆。伟大艺术家的生命历程里，总是需要有一个兔子般鲜活可爱的小情人来激活他的想象力和创造力、来启迪他的灵感。制造爱情的罗丹老爹爬起来在镜中一眼看到了自己怒然勃起的尚称雄健的肌体，看到了自己眉头紧锁、高潮将至的痛苦与欢乐合一的临界表情。灵感霎时如闪电般不期而至，将他的大脑皮层划出几道刺目的惨白。他迅速抓起案几上一块陶土粗坯，手指痉挛着急切揉捏起来，身体也不可遏止地急遽摆动，伴着小情人克劳黛尔那激情的呻吟，在肉体即将崩溃灵魂即将飞升的至极幸福里，一尊思想者的雕像雏形便在一双大手的揉搓之下变得轮廓清晰了。

人类一造爱，思想便产生。

思想者心绪难平，眼中闪动着对往昔的无限深情。鸟儿的叫声又将他唤回现时的处境。人与思想真的是相与共生的吗？人究竟是什么？思想又到底有什么用？思想者难道就是整日枯坐，赤裸着供芸芸众生用目光把玩和欣赏的吗？思想难道仅仅是一个名词吗？徒具虚名百无一用的思想对人生何益？思想难道不是一个动词吗？难道不应该在行动中体认和显现自己的价值吗？思想者自身不就是在一系列激情的动作之中显露胚胎并最终定型的吗？

动吧！动吧！动起来吧！

思想者凝神屏气，在夜色的掩护下，试着启动他那枯坐太久业已僵硬的肢体。他慢慢地慢慢地抬起身来，离开那个厚重的底座，转动着脖颈大腿脚腕手腕各处过节，在一阵"咯吱咯吱"艰涩欲裂的爆响过去之后，韧带终于润滑起来，可以抬腿向前迈步前行了。置身于鸟群之中，他感到了与人群疏离的难言的痛苦。人与思想是一刻都不能分离的。他必须到有人的地方去，到需要思想的地方去，到那里去与人合一。鸟儿不需要思想，鸟儿只需要觅食就足够了。

最初的步伐，迈得古朴而稚拙，像一个孩童似的走得不稳，摇摇晃晃，趔趔趄趄，深一脚浅一脚，样子十分可笑。但思想者的内心仍旧十分喜悦，他毕竟是行动起来了，马上就要找到自己真正的位置了。他沿着广场中轴线的方向坚定地走着，小心翼翼不去惊扰沉睡着的鸟群。满天的繁星为他的行动作着明证，夜风里浮动着处于上升时期的城市那芜杂繁茂的歌声。每一束霓虹都是一簇饱蘸欲望的花朵，在腥膻俗艳的人气里劈劈啪啪爆绽着。发酵的欲望正从每一瓶刚刚开启的"二锅头"、"人头马"浓郁的酒香中飘散出来，思想者有了微醺的感觉，步子也有些轻飘飘的。他停下脚来，定了定神，循着卡拉OK歌声的指引，朝着觥筹交错酒楼密集的夜生活区走去。那里的人们永不疲倦，那里的消费永不打烊。那里是否会有人需要他呢？思想者信心十足，努力坚定脚跟，避开酒气的侵扰，大踏步地走向前方。

远远看见酒店的漂亮玻璃门无休歇地旋转着，穿着白色制服的门卫恭敬地肃立，带着职业性的微笑讨好地迎来送往每一位顾客。思想者刚刚走到门前的停车坪上，忽见一群珠光宝气的女人与油头粉面的男人勾肩搭背地迎面出来，嘻嘻哈哈彼此用轻佻的语言调笑着。思想者想上前去打招呼，可马上又犹豫起来，不知道怎样说才好，也不晓得自己的话语是否能与他们的相互对接。他一时竟变得语噎，想要回避又来不及，只好很仓皇很羞涩地站立，匆忙之中以一副行走的姿态原地定格，将自己尴尬地置身于明亮的灯光之下。

一个嘴唇如血的女人最先发现了他，一脸惊诧地大声嚷嚷："哟，你们瞧啊，从哪儿冒出个光屁股的大老爷们儿？"

旁边一个涂着深蓝眼圈的女人顺着她手指的方向一瞧，也夸张地大声叫着："我的妈呀！那是谁呀？可要把我吓死啦！"

思想者一怔，心说难道我这么快就退出人类记忆了吗？人们怎么可能不认识我呢？

一个手持"大哥大"的男人看了以行走姿势站立的思想者一眼，以一副见多识广的腔调说："咳！我当是什么呢，原来是一个雕像啊。现在城里头时兴砌这个，马路沿儿上到处都能见着。"

嘴唇如血的女人说："是雕像吗？我怎么看着像真人似的？别是谁在那儿耍流氓吧？"

深蓝眼圈说："等着，我上去摸一把，看是不是真的。"

说着，深蓝眼圈款款姗姗扭腰上前，先对思想者抛送了一个勾魂荡魄的媚眼儿，随后便抽出手来，将黏热温湿的手掌很猥亵地贴在思想者颇具力度的后臀上，又顺势向前合拢包抄过来……

思想者惊惧得心都快要不跳了，脸涨得通红，嘴巴张得老大，却半天都叫不出声音来。他简直没有想到，人，人，人……人怎么都变成这个模样？从前的德、德……德行都跑到哪里去了？世界上怎么永远都有婊子存在？那些正人君子如今又在何方？

思想者鼓足勇气正待反抗，那边那个拿"大哥大"的男人喊了起来："嗳，我说，还没摸够是怎么着？待会儿咱换家KTV包房继续摸……"

"讨厌……"深蓝眼圈嗔怒地回了一声，手指在思想者的尘根上使劲拨弄了几下，这才恋恋不舍地撤了回去。红色皇冠载着他们急驰而走,深蓝眼圈装腔作势地摇下车窗向思想者抛着飞吻,引得红男绿女又是一阵淫荡地哄笑。

思想者呆呆地站着,一颗孤傲自尊的心遭到了无比严重的挫伤,简直要经受不住这言语的奸污和亵渎。难道他已经没有可能和人类沟通了吗?他们之间就再也没有对话和平等了吗?要知道他正是由人类创造出来并曾受到无限崇尚的啊,怎么可能这么快就遭到人类的拒斥和侮辱?难道他真的不再被看重不被需要了吗?他的位置到底应该在哪里呢?

思想者忍受着忧伤和痛苦,缓缓退出了灯光耀眼处,离开了那条中轴线,默默沿着城市边缘的黑暗处行进着,期冀在一个不经意的时间和地点,找到一处可以容他歇脚和驻足的港湾。

鳞次栉比的高楼大厦渐次退到了身后,喧闹声渐渐低了,树荫一片片多了起来。四下里都看不见人,只有几辆出租车亮着黄灯在空跑。城市的边缘显得平静而又阒寂。思想者孤独地走着,不停地张望,十分希望能与善良的人们相遇并相知。终于,他看见两个扛着大麻袋包的民工向他走来了。他掩饰不住内心的渴望和惊喜,张开双臂想用最热情的礼节将他们迎接。不料,他们根本对他视而不见,只顾鬼鬼祟祟地抬头注视高压线,低头盯紧井箅子。

思想者搞不清楚他们的用意何在,仍旧把手臂高高扬起,满怀希望地将走在前头的那个民工拦截拥抱了一下。正在低头寻找下水道井箅子的民工被碰得猛一哆嗦,抬头张皇地看了思想者一眼,本能地退身挣扎着,"当"的一声,脚掌踢到了坚硬的青铜上,疼得他挤鼻扭脸嗷嗷大叫起来,转瞬之间又忽地喜形于色喊:

"二狗子,快过来,这儿还有个大铁块子呢!"

思想者一听,话音不对,赶紧收敛起脸上友好的笑容,以拥抱的姿势定格不动，不知民工打的是什么主意。

走在后面的二狗子小跑上来，握着鹰嘴钳，"咣咣咣"敲了几下："哎哟俺的娘哎，这哪里是铁，这可是铜嗳！值老了钱了！"

"真是假的？俺可是捞着金元宝啦！还愣着干啥？还不赶紧动手装！"

两人一起动手，连拉带拽，要把雕像扛起来往麻袋里塞。无奈雕像的体积太沉太大，累得他们呼哧带喘的也没能扛得起来。二狗子核计了一下，便把麻袋里偷来的那些下水道井盖和高压金属电线统统倒出来，扯着麻袋从雕像头上往下套。雕像那庞大的身躯将麻袋撑得鼓鼓囊囊的，上半身进去了，下半身却还裸露在外边。累得红头涨脸的二狗子急得围着雕像直打转：

"他奶奶的！快到嘴的肥肉也不能就这么让它飞了。干脆，咱先锯下几块来卖卖再说。值钱的话，明儿咱回村开个手扶拖拉机来把这玩意连窝端走。"

二人拿出鹰嘴钳、木工锯、开山锤、电凿子，在思想者浑身上下比量着找地方下手。思想者胆寒了，看到两个利欲熏心的狰狞面孔和他们手中尖利暴戾的作案工具，顿时吓得手脚冰凉，嘴唇青紫，哆哆嗦嗦说不出完整话来，连为自己辩护的力气都没有了，双脚几乎就要瘫软，只是在心里默默哀告着说：

"人啊！请不要如此戕害我吧！我只不过是没有一点抵抗能力的思想者啊！"

民工却根本理会不到他的内心独白，只是胡乱拣他身上丰厚的地方左一锯右一锯地割着，左一锤右一锤地凿着。"叮叮——当当"，"咯吱——咯吱"，金属的敲打撞击声在静夜里格外的响。没出一会儿，思想者的头上、脸上、身上、腿上便布满了横一道竖一道的锯齿形凹纹，以及坑坑点点的深沟。

思想者忍受着锯割斧凿的痛楚，用力在心里喊着：

"兄弟啊，你弄错了，我的价值不仅仅在于废铜烂铁，而是在于我的思想！思想的价值要高出千倍万倍，思想可是无价的啊！"

可是他的呼声却是那么微弱，细小得难以察觉。无端的折磨，已经让他的声带完全嘶哑了。

斧锯凿子仍旧顽强地在他身上四处割斫着。但思想者的体魄那样的完善壮硕，粗犷豪放，如此坚硬深厚，浑然一体，令人难以一块一块地将它们分割。累得筋疲力尽的两个民工灰心丧气，想放弃又舍不得，气急败坏地瞪着发红的眼睛，圪蹴在地上冲着高大威武的思想者喘着粗气。

"这可太憋气了，眼看着肥肉就是吃不到嘴，你说咱可咋整呢？"

"肉厚的地方割不动，咱莫如先捡细的地方割，能卖多少是多少。"

二狗子说着，通红的眼睛又向思想者身上打量，寻找着柔弱纤细的地方。在将手脚耳朵毛发等等部位一一瞟过之后，二狗子的目光落在思想者的尘根部位上不动了，流里流气阴阳怪气地道：

"我说栓子，咱就先把他这根屌割下来吧，泡成三鞭酒，说不定还能大补呢！"

二人嘿嘿嘿地狞笑着，起身上前开始动手，扯起木工锯架在思想者的尘根上，然后一边一个来回用力抽拉起来。

"吱——嘎——，吱——嘎——……"

锯齿走处，筋脉一根一根被割断。貌似坚硬孔武、粗大有力的尘根实际上是多么的柔弱无力，不堪一割！思想者的心哆嗦着，神经抽搐着，浑身冷汗直冒，眼看着就要虚脱，只在心里无望地喊着："为什么？为什么？这到底是为什么？只为一时的蝇头小利，就要将我活活阉割吗？天呐！天呐！天呐！"

割锯声却不管不顾地兀自响着。远处响起了摩托车的轰鸣声。二狗子一惊：

"不好！栓子，巡警来了，快跑！"

二人丢下铁锯，扭头就跑。跑了两步，二狗子又转身回来，捡起地上的榔头，照准思想者那仅剩一根筋脉相连的尘根狠命就是一凿！"当啷——"一声，尘根掉在地上。

思想者再也支持不住了，訇然倒地，一头昏死过去。二狗子慌忙捡起尘根掖在怀里，扭身拔腿就跑。

"站住！再跑我就开枪了！"

警察在后边高声喊着，随即向天空"叭——叭"鸣枪示警。摩托车紧追不放，一会儿就把两个罪犯擒住，塞在车斗里，带回作案现场来起获赃物。

"是这儿吗？"老警察厉声喝问。

"嗯呐……"二狗子低头看一眼倒卧的思想者和扔得满地的锯子凿子，惶恐地点头。

老警察将麻袋高压线井箅子等赃物拾起来，一并扔到车上。小警察查看浑身布满锯齿斧凿痕迹的倒地的思想者，纳闷地问老警察：

"老张，你说这塑像能是铁的吗？这两个无赖怎么跟它摽上了？"

"怎么不能？搞艺术的人最能闹妖蛾子，他们什么材料不敢用？现如今泥塑木雕已经不过瘾，非要用那个真铜真铁，这不，就把贼给招来了。"

"我看着还是不大像……老张，电棍递我，我电电他试试。"

小警察伸手接过电棍，将一端捅在思想者身上，随手揿动了电源开关。霎时间，一股强大的电流"倏"地从思想者的身体上穿过，刚刚恢复一点知觉的思想者被电击得浑身前仰后合狂颤不已，一粒粒猩红的火花四处飞迸。那是万箭穿心、血液烧干、筋骨洞穿、皮焦肉烂永远不愿回想永远不能言传的创痛的滋味。思想者只来得及吐出一句"无知……"，便再次昏死过去，什么都不知道了。

"唔，的确是铁的。"

小警察满意地收起了电棍。

"明天通知园林管理局，不要把塑像到处乱放，应该放到有人监管的地方，免得影响社会治安。"

摩托车载着警察和罪犯渐渐走远了。

不知道过了多少时间，思想者慢慢苏醒过来。星星都隐藏在天幕后边看不见了。黑沉沉的，这是曙色即将到来之前的最后一抹浓暗。夜风折断了几根树枝，打下几张叶子落在他的身上，带来一股彻骨的凄寒。千疮百孔的思想者静静地躺着，静静地。他真想永远地这样躺下去，永远地就此死过去。死过去，不再醒转来，不再用思想折磨自己的大脑，也就不再会有暴力摧击自己的身体。

——可是，这里，这城市的边缘可以容他这样平静地躺下去吗？这里是他可以安身立命之地吗？谁能保证天明之后不再有人将他污辱和贩卖，不再有人在他长眠的躯体上继续做手脚和文章呢？

思想者默默地躺着，听着冷风飒飒的足音，一边运气调息，一边艰难地思索着自己的境遇。一只无家可归的夜游老狗，一路嗅着慢悠悠地踱了过来，走到思想者身边。它仰头看了看这个巨大的雕像，然后停下脚步，在背风的一面紧挨着思想者的身体趴下来，似乎找到了舒适惬意的避风场所。老狗那快要光秃的毛皮上传来一丝暖烘烘的气息，迅速透过冰冷的金属表层传导进思想者的躯体。他不由得心里一热，无比欣慰而又惨淡地喃喃自语：

"狗啊，难道只剩下咱们俩才可以互相依偎了吗？"

狗睒了睒眼睛，像是听懂了思想者的独语，更紧地向他身边靠拢过来，然后支起后腿，"哗哗哗"地将一泡热尿浇到他的身上。

思想者淹没在尿臊气里，无从思想，也无从言语。

太阳升起的时候，思想者已经重新回到广场中心那个厚重的基座上，全身赤裸着，眉头紧蹙，以手支颐，遮盖脸上的青紫伤痕，双腿并拢，将被阉割过的裆处使劲夹紧，面对过往的众生，痛苦地思想着。

经历了大悲大恸大劫大难的思想者，已经变得大彻大悟，心如止水。一夜之间出走的遭遇，让他饱尝了行动的艰辛，同时也使他明白了一个最浅显平凡的道理：思想者是不能轻易行动的，行动是不会有什么好结果的。他所能做的，也只能是思想，思想，将肉身化为雕像，以青铜的方式，庄严地存在，永远常驻广场中央，在铺天盖地的鸟羽的遮蔽里，以金属凄艳冰冷的光泽，昭示人类灵魂的亘古不朽！

思想是永远都不能从人类头脑中连根拔除的。

褐色鸟群在艳阳高照之下振翅翱翔。鸟儿们发现这个庞然大物虽然不能给它们带来什么实惠，但是站在他的肩头上却可以看得更高更远，他的卷曲的浓密的头发也是栖息繁衍的好场所。

于是，它们便沿着思想者荒凉的额，挤挤擦擦闹哄哄地攀援，上升，快乐地鸣叫，做窝。

思想者被自由自在的鸟粪淹绿了。

1995年1月于京西浴风阁

先　锋

废墟

　　废墟早在撒旦他们这些个画家诞生之前就已经废在那里了。百八十年前，英法联军端着洋枪洋炮攻进北京城里，不住地烧杀抢掠，一把火就把好端端的一座宫殿变成了灰秃秃的一堆废墟。大凡能氧化燃烧的物质，全都纵身化了灰，成了有机物。剩下一堆堆点不着的石头瓦砾，则以无机物的形式千疮百孔地撂着，半梦半醒之间，追忆着灿烂荣耀的往昔。从西伯利亚斜过来的冷风，岁岁年年敲打着复活下来的荒草老树，树枝子呕哑嘈杂不住地怪叫，茅草丛子也跟着哆哆嗦嗦抖个不停。泥沼之中逐渐升起了四季不灭的苇子花，盲目地随风跳着没心没肺的舞蹈，全没有一点点国破家亡的忧思。废墟虽是废得不能再废，却时不时让争相繁衍的虫豸水蛭们搅出一片乐园的欢欣。

　　画家撒旦是在一个秋季的傍晚偶然走到这里来的。那时候严霜还没有降临，刺儿梅的叶子上还残留着一丝夏末的气息。一群群候鸟在这里短暂地栖息之后，将继续朝着南边迁徙。暮色很重地垂落下来，很快就罩住了撒旦瘦长并略微有些驼背的身躯。撒旦已经走得很疲惫了，他不知道自己究竟已在城市里飘浮了多久，依稀能感觉到的，只是自己浑身积满了黄色的灰尘和馊烘烘的汗臭。原来飘浮并非像他所想象的那么简单和轻松，悬垂状态原来也是很累人的。

撒旦在一棵树前停住脚步，把手弯到背后，又顺势延展到身体两侧，做了一个卸下辎重的动作。然后他轻轻捶打着僵直不肯打弯儿的双腿，艰难地坐了下来。水汽飘飘袅袅地升腾，很快就在四周挂起了一道雾帘。城市纷乱的色彩渐次朝后退去，废墟清冷的芜杂缓缓向前袭来。撒旦吁了一口长气，眯缝起双眼，看见几只惊醒过来的寒鸦，正扑棱棱从宿栖的树上飞起，不情愿地呱呱叫着向灰蒙蒙的远处飞去。那些轻捷的黑炭般的影像激起了撒旦无限的游思，把他黑洞洞的意识之门蓦地给震开了。记忆像鲜红的潮水一般汩汩地流出，一点一滴地在血管里漫开。撒旦闭着眼睛，梦游一般张开双手摸索着向前。尖利的树梢，柔曼的草尖，狰狞的朽石——在他的指尖上划过，给他留下一丝丝冰凉的温暖。那种鲜红的暖意渐渐积贮成完整而深刻的刺激，让他产生一种如临深渊般的狂喜的震颤。他浑身大汗淋漓，遏制不住幸福而又痛苦地狂喊：

"我操！"

而后他迅速起身，重整衣冠，迈着全新而富有弹性的步伐快速离去，不一会儿就消失在落叶翻飞的秋季城市里，只留下脚步声在废墟的空旷中回荡了许久许久。

那时候，这座城市的大马路和小胡同里，各种各样的艺术家像灰尘一般一粒粒地飘浮着。1985年夏末的局面就是城市上空艺术家密布成灾。他们严重妨碍了冷热空气的基本对流，使那个夏季滴水未落。

干旱一直持续到了秋天。各种传染病相继流行，密云水库水位下降到历史最低点，城市饮用水短缺，工业用水产生危机。郊区的农民更是叫苦不迭，他们悄悄到庙里举行各种祈雨仪式，暗暗诅咒是哪个挨千刀的作孽，得罪了龙王爷。他们万万想不到的是，这竟是因为城里的艺术家太多的缘故，全是让精英密集给闹的。

艺术家们自己也正憋闷得喘不上气来。这个夏季实在是燠热难耐，把他们身上裹的水墨蓝的牛仔裤烤得火辣辣的，裆里的话儿给焐得一阵一阵地发炎，去泌尿科检查后得出诊断结果，说是包皮快要给磨烂了，已经有一两个白细胞在尿碱里头英勇出击，全力驱赶来犯之菌。说起来这事儿也难怪，这是一群没有行过割礼，或割过以后又顽强再生了的艺术家，循规蹈矩的现实主义日子是不情愿再过了，总在琢磨着换一个新鲜的活法儿。老式的大裤衩和老头衫什么的虽然透气风凉，却早就让他们瞧不上眼儿了，只是碍着面子，才没敢公开唾弃。招他们喜欢的是那种挺括、硬邦的牛仔粗布，一年四季里不下身地穿。不透气也不要紧，自有办法让它往里灌风，只要在牛仔裤的膝头和后臀尖部位挖出四个小窟窿，这不就全解决了吗？若是再在洞口周围打磨出参差不齐的毛边，就完全是一派浑然天成的意思啦！

稍微有点可惜的是，这毛边一根一根磨得太工整太精致了，处处都流露出人工仿造的痕迹，以至于它始终都是一种临摹，而永远成不了创作。艺术家们不免有些垂头丧气。

原来这玩意儿也是被人家穿滥了的。有什么能比穿人家穿过的裤子更没劲的呢？尤其是在这么个响晴白日的天儿里，没劲就显得越发没劲了。焦灼和烦躁让艺术家们痛苦得无所事事，创造之火在地底奔突却没有合适的井口喷涌，艺术家们脸上的痤疮憋得此起彼伏。万般无奈，他们只好蓄起了胡须，留起了长发，试图以一种胡子拉碴不修边幅的废墟面目,把内分泌不畅的粉刺状态刻意遮掩住。

于是这一年夏天,老百姓们只要一出家门口,就到处都能看到许多鼻子不是鼻子脸不是脸的乱蓬蓬的脑袋在大街小巷里游串。

年轻的画家们在撒旦的煽情指引下,半信半疑厌厌倦倦地跟着他来到废墟。刚一进去,他们的眼睛就"唰"的被刺了一下,惊得几乎说不出话来。废墟以那样生动的存在无情地剥落了画家们矫情的伪装,照得他们近乎赤身裸体,立时让他们感到四肢瘫软无力。原来废墟是真实存在着的,是先他们许多年就早已存在着的。它充满着并贯穿了他们诞生与成长的这个世纪。废墟就是废墟,废墟不是他们在脸上刻意修剪出的那种参差不齐脏兮兮毛烘烘的玩意儿。废墟成为一种象征和隐喻,昭示着一个古老而又永恒的命题。废墟竟是那么一种有着无尽含义的东西。它存在着,人们却忽视了它,一直都没有去破译这个谜。

画家们静穆地肃立着,用心比照着,揣度着。终于,他们从各个不同的角度获得了最初的真理:

"废墟!火!我!涅槃!"

"废墟!花!你!荒原!"

"废……费厄泼赖!"

"废墟!德谟克拉西!"

…………

"废墟画派"成立宣言:

  我们都是迷途的羔羊。我们不是荒原狼。孤独不是我们的向往,我们必须成群结队才有力量。

《中华大百科全书·文艺卷·F类》：

F：废；废都；废墟；废墟画派：崛起于20世纪80年代中期。代表人物：撒旦、鸡皮、鸭皮、屁特。代表作：《存在》，《我的红卫兵时代》，《人或者牛》，《行走》。影响或者贡献：唱念做打俱佳，呈前卫状，做先锋科。在纯洁绘画语言方面开创了中国后现代艺术的先河。

（跨世纪出版社，2001年版，第1999页。）

"撒旦""嬉皮""雅皮""痞子一代"（又称"垮掉一代"，the beat generation）这些荣誉称号得益于傻蛋他们自己处心积虑修饰出来的外部包装。傻蛋最初听到有人称自己是撒旦时，内心里着实惭愧不已。他在心里头说，我连上帝的毛都还没摸着呢，更别提什么叛徒出卖他老人家了，就因为牛仔裤露膝露腚，就随便拿我和撒旦相媲美吗？这不是空担了一个混世魔王的虚名吗？鸡皮和鸭皮也给叫得惶惶不安，总觉得自己从小到大一直是吃干饭拉稀屎，也没下出过什么真格的蛋，没能正儿八经地标一把新立一回异。小屁特就更不用提了，懵懵懂懂地不知道自己究竟屁在哪里。据说洋屁特腻烦的是"工业文明""物欲横流"什么什么的，可是俺们反叛的到底是什么呢？于是就土屁土屁地怀着老大的纳闷儿，像一股气儿似的没有负担，内心却隐藏着带味儿的不安。

不过，从小营养不足，基本功没有练好又有什么关系呢？只要时候一到，锣鼓点一敲，撒旦鸡皮鸭皮屁特他们真就敢操家伙，青衣老旦小丑架子花地噼里扑棱耍起棍棒刀枪，"咔嚓"，"扑哧"，一个小卧鱼儿就翻上了场。

撒旦:"孔子——"

鸡皮:"老子——"

鸭皮:"耶稣——"

屁特:"释迦牟尼——"

合:"所有的神,所有的人

你们都来吧,都来吧

让我用画框拥抱你们

用一大堆混乱的颜色

来编织你们。"

《存在》:作者撒旦。画展一进门处,用一堆砖头支起来一个金属画框,一个四方形的巨大空框。从框里往外望去,能看到前来观展的人正鱼贯而入,人流熙熙攘攘。脑袋探进框子里的角度不同,进入视野里的物体也各不统一。往低处看,是大大小小的脚,往高处看,是奇奇怪怪的脸,往平处看,是粗粗细细的腰。背景则共同是灰灰蒙蒙幽深莫测的一片废墟。记者们前来采访,每次拍下的《存在》的画面都不一样。报章杂志上就刊出了原生态的各不相同的《存在》。

作者题跋:一切的虚无皆是存在。一切的存在皆是虚无。

《太平洋狂潮》评论综述:

A类:多么深厚且富有弹性的艺术空框!

B类:瞎掰。《存在》存在吗?

《我的红卫兵时代》:作者鸡皮。鸡皮从废墟里掘来许多烂泥,一把一把掼到画布上。然后他骑上画框，撒了一泡很长很长的浊尿。一摊浓黄悄无声息地洇过画布，漫延流漓出很大很不规则的图形，很醇，也很臊。

作者画中题诗：这是我今晨第一泡童子尿。昨晚我头一次没跟女人睡觉。

《太平洋狂潮》评论综述：

A 类：金盆洗手。纯度无可比拟。

B 类：尿的这是哪一壶？

《人或者牛》：作者鸭皮。这是鸭皮熬了几天几夜，用电脑绘制出的杰作。他把维摩诘的人像及毕加索的死牛一股脑儿地输入磁盘，结果机器里就吐出来一幅牛身人面图。一根根曲线交错扭结打着莲花络，好似金蛇盘根交尾，又仿佛在做着滔天欢喜图。

作者画面题诗：吃的是草，射出来的是粪。

评论综述：

A 类：杂交是艺术的最高境界。

B 类：不要脸的骚货。

《行走》：作者屁特。荒郊野老滩中，羊群倒立着四脚朝天地行走。羊儿们浑身溜光，只披着乌突突的羊皮。两头牧羊猪，乌克兰公和乌克兰母，穿着暖暖和和的羊绒坎肩，呼噜噜地啃着白水煮羊头。

画面题诗：羊毛不在羊身上，羊毛全在猪身上。

评论综述：

A类：20世纪最深刻的寓言。

B类：端的羊毛能养猪？

"废墟画派"一出现，首先让那些放过几天洋、见过大世面的评论家们兴奋得睡不着觉。他们一直都在处心积虑地思考着把国内艺术同国外线路接轨的问题。接不上轨就开不出去车，好货就得烂在窝里。这下可好了，"废墟画派"总算把这种疑虑给解决了，沉闷单调的日子总算可以借机捏出个响儿来了。于是他们赶紧三更半夜地从被窝里爬起来查各个语种的双解辞典，要给废墟画家们穿上一件最新款的衣裳，把他们包装打扮得豁豁亮亮。

好在那时候啥都想接轨都没有接上轨，《伯尔尼版权公约》和关贸总协定还制约不着中国的文人墨客，进口名词自由入境根本不用上税。评论家们就选用了最潮湿最措劲儿的"先锋""前卫"等等名词或形容词，试着往撒旦他们身上比量比量。这多少还带着点大胆的冒险精神，因为过关的时候还要经过检查呢。

果然不出所料，过关时还真就被机器卡住了。原因是海关的信息储存器里，对于"先锋"只存入了这么一条：

先锋者，积极要求进步，积极靠近组织，刻苦攻读马列毛主席著作，又红又专，热爱劳动，积极主动和同志打成一片之分子是也。

全自动电脑操作系统不知道这等庄严神圣的词儿用在该生撒旦身上是否合适。由于程序一时全乱了套，红绿灯讯号傻子似的乱闪个不停。

机器分辨不清的问题,最终当然要由人来解决。于是关员就说:"先把球踢到下边去,议一议再说吧。"

话题就给引到了球场上。小脑十分发达的运动员们纷纷发表了看法。不仅原来就踢前锋的人对此有意见,就连原来不踢前锋也没打算踢前锋,以及原来不踢前锋但一直想踢前锋却总也踢不上的也都有意见了。

前锋说:"这帮小屁特们也叫前锋,那我们叫啥?我们这前锋不白前锋了?"

打算踢前锋的说:"前锋要是像小屁特他们那样子,那可太让我们失望了,一辈子都白苦苦地争了。"

不打算踢前锋的说:"我原来对前锋多多少少还挺敬佩的,这样一来,就更没啥念想了,趁早拉倒吧。"

也有一直当替补上不了场的,就挺淡然地说:"这有什么呀,矬子里面总得拔出个大个儿来,前锋总得有人踢,谁去踢还不是一样。"

一时间竟有些莫衷一是。

就这么着,从夏末一直议到深秋,霜也下过了,雹子也下过了,紧跟着来的就是冬至。憋了一夏天的水分攒成鹅蛋大小的雪花,打头盖脸地恶狠狠砸下来,西北风打着旋儿呼呼呼地恨不能一口把废墟卷平。老百姓们不顾严寒,纷纷攘攘地从四面八方拥来,在废墟里踏上了亿万只脚。当然这并非是想让它永世不得长草,而纯粹是由于人民群众喜爱运动的天性使然,不过是借机会活动活动腿脚罢了。

也有极个别专爱制造热点,爱爆冷门抢独家新闻的记者,也扛上相机大老远地跑来凑热闹。还没进门,老记就在《存在》里头定格住了,足足惊呆了十几秒,才抖搂掉身上的雪花,按捺不住地高声咏叹道:"休看它只一片断壁残垣,却原来姹紫嫣红都开遍。这妖冶邪性的花儿越来越鲜艳,看来人们放的屁全都成了浇灌它的肥料了。"

"良辰美景奈何天，"老记起了一个兴，举着话筒凑到撒旦他们跟前，"哥几个还有什么进一步的打算吗？都给咱说两句。"

"赏心乐事咱家院，"撒旦守着他的《存在》，沉静地答道，"从来就没有什么救世主，也不全靠我们自己。"

"梅花欢喜漫天雪，浑身是胆雄赳赳。"鸡皮说。

"去留肝胆两昆仑，我以我血荐轩辕。"鸭皮说。

"自古英雄谁无死，我是屁特我怕谁。"屁特说。

老记若有所思地点着头，咔嚓咔嚓使劲儿拍照，急着赶回报社发特稿。也不知他的运气怎么那么好，那天他所拍摄下的《存在》，画框里捕捉到的竟是正走红的影视大明星东方美妇人的倩影。稿子第二天就上了头条，这下可更是轰动得不得了，不光是人民群众，就连平日里一向尊崇"文人相轻"，爱在同行的脚后跟点"二踢脚"的艺术家们也都给招来了。艺术家们抻长了一直龟缩在大衣领子里观风向变幻的脖子，瞪大莫名其妙的眼睛，在《存在》里存在了存在，在尿臊味里做了几个大幅度的深呼吸，又被倒立行走的羊和人与牛的体位倒错所启迪，然后，醍醐灌顶似的，憋在壳里的魂灵立时就脱颖而出，附了形体，不再忽忽悠悠地跟肉体分离了。

灵与肉这么稍微一统一，艺术家们上的那些个火立时就败下去了，大便也通畅了，痤疮也不起了，闭起门来就开始造车，推着小车颤颤巍巍地上了道，朝着摸不准的感觉逐渐逼近，最后终于一拨儿拨儿地固定到位，在下落的过程中不断把残雪未消的路面扑哧扑哧砸出一个个麻坑。

在洁白的道路上五颜六色地走吧
狗像影子一样不小心闪了腰

空寂的芬芳

冬天来了,春天还会远吗

诗人的这么几句话表达出了艺术家们的共同心声。

记者一看,小稿有了这么大的反响,乐了,赶紧进行追踪连续报道。

记者:"请谈谈当'先锋'的感觉……"

撒旦:"我傻蛋连撒旦都当了,还在乎当个先锋吗?"

记者穷追不舍:"不要这么简约,请再具体说说。"

撒旦:"已经再具体不过了。先锋就是存在,就是我的红卫兵时代,就是人或者牛,就是行走。"

鸡皮:"先锋就是进口超重低音音响,可接CD唱盘,卡拉OK功能完美齐全。"

鸭皮:"先锋就是国产特效消炎药,头孢氨苄特糖衣片,Ⅰ号Ⅱ号Ⅲ号Ⅳ号Ⅴ号Ⅵ号,败火去痰。"

屁特:"先锋就是赛场上永远打前场的。"

一大堆意见反馈到海关关员耳朵里,搞得他头昏脑涨有点不耐烦了。关员把手一摆,说:"这也先锋那也先锋,都先锋了,还先个什么锋?我还有好多重要的事情要做,没时间跟艺术家们缠磨。放行算了,我看没什么大不了的。"

"先锋"就这样大摇大摆地运进来了。

坚冰已经打破,道路且喜畅通。既然连"先锋"都过了关了,那么还有什么能检疫不合格的呢?批评家们敢想敢干,瞅准时机,再接再厉,又用集装箱塞满了成批成批的"主义",装到远洋货轮上往国内进口。据不完全统计,那一年批发和零售的主义总共有:结构主义

（解构主义和建构主义统归这一类），兽道主义（人道主义和狗道主义统属这一门），存在主义（包括不存在主义），正弗洛伊德主义（以及反弗洛伊德主义），旧权威主义（以及新权威主义），前现代主义及其后现代主义，上形而下主义和下形而上主义

....

"废墟画派"给归为"解构主义的普遍原理与中国国情相结合的时代产物"。这下子又让从小到大只听说并忠于过一种主义的撒旦他们感到心里七上八下地不落底。傻蛋变成撒旦，多多少少还沾点边儿，撒旦成为先锋，也恍恍惚惚具备某种可能，一切还勉强算在情理之中。如今又要苦撑着扛起一门子主义，实在让他们觉得有些吃力。

撒旦说："大人先生们行行好，别再往前逼我们，好歹也叫几条人命。让我们顶多也就先个锋得了，别再主义行不行？"

评论家劝慰说："你且把心放回肚子里，好好揣着吧。主义不主义都是由我们鼓噪呢，说你主，你就能主。都先锋起来了，还能不主一种义？如今人们都在主义，你不主义也没道理，显得落伍，成心跟别人过不去似的。"

撒旦说："那好吧，我们权且主着。多咱看不行了，您趁早换人。"

大张旗鼓地主了一阵子义以后，一点惊天地泣鬼神的变化都没有发生。该吃饭还吃饭，该睡觉还睡觉，该画画还画画。中国的政治制度社会结构经济体制该向哪个方向滑还向哪个方向滑。弄得撒旦他们心里反倒有些泄气，空落落的，白担惊受怕趾高气扬地企盼了一场。

撒旦领着儿子小旦坐在游乐园的高空缆车上，用浑浊的目光打量着脚底下的这座乌乌蒙蒙的大城市。1990年的城市高高低低，长短不齐。没有打夯机的轰鸣，也听不见搅拌机的歌唱，可一幢幢高楼却在

看不见的魔手的支配下，幻影般照样成长着。

所有的变化都在悄无声息又仿佛井然有序地进行着。在高空缆车慢慢向下滑落时，撒旦止不住又留恋起刚刚逝去的辉煌上升时代。那首老掉牙的歌曲又在他耳朵边上响了起来：

> 啊八十年代八十年代八十年代
> 你比鲜花更加逗人喜爱喜爱
> 啊八十年代八十年代八十年代
> 指引我们走向未来走向未来

不管怎么说，1985 年都是艺术和艺术家大放异彩领尽风骚的一个年份。撒旦领着儿子小旦坐在 1990 年的高空缆车上，追忆起 1985 年的文艺复兴气象时，泪水甚至几次都差一点打湿了他的眼眶。1985 年的情形基本上就是这样，什么都主义又都主不了义，什么都先锋又都先不了锋，什么都存在又都不存在，什么都错了位都变了形，什么都看得懂又都看不懂。人们都瞪大了白色的眼睛在寻找着黑色的光明。

"签名！"

"签名！"

人民大众都满怀着无比激动的心情，把艺术家们团团簇拥在当中，通红的脸孔，热情的手臂，嘶哑的喉咙，如痴如醉地朝拜起新时代的先锋。小旦他娘，那个可人儿朱丽叶不就是在 1985 年的冬天对撒旦进行狂热崇拜的吗？撒旦在她胸脯上签名的时候（当然是有一层衣服在笔尖和肉体之间做阻隔），能感觉到她的心正像小兔子一样在胸口急遽地跳动。那种过电的感觉每每回忆起来都让撒旦的手指尖感到麻酥酥地瘙痒。

在那个艺术的短暂的回光返照时代，艺术家又一次成了公众的图腾。图腾也不是说全部都能图得了腾，那些连包皮也没剩下，给割得不具形状的，就没法成为图腾了，就时不时地发一发牢骚，讲一些怪话，有些在时代车轮滚滚下流离失所的悲怆。有人失落，就有人上升，艺术是艺术家的事，谁也管不着，气死老百姓。但凡正常的就被鉴定为老古董，一切反常的都能成为反英雄。艺术家的瞎眼儿，口吃，秃顶，脚气，癌症，吊儿郎当，流里流气，全都成为一种个性的象征。艺术家重又被捧到一个高度上，鼻子孔朝天，下眼皮一个劲儿地朝上翻，牛皮哄哄的，不爱理人儿了。他们开始故意把人民大众摒弃到艺术之外，要与老百姓扯开一段距离了。

书上是怎么说来着，凡是脱离了群众，不为老百姓服务的，人民就不买你的票，亏你个十万八万的出场费，让你元气大伤，一蹶不振。

想想吧，历史上，每逢这种情况发生的时候，史家们紧接着将要描述怎样的局面出现呢？艺术的孤芳自赏，穷途末路，全面大溃退，整顿我们的作风，肃清一些流毒和影响，开展批评与自我批评，会员重新登记，清理阶级队伍，吧唧吧唧地再痛打落水狗，费厄泼赖可以缓行。

"废墟画派"果真未能免俗，紧紧地循了这条颠扑不破的艺术规律去了。就在他们急起直升，扶摇直上的当口，却"扑哧"一声，一头栽落在1989年秋季的全国艺坛大比武中，直跌得腰椎间盘突出外带颈椎弯曲，顷刻之间就瘫痪下去，长期卧床不起。

1989年艺坛大比武的结局实在出乎撒旦他们的意料。当他们接到通知，爱搭不理地从巡回走穴展出的场子来到比武地点时，发现显眼处的位置早被先来报到者占据了。真个是群贤毕至，少长咸集，各个品种的艺术家都把修得的新潮本领拿出来演习操练，跟最初那会儿相比，艺坛的变化简直是翻天覆地！

率先上场的是画家的一奶同胞兄弟，汉字书法家。书法家端了把椅子坐在台上，慢慢脱了鞋袜，露出两只油了抹黑的脚模丫子，把大小狼毫夹到大脚趾与二脚趾之间的脚趾缝里。然后，嘴里叼起口琴，手里拉起胡琴，两腿齐抖，双管齐下，脚底生皱。一曲《扬基都得尔》奏毕，一幅龙飞凤舞略带些臭咸鱼味的脚书也同时完成了。当场裱好，挑在旗杆子上迎风招展，明码标价开始竞卖。

接着来的是小说家。小说家的事业是人类灵魂工程师的事业。小说家一手拿着泥抹子，一手拎着水泥桶，把12345678个阿拉伯数目字一层层地往起码。码完了，还剩一个9，9自手。一条龙上停，推倒，和了。自己连喝几声彩，用帽子转圈向围观者收了那么十几张票子，点了点，还略有个小赚，不由得心满意足。

而后上台的是诗人。诗人在古典的阳光辐射下纷纷受孕，在遥远的瞎想年代里喝着祖宗的羊水，产下一批批面目模糊的黄种试管婴儿。还未等满月呢就插上草标急着卖孩子，丫头小子被贩子们抱走时诗人还假模假样地大哭小叫，待到人走远了，这才抹抹鼻涕，把钱偷偷掖进了裤腰。

一阵管弦乐器的轰鸣传来，交响乐队排队上场。小提琴轻抽浅送咯吱咯吱卖弄着技巧，乐队指挥扭着胯骨又蹦又跳。钢琴手把十个指关节来回捏出噼啪噼啪的黑白音响。不这么戕害自己观众就不给鼓掌。

戏园子里也是一番新气象。演话剧的都不言语光打哑谜，没有独白不再对话，男男女女在台上眉来眼去，你看我，我看你，勾肩搭背地吊膀子，彼此爱得死去活来，爱得实实在在，爱得不明不白。

京戏里头再也不用唱念做打，西皮二黄全被某某人Rap所代替，一大群龙袍马褂凤冠霞帔花赤虎脸，伴着打击乐，嚼着口香糖，在台上一个劲儿喋喋不休地饶舌，涌现出一个又一个的饶舌王。

这下可把"废墟画派"的人给看傻了，眼珠子一眨不眨地难以转动起来了。他们万万没有想到哇，就在自己的部队艰苦跋涉，走出根据地，到处扩大战果的时候，一大群"后先锋"和"后前卫"已经呼啸着打到前场来了！这不明摆着是犯规动作吗？这还了得？不行，得赶紧找赛事委员会的人说理去。

大赛组委会负责人说："规矩都是在事物发展过程中自己个儿定下来的，这事谁也干涉不着。反正是谁最潮，谁的价码高，谁就能摆在前头。"

废墟画主们忍气吞声，只好在后院的一个角落里设下了展台。没了一进门的显眼位置，《存在》也就失去了存在的意义。那一幅空框吊在墙上，框住的，也不过是一块块斑驳的墙皮。没有人前来观看，画布上的尿骚味自然也就再发挥不出沁人心脾的威慑力，熏不着别人，倒全让自己这一伙儿呛进肺管子里去了。

撒旦鸡皮鸭皮屁特他们终日垂头丧气地枯坐着，眼瞅着自己门前冷落车马稀，别人却春风得意马蹄疾，一口窝囊气憋的，直蹿向脑门子去了。撒旦上火急得，满头青丝摇摇欲坠，大有刚刚而立就秃瓢的意思。鸡皮也浑身上下到处起满了鸡皮疙瘩，鸭皮的鸭蹼上生出了脚气，屁特也重新犯了痔疮，难受得不能坐不能立的。脱离了废墟，他们就仿佛失去了天启。一切的痛苦与幸福，悲怆与激情也都离他们远去。剩下的，不过是无谓的故弄玄虚。

据《二十世纪新浪潮艺术史料》载：1989年秋季，"废墟画派"全体中层以上干部会议在墟里召开。与会成员就共同关心的问题进行了广泛深入的探讨。经过几个回合的论战，惜最后未能达成共识，没有达到拨乱反正的预期目的。这次会议标志了废墟画派的全面解体。

所讨论的生死攸关的重大问题列出如下：

1. 关于由谁来当新画王的问题。
2. 有关朱丽叶本该成为小什么娘的问题。
3. 关于该不该让俞木墩入会的问题。
4. 关于走穴收入分配不均问题。
5. 关于出国名额分配不合理问题。
6. 挂靠成正处级单位后任职不公问题。

上述这些作为问题一条条摆到桌面上以后，首先感到惊诧的就是盟主撒旦，撒旦惊得险些一头栽倒。所有的请问竟全都是冲着自己来的，没有一件是跟艺术，跟这次比武的失败沾边。看来革命队伍内部早已隐伏下了巨大的危机。

此时的"废墟画派"已经由民间自由结社的艺术团体，挂靠成为艺术研究院下属的正处级国家研究机构，列为美术局废墟处，办公室设在黑石桥路三里沟。处长一名由撒旦担任，副处长三名，分别是鸡皮鸭皮和屁特。下设大小科室十个，正副科长二十余人。在编人员共一百〇七个，第一百〇八人俞木墩属于个人挂靠系列，在职不在编，因为他的户口进城问题不太好解决。

一想到这些显赫成绩，撒旦心里不由得又生起无限感慨，没有我撒旦的鞠躬尽瘁，会产生今天这队伍壮大的奇迹吗？一生功绩，竟与谁说？！如今刚刚遭受一点挫折，革命遇到低潮了，就纷纷想要跳槽，临走，还要把黑都往我一人的脸上抹。艺术家，果然是最不仁义，最不道德，最不可团结而只能打击的一堆白眼狼啊！！

撒旦静下心来，倒要听听哪个跳出来先说。

鸡皮果然就跳出来说："依我看，首先该把这些待遇问题弄清了。要不，我们心里头就总扭着股劲儿，艺术水平呢，也休想上得去。"

"嗯。"撒旦耷拉下眼皮，"说吧。"

鸡皮说："大哥，我们知道，您有《圣经》做靠山，是正宗，是源。我们这些人都是派生出来的，是旁枝，是权。但是，您也不能总拿着画框占着显眼位置呀。打个比方说吧，现如今，先锋音响已经不行了，现在已出了大屏幕彩色超立体声环绕新画王……"

鸭皮说："还有画中画。"

屁特说："还有王中王。"

鸡皮说："对。新的出来了这么些，老的，该退就退了。"

撒旦说："你们这是事先合计好了一齐冲我来的吧？傻×你们！先锋就是先锋，先锋不是后先锋，先锋也不是后前卫，先锋更不能被新画王给代替。这个你们懂吗？"

鸭皮接着跳出来说："既然让我们说，我就实话实说。朱丽叶的事，我一直心里有看法。当初让大家签名的时候，您在她胸前签完了，就护着她，让我们把名都签到后背上去。您有什么权力这样做？否则的话，朱丽叶说不定会成为我们小鸭的娘呢……"

鸡皮说："成为小鸡的娘。"

屁特说："成为小屁的娘……"

鸭皮说："是的，凭什么她单单成了你们小旦的娘？"

撒旦白着脸说："瞧你们文化人这点操行，总是图谋朋友妻女，连个兔子都不如。那兔子还不吃窝边草呢。有种，你们勾她去，只要她愿意，我撒旦情愿拱手相让。"

停了一下，人人都把杯子里的水喝了一口。

屁特说："为什么俞木墩总捎香油给你？"

鸡皮说："还捎木耳……"

鸭皮说："还捎蘑菇……"

屁特说："他总给你进贡是什么原因？一个农村美术爱好者，也能入'废墟画派'？活活把全处的受教育程度拖下一个档次去。别人入会时，都有两名具副教授以上职称者推荐，他可倒好，拎两瓶香油，挎一篮子小枣，就成了会员了，这中间不是明摆着有猫儿腻吗？"

撒旦说："猫腻狗腻，喝一壶就知道了。你们有能耐也剪个纸，也剪出个'猫抓狗抓老鼠抓'连环套，我就服，我就撵俞木墩走。除了挤对人家，说风凉话，你们说你们还有哪个拉过他一把？要不是我不拘一格降人才，俞木墩这个乡土怪诞奇葩就早在乡下憋死了。"

会场一时寂静得没话说了。

鸡皮见说什么给噎回去什么，不禁心里愤愤的，索性一竿子戳到底："出国的事情也不公平，凭什么你总去大地方远地方，留下小地方近地方才让我们去？"

撒旦说："这个可得问你自己。你鸡皮懂几门外语？安排你和屁特兄弟去港澳台华人地区出访，不冤枉吧？我和鸭皮学历较高，都懂两门以上外语，欧美大（也就是大洋洲喽）跑得勤了些。那些基层干部也有外语好的，还没能轮上呢，你说你还委屈个啥？"

鸭皮说："收入分配问题也应该增加透明度。"

撒旦说："一看你就是一脸知识分子穷酸相，出国还紧着啃方便面。缺钱花不要紧，大哥我多拉点赞助，再多派你出去几次，美元不就攒下了吗？何必在乎国内走穴那点小钱呢？"

屁特说："那么挂靠的事又怎么讲？为什么就你一个人正处，哥几个都是副的？"

撒旦啪啪地拍胸口窝："你丫的还懂不懂点人心了？我挖门盗洞地找路子，挂靠上一个国家机关容易吗？我让大家伙都有了固定工资和公费医疗，反倒落了一身的不是。一百〇八人的废墟处，一个正处，三个副处，二十个正副科，还少哇？不少了。要不你们说怎么办？你们都当正的，我当副的？"

众人不再说话，各自拾掇拾掇细软，打点好行装走出门去，呼啦啦地作鸟兽散。

只剩了撒旦一人守着1989年深秋的废墟默默地发呆。

归去来兮

1990年到来的标志，就是艺术家脏兮兮的长发一夜之间全换成了油乎乎的秃头。锃光瓦亮的秃头不分白天黑夜地在大街小巷里尽情地照耀，夜与昼的界限顷刻间模糊了。无论是奶秃、脂溢性脱发、杨梅大疮抑或一本正经的削发剃度，凡是叫个艺术家的都想尽办法千方百计地把自己弄秃。一脑袋瓜子秃瓢才适合于安装最新最美的假发，才能化装成商人、官人、头人、鸟人、闲人、袭人，跻进黄道红道黑道白道绿道上去装模作样地混事儿。

画家撒旦的秃法有点与众不同。撒旦是在一夜梦醒之后发现自己被鬼剃了头的。他用双手在脑袋顶上一搂，滑腻腻、湿滚滚的，枕上除了留下一个青皮脑瓜，缕缕长发早已无影无踪不知去向。撒旦不由得悚然一惊："没根了。可算是六根清净了。"

撒旦不住地喃喃自语。包装成"撒旦"和"先锋"的那个披头散发的小子一夜之间就不见了,剩下的,只是一个面白面白、圆咕隆咚的倭瓜形大号傻蛋。

"嗯,是傻蛋。是我从前的自己回来了。"

撒旦感慨万端。"撒旦"还没当几天就进了绝境,洋技巧好像刚刚开了个头就已练到了顶。剩下的还有什么呢?难道非得从头操练,把祖祖先先走过的道再重新走一遍不可吗?

撒旦心烦意乱地把这个叫家的地方四下里仔细打量了一遍。锅碗瓢勺,小旦和他娘,外加一副画框。只有储满回忆的东西,没有能惹起留恋的地方。

"走吧。是该走了。是时候了。"

撒旦对着镜中的秃瓢吻了一下,然后,扛起画框,蹑手蹑脚地迈出了家门。

"砰!"

世俗生活被他象征性地隔绝在了身后。

走了几步,撒旦又回转身来,掏出兜里的十几元钱塞进门缝,留作小旦这个月的买牛奶钱。

"傻蛋,这一大清早你又要到哪里疯去?"

背后传来朱丽叶的责问。朱丽叶穿着睡衣,蓬头垢面地站在阳台上。

"寻根去了。归隐去了。"

撒旦头也不回地边走边说。

"寻根寻根,你寻个鸟根!"朱丽叶尖着嗓子,用花腔女高音嚷着,"归隐归隐,你归个屁隐!放着老婆孩子你不养,又要寻根,又要归隐,我看你天生就是神经不正常。听着傻蛋,有本事,你就一辈子都别回这个家门。"

朱丽叶歇斯底里的喊声，在清晨的雾水中震颤着穿过，分裂成细密的白色粉粒，呛得撒旦睁不开眼睛。他到底也弄不懂，那个喜欢追星、柔婉纯情的浪漫少女哪里去了，怎么忽然之间就变成了尖酸刻薄絮絮叨叨的管家婆了。鸡毛蒜皮庸俗透顶的婚姻生活可把他们俩给磨坏了。艺术已经给人生磨坏了。现代快要被现实给磨坏了。

困在城里的撒旦就像一条被揭了鳞的鱼，失去了往日璀璨的灵光，再也无法自由自在地呼吸。

"走吧，"撒旦嘴里嘟嘟囔囔，"走出去，就得救了。"

撒旦不住地自言自语。他扶了扶肩上歪歪斜斜的画框，一直朝北走，朝着看不见的城市边缘行进下去。太阳升起之前，他想，他一定得走出城里。

每一扇窗口都放射出几缕枯黄的温馨或柔情。雾霭中飘来女妖悠久迷人的歌声。秃头撒旦正在苍茫的路上踽踽独行。神不再为他提着那盏指路的红灯。他只能用秃头为自己释放灰色的光明。

艺术的旺季在上一个秋天就已经彻底结束，春天的苹果树正在远处无望地开着一片片淡季的花。撒旦一路上虔诚地托着他的画框。他框框这个，套套那个，搁在这儿，摆在那儿，框来框去，左套右套，无论怎么框，框定的都无非是一片天，几块地，两三个人，一团浮尘。

"这个城市完了。没有任何有意义的东西了。"

撒旦闷闷不乐地想。他已经对这座城市感到了彻底的绝望。他走啊走啊，却总也走不出城里去，无论走到哪里，都能跟从前的艺术家们不期而遇。大家都从各自的秃头或假发里认出了当年的同党，于是便不好意思心怀鬼胎似的相互一笑。对过眼光之后，又分道扬镳，把各自的路子走得更急，更响。

终于，当一大片金澄澄的麦子摇曳着招展着涌进他的画框时，行者撒旦狂喜着停住了脚步，站在麦田边上热泪盈眶：

"唵嘛呢叭咪吽……天！"

在1990年夏天金黄金黄的季节里，艺术家撒旦不顾一切地一头扎进麦地，不停地思索起"我从哪里来""要到哪里去"这些锈迹斑斑还挺沉甸甸的问题。

俞木墩最先从撒旦的画框里跳出来登场。木墩一个"燕子展翅"亮相，然后，立定，撑开小黑伞，站在6月的骄阳下，毕恭毕敬地迎候撒旦导师。

这朵"乡土怪诞奇葩"，可是撒旦导师一手辛勤栽培、扶植起来的。自打俞木墩的剪纸连环套"猫抓狗抓老鼠抓"入了废墟画派，在京城里展出之后，木墩一下子成了小县城里的文化名人，不久就被提拔到县里，当了文化馆馆长，老婆孩子也一起跟去吃起了公家粮。若不是老婆阻拦，他还想把他的艺术启蒙老师，那个擅剪窗花的八十多岁的老奶奶也一道接进县里去呢。

"忍得苦中苦，方为人上人哪！"

木墩心里头常这么想。

"吃水不忘挖井人！时刻想着我大哥。"

木墩同时也这么想。

虽然是当了个先锋，木墩也没有像城里艺术家那样把尾巴翘到天上去，他依然恪守着受人滴水之恩当以涌泉相报这个死理儿，按照春夏秋冬季节的变化，给撒旦导师兼大哥捎去时令土特产品，包括香油、木耳、小枣、蘑菇等等。

"大哥，就您一个人来的？"

俞木墩恭候在路口的老槐树下,仰起了没熟透的向日葵一样的白里透黄的笑脸,热情地上前拉住了撒旦的手,接过了他肩上的画框。

"嗯哪。"撒旦甩了甩手,疲乏地应了一声。

"您这次是挂职锻炼呢,还是自费体验?"俞木墩试探着问。

"啥也不是。是寻根。归隐。"撒旦淡淡地说。

"寻个啥?闺……瘾……?"俞木墩老半天摸不着头脑。

"寻根!归隐!"撒旦重重地重复道。

"……嗯,那什么,大哥,咱还是先到县上吃点饭,喝点酒,歇歇,缓过乏来再去办事儿。俺们县长待会儿还要过来敬酒呢。"

"木墩,肯定是你穷张罗的吧?我不是告诉过你别声张吗?"

"嘿嘿,大哥,瞅您说的,您是全国著名一流大画家,县长接见一下也是极其应该的。"

刚一照面时,俞木墩和撒旦都彼此吓了一大跳。俞木墩暗想,才多少日子不见,撒旦老师咋就这么土了吧唧的不艺术了?早先那会儿,撒老师那工作服裤子上都带好几个窟窿,头发都有两尺来长,一直披过肩膀,从来都是不骂人不说话。那风度,那气质,操,人那才叫艺术呢!我在县长面前还神道道地替他吹乎了老半天,哪承想,他现在也学说一口土话,变得这么土得掉渣,气质下降得尤其的差。唉。

撒旦心里也在寻思着,才多大一会儿工夫啊,你说,一个乡土奇葩,就演变成了城市癞瓜了。哪像他第一次进京那会儿,脸色黢黑,一口大黄牙,秃头上遮着一顶耷拉檐的确良黄军帽,把一大堆剪纸用小包袱皮里三层外三层地裹着,见谁都叫大哥,见谁都叫老师,多纯朴,多执着!一晃,怎么奶秃就治好了,长出一脑袋黏得直打绺的乱草来了?瞅那牙也白了,裤子上也磨出窟窿眼儿来了,简直艺术得不能再艺术了。这全是废墟画派艺术熏陶的结果啊!

路边停了一辆桑塔纳，俞木墩请撒旦上车，说这车是县里淘汰下来，归了文化馆，县长书记们都不屑于坐了。

车子在县城挤挤擦擦红红绿绿的人群里磕磕绊绊地走着。司机不停地把喇叭按得震天价响。一挂驴车横在前边挡住了道，木墩开开车门押出脖子去骂了几句。赶车的老农慌得紧抽三鞭，好歹把驴拖到了路边。

"乡下人，不懂规矩，大哥您得见谅。"俞木墩往车座下面吐了一口痰说。

"木墩，还剪纸不了？"

俞木墩说："大哥，不瞒您说，我现在实在忙得很，腾不出手来剪。"

"忙些个啥呢？"

"唉，要说呢，跟艺术也沾点边儿，联系走穴演出。"

撒旦说："啥走穴？还是办巡回画展吗？"

俞木墩笑笑说："大哥您说的是哪朝的事儿了，现在谁还有闲工夫看画，都听流行歌曲去了。港台的，大陆的，能张嘴发出个动静就成。"

"木墩你又不会唱歌，你跟着掺和个啥？"

"大哥这您就外行了。县礼堂、电影院，每月都得唱上个三五场的，全靠我一手操办联络。那叫啥玩意儿来着？'经纪人'，对，是经纪人。挣俩钱儿，出出名呗。"

"那……你的艺术还搞不搞了？"

俞木墩又吐了一口唾沫，用手掌抹了一下嘴巴："大哥，在您面前我可就要说惭愧了。现在我算是看明白了，有钱能使鬼推磨，什么一流歌星二流歌星的，再艺术，只要到了我这块地面上，都得听我摆弄，被我俞木墩经纪来经纪去的。如今就连县长也不敢小看咱，光是去年一年，咱就上缴县财税小十万。能混到这个份上，咱哪，知足。"

撒旦听得心里一沉，自己辛辛苦苦培植出来的乡土艺术奇葩竟这样轻而易举地夭折枯萎了。唉，自己当初是何苦呢，还因为木墩的事儿把鸡皮他们兄弟几个都得罪掉了。唉。

车子好不容易才挨到了黑天鹅小宾馆门前。进了饭厅一看，除了县长以外，县五大班子都派员出席了，连工青妇、乡一级村一级组织也都派来了代表，一共摆了五大桌。

撒旦脸一沉，捅了捅俞木墩腰眼儿：

"木墩，你想要干什么这是？"

俞木墩说："人都是我请来的。大哥你放心，你对我有恩，这几桌酒席就算是我报答你的一点心意。咱不在乎多几双碗筷，图的，就是个热闹、体面。"

撒旦不好再说什么，道具一般木木地应着景。他那一副秃头却让举座皆惊，众人怎么也想象不到，著名一流大画家怎么会比土生土长的俞木墩还寒碜。县长和几大要员都分别站起身来致辞，敬酒，欢迎大画家来我县体验生活，希望能描绘一些社会主义新农村的光辉景象，多替本县向外宣传宣传。

当画家撒旦被俞木墩架进宾馆二楼房间时，已经基本上人事不省，呈最佳酒精迷醉状态。俞木墩说："大哥您这顿没吃好，晚上咱哥儿俩再接着喝。"

撒旦眼前冒着金光，略带些不满地责备说："木墩，咱总这……这么喝，我……我归归隐还……还搞不搞了？"

俞木墩赶忙说："是是，别耽误了大哥您的正事。您说想去哪？什么？东……东篱？东篱是坟地啊！好，好，我这就叫车。"

撒旦摆摆手说:"算了算了,你忙忙……你的去吧,我待会儿自己到地里走走……"

木墩说:"庄稼地可有什么好看的?天天在眼巴前放着,想躲还躲不开呢。也行,大哥,您自己先归去吧,我就失陪了,今晚县礼堂有小虎队演出,我得去照应一下。"

撒旦没听明白:"什么小虎队?台湾小虎队?"

木墩说:"我的好大哥,真虎哪请得来呀,假的!几个半大小子,化了妆,在台上又蹦又跳,再使劲放上烟幕,配上录音带,得,成了!"

撒旦用手无力地在木墩肩上拍两下:"木墩……你可真能啊……"

木墩说:"操,现在什么都能假,人有什么不能假的。歇着吧大哥,我先走一步。"

秃头撒旦此刻独自躺在宾馆席梦思床上。午后的阳光经过淡灰色百叶窗的阻拦,形成了一片片的断简残章。几缕旱风游走在老槐树的枝丫上,无声无息的。撒旦的眼神儿空洞地盯着墙壁纸上的一处幽暗,那大概是一块隔年蚊血的残斑。他抬手扭亮床头灯。一团耀眼的明亮在他的脸上打出一道橘黄色的光圈,刺得他慌忙地闭上了眼睛。周围的景致一时间旋转起来,旋转着,把那一片灿烂的麦地金光闪闪地推近到他的眼前。撒旦遏止不住地坠落,坠落,深深地跌进那一片金色的忘川……

一大群纷乱迷离的意象蜂拥着涌进他的画框,喧嚣嘈杂的色彩迸裂出混浊密集的音响……

正面:归隐

    牧童骑在猪身上胸有朝阳

屋檐下的死猫摔出了瓦砾的碎响
　　绿色的渠水浇灌着
　　　无色透明的稻秧
　　麦子像菊花一样散发着
　　　隐忍的幽香
反面：麦子
　　你挺立尖锐的锋芒千年不变深深
　　　渴望
　　刺穿大地情人莲花般开放幽深的
　　　痛创
　　一千朵陶渊明的菊花热风中忧伤
　　　荒凉
　　唯有你紫胀膨亮的雄悍英勇茁壮
　　　成长
　…………

　　满怀着崇高艺术理想的画家撒旦，站在1990年6月的麦地里孤独地守望。6月的南风正从遥远的天际徐徐地涌来，麦海中耸动起无数根欲望，一波一波地，扩展，翻卷。那一棵棵硕大光洁的穗头傲立着，勃起周身雄壮的锋芒，热烈而又狰狞地摆动进6月的阳光。一束束蓬勃燃烧着的尘根喻象引发起撒旦谵妄的激情，他无法遏制地冲动起来，狂癫似的大笑，继而大哭，无比亢奋地长号一声：

　　"呜啊——"

　　一道嘹亮的弧线，很痛快地划过麦梢，线头箭一样直刺到地里。

　…………

"哎——我说那边那个秃老亮,你圪蹴在那圪垯干啥呢?"

撒旦还未从痴迷之中缓过劲来,麦地那头远远一声喊,唬得他赶紧整理好衣襟下摆。

"我说你在这块儿干啥呢?"一个老农手拿镰刀走了过来,眯缝起眼睛,上上下下警惕地打量着撒旦。

"不……不干啥。画点画……"撒旦像被人当场抓住的奸夫,脸红脖子粗地结结巴巴。

"画画?你可在我这块地里转悠好几天了,我咋瞅你都不像个好人样。"老农仍然紧盯着他,没有松懈斗志的意思。

"那什么,老哥,你千万别误会,"撒旦赶紧解释,"我是看中你这块地里麦子长势好。不信你看,这是我的画框。"

撒旦小心翼翼地把画框递了过去。

老农接过画框,左掂量右打量,然后猛地朝地上吐了一口唾沫:"呸!我当是啥稀罕物呢,这也叫画?什么玩意儿!你小子趁早给我走远点,少在这儿祸害庄稼。"

撒旦万分尴尬地立在那儿,站也不是,走也不是,浑身有嘴都说不清楚。正僵持不下的当口,俞木墩的桑塔纳"吱扭"一声停在了他们面前。木墩下车走过来问:"大哥,画够了没?"

撒旦捞着了救命稻草似的忙紧着说:"够……够了,够了。"

俞木墩又回身瞟了一眼老农,威严地问:"王老五,你待这圪垯干啥?"

王老五把眉头一挑:"咋?我自个的地,还不兴我待着?"

俞木墩说:"大哥,这是小王庄的,王老五。"

又转回头对王老五说:"老五,这是县里从北京请来的干部,在咱县采点呢。"

王老五听了，一脸的倨傲没有了，很谦恭地巴结道："啊，是打北京来的？怪我这草民有眼不识泰山。"

说着，又搓了搓双手，眼睛费劲巴力地笑成一条缝，越发讨好地问："那什么，干部同志，能给说说把今年的白条子快点换成现钱不？"

撒旦不知所措，无言以答，更加尴尬。俞木墩见状，不耐烦地摆摆手说："行了行了，人家是大画家，搞艺术的，哪管你那些吃喝拉撒的闲事。你赶紧收你的麦去吧。走，大哥，吃了饭，跟我到未庄去钓鱼。"

木墩牵着撒旦的手往车里走，就听见王老五在身后狠狠地"呸"了一声："什么画家，一点屁事不顶，真是完蛋操了。白吃了那些大米白面。真是完蛋操了。"

撒旦羞得无地自容，三步并作两步，一头钻进车里，逃也似的离开了麦地。6月的南风，刮来麦穗成熟的沙沙声，嬉笑着为逃遁的艺术家送行。满头大汗的撒旦此时才痛彻领悟，麦子只不过是白面，麦子并不是菊花。

"啊啊啊，寂灭吧！"

撒旦痛苦得顿足捶胸。

"啊啊啊，解脱吧！"

撒旦自虐得形销骨立。

可惜他不能解脱，也无法寂灭。走啊走，游啊游，虽然他已经是衣衫褴褛，可是不肯断绝的尘根，却总是蠢蠢欲动着渴望操练欢喜。撒旦不知何处才可以真正皈依。

佛走过的路不是人走的路，禅定的道路上荆棘密布。

深山密林里，扛着画框子行走的撒旦四处化缘，仿佛一个托钵僧。

他模仿着先哲灭绝尘欲的办法，摒弃了那条破烂不堪的裤子，不再穿任何东西，免得摩擦刺激起情欲，只用几片树叶穿起来吊在腰上，勉强遮着羞处。

黄昏时分，撒旦来到了一座古寺脚下，远远可以望见朱红的大门和黄绿色的琉璃瓦。撒旦将画框子换了一个肩，抱着最后一丝信念，鼓足力量向上爬去。长满苔藓的滑腻陡峭的山石还是将他重重地摔了下来。撒旦摔得奄奄一息，头磕在了画框子上，血流满面，一下子昏了过去。

待他醒来时，却发现自己已经躺在大殿里边，四周散发着阵阵的佛香。一个小和尚正扶着他的头喂他喝水，一个面相庄严的老方丈端坐于大殿之上。

小和尚见撒旦睁开了眼睛，便高兴地喊了一声："师父，他活了。"

老方丈略微点了一下头，挥了挥手，一个小和尚端着面包和酥油茶送到撒旦跟前。

吃吧，喝吧，

这是禅血禅肉。

老方丈悠扬唱诵着说。

撒旦犹犹疑疑小心翼翼地吃了下去。

老方丈见撒旦意犹未尽的样子，又招了一下手，小和尚端着一盘鲜翠欲滴的人参菩提果放到撒旦面前。

啃吧，嚼吧，

这是禅骨禅筋。

方丈又一次唱诵道。

撒旦放心大胆狼吞虎咽地吃了起来。

待撒旦吃得眼明心净，四肢可以运作自如，方丈这才问道："看施主树叶遮体的样子，被尘欲折磨得好惨哪……敢问小施主来自何方？"

撒旦赶紧跪拜方丈面前，行触脚礼：

"师父圣明，隔岸观火洞悉一切。在下撒旦来自京城，原本是国家特一级先锋画家，老家在河北农村。在下正是为了求解脱，特来大师门下参禅的。"

方丈的面相变得比较和善："嘀，难怪，难怪。艺术家，性灵之火燃得太旺，尘世之中脏病日多，难免就要身染疾疴。依我说，农民的后代，本该安心务农，少要当什么先锋，否则也不至于如此……"

撒旦赶紧低下头去，深深吻着方丈双脚：

"大师，怪我自己误入迷途。难道就没有什么救治之术了吗？"

方丈说："这个倒也不难。心动则性动，心静则性平。小施主不妨留些时日，明早请你参观我们的辰时课诵，借此三省乎己，也许你会悟出个中三昧的。"

"谢师傅！"撒旦立起，鞠了一躬。

"还有，这是我主编的函授教材，《般若波罗蜜佛海无涯金刚普度经》，你先拿一套去预习预习。"

撒旦双手接过一套五本教材，翻了翻，极其虔诚地请教说："敢问大师，这经也可以由人来编吗？"

老方丈一脸的不快："废话！人不编那经打哪儿来？"

看着撒旦那痴迷的眼神，方丈又补充说："本寺跟社科院宗教所联合创办了禅定函授班，函委会责成老衲编一部通俗易懂的经，供学员学习使用。当然，考试时若按国家教委指定的统一教材答，也可以算对，及格了就可发给大专结业证书，供评定和尚职称时使用。"

撒旦说："噢，原来如此。这真是利国利民，福荫子孙，相当于又一项希望工程啊！"

方丈听了这话，面色略显平和："希望工程倒是不敢妄比，但本地区远距离教育搞得好，庙里的香火的确是一天天旺了呢，登门请求面授辅导的络绎不绝。本寺创收成绩显著，再不用政府每年拨款。这正是贫僧的一大创举，所以人们也授予老僧'先锋'的美名，惭愧，惭愧啊！"

撒旦听得怔怔的，不禁又想起废墟画派当年名噪一时的情景，想起自己的先锋当年勇，一时竟回不出半句话来。

第二日早起，撒旦在树叶围腰外面罩了一件从和尚那里借来的木棉袈裟，匆匆去堂上观和尚们的辰时课诵。

檀香缭绕之中，一排十来个和尚打着莲花坐，敲着小木鱼儿，从头至尾唱诵《般若波罗蜜佛海无涯金刚普度经》第十三章第二十五小节内容，然后又从尾到头默诵一遍。约莫半个时辰过后，方丈便把闭着的眼睛睁开，与和尚们打起了偈语。

方丈问："我是谁？"

悟能说："谁是我？"

悟净说："我是我。"

悟空说："我非我。"

方丈颔首道："嗯，我非我，我非我。"

撒旦心里不禁一动。自己归隐到麦地里后一直没能得解的哲学命题，如今在高僧的几句偈子中寻到了真谛。撒旦泪眼汪汪，亦悲，亦喜。

一阵风从山顶划过，院子里的树叶子发出哗哗的响声。

方丈问："什么在动？"

悟能说："风在动。"

悟净说："山在动。"

悟空说:"心在动。"

方丈说:"嗯,是心动。"

撒旦不禁大恸,像被揭了壳的螃蟹似的连心带肉一块儿赤裸出来。这场课诵仿佛是专门为自己安排的。难道老方丈是用这种方法来昭示解脱的路径吗?检视自己从前的言行,果然,一切均是心动所致啊!

佛祖啊,老天爷!你可开启了我长满铁锈的心锁了。我怎么会想到去麦地里寻解脱呢?真是缺心眼透了。这下可好,见心成佛,见性成佛。

撒旦惭愧不已,一天闭门不出,思索着改过自新远离尘寰的路径。

过了晚饭时光,又开始了暮时课诵。悟道之后的撒旦又虔诚前往。殿堂之中,一排和尚仍如辰时一样打坐,诵经,方丈也如辰时一样与几个和尚打偈语。

方丈说:"我是谁。"

悟能说:"谁是我。"

悟净说:"我是我。"

悟空说:"我非我。"

方丈说:"嗯,我非我。"

撒旦听了,点头,不悲,也不喜。

没有风刮过来,也没有什么树叶子在院里沙沙响。

方丈问:"什么在动?"

悟能:"风在动。"

悟净:"山在动。"

悟空:"心在动。"

方丈:"嗯,是心动。"

撒旦有些不解,课诵为何总是重复同一内容?待课诵结束后,他虔诚地上前请教方丈。方丈瞪了眼睛，反问撒旦："不二法门，难道该有别的讲法不成？"

撒旦惊恐地后退，懊悔自己的造次和无知，心想虽然自己已是秃头，毕竟还是尘根尚未彻底干净，无论如何是参不透如此奥义玄机的。

但有一点又让他觉得奇怪，不知为何方丈总是与那三个和尚问答，别的和尚却都闷头不语？莫非和尚里头也并非全是灵秀，也有自己这样的榆木疙瘩头？

正寻思着，见小和尚悟空猴蹿着从身旁经过，撒旦追上去扯住他，作了一个揖说："敢问小师傅，你为何明了那是心在动？"

悟空见是撒旦，就停下脚步说："是撒师傅啊。我要是把这事儿告诉你，你可千万别对别人说，要不，师父该骂我了。"

"嗯？这还保密吗？"撒旦更加好奇。

悟空往衣襟上抹了把鼻涕说："是师父教我这么说的。师傅要搞课堂观摩教学，明日方圆百里各庙都要派人来参观学习呢。师傅让我们几个把这些功课都记熟，不许说错。"

"噢——"撒旦点了点头，混混沌沌的脑瓜子恍然间从俗世的角度开了窍了。

观摩教学果然搞得很是成功，周围几座山上的和尚们纷纷前来取经，采撷到了真正的先锋火种。课诵结束之后来不及用膳便匆匆告辞，各归山门，急着去传播火焰去了。

老方丈也坐着高空缆车下山，到附近的五区一县进行面授，从头串讲《般若波罗蜜佛海无涯金刚普度经》的内容，对学员进行结业考试前的全面辅导。方丈下山期间，庙里的一切事务暂交与年岁较长的悟能和尚代为处理。

悟能和尚由于属猪，比较贪吃贪睡，貌似愚笨，平日里较受压抑，出风头的事总难轮到头上。人却不知猪方是动物界中智商最高的,一旦得志,才真正地不可一世呢。这次悟能有了一次当家做主的机会,煞是高兴,于是端坐于讲经堂上,按照自己的意愿阐释起教义来了。

悟能说:"我是谁?"

悟净说:"谁是我?"

悟空说:"我是我。"

撒旦说:"我非我。"

悟能说:"呔!太狂妄了你们,竟敢大胆妄称'我'。'我'只能由讲经的我一个人说,你们要说'你'。明白了吗?再来一遍。"

撒旦几人面面相觑,不敢言语。

悟能说:"我是谁?"

悟净说:"谁是你?"

悟空说:"你是你。"

撒旦说:"你非你。"

悟能咧开大嘴,吭哧吭哧笑了:"嗯,好,好,接着来,接着来。"

悟能:"什么在动?"

悟净:"风在动。"

悟空:"山在动。"

撒旦:"心在动。"

悟能:"胡说!哪有什么在动?一个个都瞪着眼睛说瞎话,重说。"

悟能:"什么在动?"

悟净:"风不动。"

悟空:"山不动。"

撒旦:"心不动。"

悟能又呼哧呼哧笑了:"嗯哈哈哈,这就对了,这就对了。现在是我当家做主，一切就得按照我的方针办。从今天开始，悟净你每天不必诵经，专门负责洗衣服烧饭。悟空呢每天去山下担水打柴，该让别的和尚享受一下打偶的轻闲。至于撒师傅您嘛……"

撒旦赶忙俯首说："惭愧得很。我手无缚鸡之力，除了画画，一无所长。但我诚心诚意愿为本庙的建设做一点贡献。但凡有什么活儿适合我做，大师兄请讲。"

悟能像是思忖了一下，末了说："虽说撒师傅您是半路出家，但您却与我们师父享受同等先锋级待遇，弟子不敢对您老人家妄为。"

撒旦深深低头："大师兄客气了。"

悟能说："可是……您也看见了，我们这里如今人人上岗创收忙，没有空余的编制养活闲人。您会画画，正好，师父早说过要把山里山外的佛像画一画，出一本佛像画集。从今天起，就辛苦您去做这项工作吧。"

撒旦正襟危坐，默默无语。

往后的日子里，月明风清之际，晨钟暮鼓声中，总能看见一个不曾受戒的秃头，每日面佛而坐，固守着一个巨大的画框，修长而白皙的手指在虚空中舞动，不住地画着，摹着。尘埃不但未能从他的肉体上剥落，反而越积越厚，越积越多，渐渐将他的慧性掩埋了。

"我佛，"撒旦仰望佛祖默默祷告，"请昭示我求得解脱的路径吧。"

佛端坐不语。佛只是专心致志地举着他那些变幻无穷的手指头。

撒旦也举起自己苍白的手指，缓缓伸向苍穹。那指尖在香气的熏染之下，渐渐着了色，污浊了。

"我佛，请问我到底能否解脱？"撒旦喃喃自语。

佛不语。佛默默做着一些千奇百怪的手印。

撒旦感到一阵彻骨的心寒。他再次注目凝视。莲花座上的佛脚千篇一律毫无生机，简直可以将它们忽略不计，而那万变莫测的佛手却精雕细琢，并被无限延展，扩大到百，扩大到千，千手千眼，法力无边。

撒旦在虚空里描啊，画啊。多少个寒暑昼夜都在描摹佛手的功课中溜走了，他不知道自己究竟描到了佛的哪一尊，画到了佛手的哪一只。那么缥缈而富有黏度的触角，凡是被沾染上的，都休想再逃得脱。他画到佛手的第一千零一只时，却发现原来又画回到了第一只。

撒旦的手指颓然垂落。他的这双肉手，在巨大的佛手面前变得失去生气，日渐委顿。他感到自己再也挣脱不出这个佛手指画的圆圈。

千年万载
法度不灭
阿弥陀佛
阿弥陀佛

就在这时，法院的一纸传票千回百转地传到了，传被告撒旦限期到庭。一名叫东方美妇人的提起诉讼，告先锋画派头号代表作品《存在》侵犯了她的隐私权、肖像权。登在《广角日报》1985年12月11日上的那幅《存在》，摄入画框里面的那副身怀六甲的粗腰，正是她当年的身段。那会儿她正跟一个相好的暗结珠胎，是不希望被公之于众的。《存在》竟将其框入画框，又被记者拍摄下来，定格成为一幅蒙娜丽莎脸蛋儿似的那样永恒的存在，四处刊登，用作商业目的，这无疑是对她个人隐私的侵害，她强烈要求作者公开道歉，并给予精神和物质方面的双重赔偿。

撒旦手里提着传票，一脸惊诧之余，也暗自觉得庆幸。人世间的巨变看来已经发生。尘世又在向他频频招手呼唤。现实无情而又及时地把他无谓的修行打断，把他扯出那个神秘无限的怪圈，拖回司空见惯的烦闹与喧嚣。

先锋的确是不该再隐遁下去了。

每一扇窗口都放射出温馨或柔情
黄昏中传来行者悠久动人的歌声
秃头撒旦在回归的路上踽踽独行
神灵不再替他提那盏指路的红灯
他用心灵为自己释放无限的光明

流亡

风啊风啊始终都在领航
思想已在画布上彻底流亡

1995年是多么了不起的年份啊！当年，画家撒旦领着儿子小旦坐在1990年的高空缆车上往上上升时，曾经满怀激情地，向1995年这个方向眺望，充满了无比美好的遐想，多多少少抵消了一些他追忆1985年时产生的黯然神伤。1990年的撒旦当然想象不到，五年以后的艺术时尚究竟发生了多么大的变化，想象不到就在他离城隐遁期间，有那么多的艺术家也都纷纷出走，归隐归进小黄裙，寻根寻得大尘根。海里海外踏浪归来，不管腰缠万贯还是一文不名，都赶紧重新回笼，投入新一轮艺术流通。拍卖热潮眼看着又要掀起来了。

撒旦拿着法院的传票，从佛陀传经的路上倒退回城里来的时候，真是有些晕头转向，一点都摸不着北了。1995年春季的城市万象更新，马路上连一片烟花爆竹放过的碎屑和痕迹都没有。正月十五买元宵的人静悄悄地井然有序地排着长队。一切都美好得让人不放心。街头没有标语也没有痰迹，人人都明白自己该做什么该怎样做，吐完了痰以后都小心翼翼地包起来揣进自己兜里。那些盯着行人的嘴巴，等人吐完痰后马上上前罚款的老太太们丢失了专业，一时无所事事，就想出谋生的新招，把单位免费供应的过期避孕套当成乳胶痰袋，在路边向行人廉价兜售。撒旦刚进城门，就被一个老太太堵住了。老太太把避孕套强行往他怀里塞了一大包。

"我离婚了。"撒旦挣脱着说，"我都禁欲好几年了，我不需要这小套套。"

"你真傻蛋，"老太太说，"这是痰袋，全市人民都得随身带着的。公家卖的五毛一个，吐一口痰就得浪费掉五毛钱。我这个便宜，卖你两毛，这一包十个，你给我两块就得。"

"我没有钱。"撒旦说，"我好久都没有摸过钱了。"

"呸！这土老帽儿，没钱不早说，瞎耽误工夫。一瞅你就像个外地人口，不消消停停在家种地，往城里边瞎跑什么！城里的社会治安全让你们这些人给搅和坏了。"

"我不是外地的，我就是这城里头的，"撒旦很执拗地辩解说，"东方美妇人跟我打官司，我就是为这事回来的。"

"咦——"老太太深藏在褶皱层中的小眼睛立刻瞪大了，"这么说你就是那个叫傻什么的画家啦？你的官司全市人民都知道啦，戏匣子里天天说，晚报上也天天报呢……"

老太太说着咳嗽了一下，瞅瞅四下无人，便进一步凑到撒旦耳边说："孩子，我看你像个缺点心眼儿的人，当心吃了亏！那个女人，谁不知道她是个臭婊子，还不知道跟多少男人睡过呢，光离婚就离了五次，听说现在又傍上大款啦，给包养得又肥又胖的……"

"天快黑了，我还要赶路呢。"撒旦不愿听老太太絮絮叨叨，把那包乳胶套塞回老太太怀里，头也不回地往前走。

"哎哎哎，我说孩子，"老太太喊着追了上来，又把避孕套塞回给他，"这一包，算是大娘我白送给你的，可怜见儿的，被那么个狐狸精给缠上了。揣好喽，别再推搡了，看见了没有，前边就是一个检查站，没有痰袋不让进城。早些年那骡马大车不挂粪兜不是也不让进城吗？这叫保持环境卫生。"

撒旦怀揣一包避孕套，顺利通过了关卡的检查，在苍茫暮色之中扛着画框子走进了城。虽然已经进入春天，傍晚的风还是刮得挺硬，像刀子一样把脸割得生疼。大街小巷全亮起暖色调的灯。一个挨着一个的馆子里，不时飘出炖肉的香味，还有猜拳行令卡拉OK的声响。隔着玻璃看到那些油乎乎的不停禽动的嘴，撒旦的嘴巴也禁不住上下开合空嚼起来。他这才感到肚子饿了。

"我该就地化点缘了。"他想。

于是他在地铁入口那儿，就着明亮的光线摆好了画框，以很规范的打坐姿势端坐于阶上，安心等待着善者的布施。

一双双多姿多彩的脚在他的眼下匆匆走过，没有一双脚在他面前停留。人们对这种化缘仿佛司空见惯，不屑一顾。

饥肠辘辘的撒旦不禁感慨万端。城里人真是越发冷漠了。到底是乡下人心善哪，在乡下化缘时从没有过遭拒的时候，至少还能得到一碗残羹剩饭呢。

终于有一双尖头皮鞋向他走过来了。撒旦双手合十，恭敬地问道："这位师傅，要画张像吗？"

"画你妈个屁！"一声吼叫炸雷似的在撒旦头顶劈响，"我说下面几级台阶上的小花子们怎么要不到钱了呢！原来都是你这秃子在上面截留了。知不知道这是谁的地盘？懂不懂点规矩你？"

"我……只想换碗饭吃，并没有想抢你们的生意……"

"哼，还不给我快滚！要营业，先在大爷我这儿磕头、办照，懂吗？"

尖头皮鞋抬起腿来一脚就把画框踢飞。撒旦仓皇逃去捡了起来，用袖子细心地擦拭掉框上的泥土，小心翼翼地扛在肩上。

"快滚！下次再让我遇上你，揍死你丫的。"尖头皮鞋恶狠狠地骂着。

撒旦跌跌撞撞离开地铁站口，不知此时应该向何处走。卖报的小贩在寒风里大声吆喝着，急着尽快卖完手里的晚报收摊回家。撒旦瞟了一眼，见头版显眼处登着一幅巨大的《存在》，里面照下的正是东方美妇人当年腰围隆起的情影，旁边记述着这场官司的由来始末以及美妇人的现状。

小贩见撒旦立在摊前盯盯地看着，就热情地将报纸递到他手中。撒旦浑身上下摸了一遍，做出一副找不出零钱的姿态，把报纸又还给了摊主。

"傻×。"摊主望着远去的撒旦愤愤地骂了一句。

撒旦却充耳不闻。他已经从报上看到了美妇人的住址，是在西南方向的一座别墅之内。撒旦整了整精神，迈步朝那个方向走了下去。

他想,他应该会一会这个把他从修行的路上拉回俗世的人,说什么他也得先会一会。

门开处,一个脸上正覆着一层厚厚面膜的女人探出头来,撒旦吓了一跳,以为遇见了妖怪。女人见了撒旦,止不住欢呼:"哟,我的撒旦好兄弟!可把你给盼来了!"

东方美妇人大呼小叫着把筋疲力尽带着一脸莫名其妙的撒旦搂进屋去。

鸡皮鸭皮屁特他们哥儿几个是从各种传闻媒介中得知撒旦摊上了官司后纷纷从各地赶来的。东方美妇人被侵权一案是公民权益保障法公布实施以后的第一桩官司。这样的案子千载难逢,哪个记者都不甘心落后要爆炒它一把。案子中的原告不是别人,而是在1985年红得发紫的电影明星兼时装模特东方美妇人。案子的被告也不是别人,而恰恰是撒旦这么个在1985年的画坛上领过短命风骚的先锋倒霉蛋。案子所指的又不是别的,而是载入先锋艺术史册的巨作《存在》侵犯了人家的隐私。那隐私又不是别的,而是东方美妇人那明显隆起的肚子。而使其肚子隆起的始乱她终弃她的那个人不是别个,正是从1985年的先锋派场记壮大成长为1995年的后先锋导演、正威震着世界影坛的某某男。

旁听这种案子简直比看电影和观画展还要激动人心,谁能无动于衷,不为男女主人公的命运费着一把神呢?

而让鸡皮他们兄弟几个感兴趣的倒不是东方美妇人的肚子直径到底有多么大。他们感到激动的是废墟画派在这个艺术寂寞、画框子掉在地上摔不出一声响的时代重被提及,他们大哥的作品被当成了官司打。想想看,虽然报章传闻中频频出现的总是撒旦一人的名字,可单单是重复率极高的"废墟"两字不就把他们哥儿几个全包括在里边了吗?过去的荣耀霎时间全回到眼前来了。到什么时候都得当艺术家啊!艺术家是永远不会被人民给忘记的呀!咱们干吗不趁舆论炒得热火的时候赶回我撒旦大哥身边,去助他一臂之力呢?说不定能在法庭上当个人证物证什么的。哪怕只是旁听,也可以在摄像机前被照一照啊,何必在海里海外三孙子似的受气?

待到记者采访起来,咱们可怎样解释重返艺坛的动机呢?

鸡皮想:我就说,商海无边,回头是岸。

鸭皮想:我就说,学成归来报效祖国。

屁特想:我就说,艺术至上,永不迷惘。

当这些从海里海外麦地庙里归来的废墟兄弟们重新聚到一起的时候,他们是多么的百感交集、痛哭并且流着涕啊!

鸡皮说:"大哥,我想你想得好苦哇!通过这些年的下海实践,我可是深刻体会到了,只有艺术才能使艺术家像个人样啊!离了艺术,我哪还算个人了,整个儿就是个煺了毛的鸡啊!"

鸭皮说:"大哥,我后悔当初不该走啊!离开了咱的本土根据地,哪还有谁待见咱们,把咱当人使?我也只能是给人家端盘子洗碗,做芥末鸭掌的料了。"

屁特说:"我算明白了,大哥,咱不从艺术上崛起还能从哪儿崛起?手里没有艺术,我再怎么折腾都是放的没味的屁,没人看没人理啊!害得我只好打架泡妞酗酒吸毒以示叛逆,结果只能是给逮进局子里头蹲着。这回我算是真明白了,要叛逆还是从艺术上叛才有声誉啊!"

撒旦说:"我也不比你们好多少,我把自古文人雅士失意之后的去处都走了一遍,钻过麦地,也当过和尚,结果,也是处处受挤对,末了还是得乖乖地还阳返俗。搞什么也不如搞艺术，当什么也不如当个艺术家光荣体面哪！"

弟兄几个擦干了眼泪，不住地点头。

鸡皮说："大哥，我真后悔当初辛辛苦苦创立的废墟画派，因为点鸡毛蒜皮的小事就轻易散伙了。当初我们领过多大的风骚啊！一想起这个，我都能从梦中乐醒。"

鸭皮说："咱们再把艺术沙龙砌起来吧，个人单干是成不了气候的。"

屁特说："如今风没有了，只剩了一身骚，谁还愿再来投奔我们？"

撒旦说："是啊是啊，活着还是死去，这还是一个问题。要么我们名垂青史，要么我们卖个好价钱。"

众人听了，你看看我，我看看你，最后拍着巴掌，齐声说了一句："干！"

东方美妇人吊在光头撒旦的脖子上，甜腻腻地撒着娇说："撒旦哟我的好兄弟，你怎么会猜到姐姐我设计这场官司的良苦用心？实话跟你说吧，那些鼓噪的记者，全是我拿钱雇的，你我二人的律师，也是我拿钱请的。你想想，有谁还会记得1985年的艺术明星呢？我这样做，纯粹是为了我们俩的复出做广告呢。"

撒旦听得目瞪口呆，一面顽强抵御美妇人肉体的侵袭，一面暗中佩服美妇人的心计和大胆。他恍惚记得这位电影金猫奖得主已经息影多年，也不再穿着时装上台表演。那时她曾经开过一次告别演出新闻发布会，会后大小报纸上都发了整版报道文章，套红通栏标题这样写着：

没有合适的片子宁可不演

没有合适的衣服宁可不穿

  打那儿以后，几乎所有没有片约无戏可演上不了台的演员模特们都仿而效之，不断地重复念叨这两句话，把它们贴在脸蛋儿上当成座右铭。那群男男女女也学美妇人的样子，傍大款，做小蜜，被包养，可是却总也经营不出美妇人那么多的花花样来。比如说美妇人息影封台后，不久名字就在《经济金融时报》上频频出现，说她在商业领域里又成了一朵红花，经营着房地产、汽车行、服装鞋帽化妆品公司，还享有进出口贸易自主权，海内外的动产不动产高达几十个亿，已经跻身于全球最富华人行列之中。

  影星们真个看得眼热心跳起来。都是同时出道的，论脸蛋儿，谁的又不比谁的差，她怎么就发了我们怎么就该活活憋着？于是就呼啦一下子，那一年影视明星们傍款成风，股票市场上频频闪现着俊男靓女们的倩影。谁谁都想一下子暴发，以期把美妇人张狂的气势给平压下去。

  就在他们东串西串积聚财产，与美妇人进行狂热比较的时候，却不料美妇人笔锋一转，策划着打起艺坛官司来了。这一招绝活可是没人敢妄比了，星星们一时都口不服心也服。但凡是怀了鬼胎的，藏还都藏不住呢，哪还敢往外兜往外讲？有几个敢用凸起的肚子做自己的广告包装，同时还把播种的主人以及一串串名人名角一同牵扯上？这种女人，够辣，也够骚的，还是别再仿效了，消消停停一点为好。

  可美妇人却不这么想。美妇人像是看破了撒旦心思似的，叉开华贵的真丝软缎旗袍，在撒旦的腿上荡着说："你是不是以为我很下作，什么都敢拿出去卖？我这也是被逼无奈，逼上梁山了。谁不想永远当明星，永远被人捧着？你不是也希望永远先锋吗？来吧，让我们一起合作吧……"

美妇人把脸贴上来，撒旦仓促躲避着。透过那层浓妆艳抹，撒旦闻到了一股残酷的美人迟暮感觉。那种气息一层一层地扩大，一直逼近他的神经末梢。美妇人，以及他自己，眼看就要成为明日黄花了。或许还可以做做最后的挣扎，来他个再度辉煌？

"嗯，你还迟疑什么？"美妇人略显不快地扬了扬眉梢，"你可要知道，老娘可是个薄情寡义的家伙，不跟我合作，得罪了我，这场官司可别怪我假戏真做。别再傻蛋了，来吧……"

撒旦别无选择，只能随着美妇人的牵引，仓促上马，用尽心力侍奉着。乳胶痰袋从他怀里滑落下来，散落在名贵的波斯地毯上。

那条"贵夫人"小狗从客厅跑进，看了看床上胶着状态的一对男女，又低头用前爪把痰袋一个个撕开，显得莫名其妙而又一脸的无奈。

废墟画派的一帮兄弟们仍在为如何复出而一筹莫展。

鸡皮说："现如今什么人都敢到中国美术馆去办个展，真是'山中无老虎，猴子称霸王'，趁我们先锋不在，后卫们要撑起天来了。我们该怎么收拾这等局面？"

鸭皮说："只要有钱，什么东西画不出来？罗浮宫算什么？西斯廷教堂算得了什么？我能把咱紫禁城故宫从里到外重新描龙绣凤画一遍。"

屁特说："我操，那些丫挺的哪里是在办什么画展，那是在显摆钱呢。有钱人给他们背后撑腰，什么臭手不能支使，我用脚画的也比他们用手画的强。"

撒旦说："哥儿几个走了那么些弯道，经了那么些曲折，好不容易重新走到一起来了，光发牢骚也没有用，咱们不能光看着别人发迹自己眼红，还是应该想点实际的步骤啊！"

鸡皮说："大哥，有句话我说出来你别生气，报上说你和东方美妇人通过一场官司，达到了美的发现和契合。那女的可是个亿万富婆啊！她身上一根汗毛可都比咱们的腰粗。您能不能让她拔下一根来，赞助赞助，那样咱们就能把画展办到香港以至东南亚华人区去。"

撒旦听了，脸色一阴："你少提那娘儿们，再说我就跟你急。"

哥儿几个都不敢再说什么了，面面相觑着，又没了主意。

撒旦在心里头暗暗把美妇人恨得咬牙切齿。就因为他暂时要在她那里寄生，她就可以由着性子地摆弄他，把他像一条狗似的呼来唤去。

"傻蛋，上来。"

秃头撒旦和她那条纯种狗就摇头摆尾地扑了上来。

"傻蛋，下去。"

秃头撒旦和那条改名也叫傻蛋的纯种狗就得下去围着她转圈儿。

美妇人正处于内分泌超常、各方面欲望都很强盛的年龄段，她没黑价没白日地对撒旦小伙要求着。撒旦横着竖着蹲着倒着正着反着地侍候着干，一次比一次没劲头，一天比一天更疲软。只有当她欲炫耀半老风姿，主动给他当模特让他作画的时候，撒旦才算有了个恢复心理平衡的机会，借机把她支使得团团乱转，也横着也竖着也蹲着也倒着也正着也反着，让她的每个姿势摆放都停留好长时间。只有在这时候，撒旦心里才能涌起一丝自主的快意，兴奋无比地在心里头大叫：

"我要用我的画笔干死你！"

美妇人对这一切毫无觉察，依旧顾影自怜地搔首弄姿。或许是由于久不练功的缘故，她的腹部肚囊已经微微堆积，失去弹性的乳房也软软地吊在胸脯上垂着。这样一副胴体早已激不起画家撒旦的任何美感,剩下的,只是一种由衷的悲悯和怜惜。

美妇人换了个姿势,扬起手里的烟杆,悠然地吐着烟圈儿,仿佛是漫不经心地问撒旦:"听说你们的废墟画派十分地想东山再起,正准备着搞一个画展是吗?大致需要多少钱?也许我能帮上忙。"

撒旦听了暗暗叫苦,心想一定是兄弟当中的某一个在背后求过美妇人,把要搞画展的事透露给她的。这小贱人,控制了我这人还不够,还要把我的艺术也牢牢控制住,真他妈的不是个物!

"到底需要多少?难道你不愿告诉我?"美妇人又问。

"啊,不,不用了。"撒旦心里说,烂货,你那点生活费是怎么从那老王八蛋手里抠出来的我还不清楚吗?别在我面前充大头了。

"不用,真的不用。你那点钱来得也不容易。"

"放屁!"美妇人甩掉烟嘴,暴跳起来,"你这么说是瞧不起我!那老×到处拿我的名义做宣传,他公司里有我绝大多数股份,我支出一笔赞助费来有什么了不起的!我还非帮你们不可了,让你也见识见识老娘的真本事,我可不是白被人养着吃闲饭的。"

撒旦动了动嘴,没能说得出话来。

画展正紧锣密鼓地准备着。兄弟几个敛心静气,处心积虑冲向市场,殷切渴望再度辉煌。

《啊,我那遥远的红卫兵时代》:作者鸡皮。画布上废墟的烂泥和尿臊味仍旧存在着。鸡皮在烂泥上零星点缀了不少野花,花儿在尿水的滋养下分外美丽。每个花蕊里都藏上一枚小电珠,花瓣涂上了荧光粉,接通电源之后,小电珠一眨一眨地贼亮,荧光粉反射出幽幽的光芒。

作者画面题诗:

昨日的岁月散发着野味的芳菲

　　啊，放光辉，放光辉

《人与牛》：作者鸭皮。人与牛不再互相缠绕交错，身形已经截然分开有了显著区别。人类满面红光，虔诚地跪拜在牛脚下等着捡拾牛粪，牛怡然自得地吃着麦子，硕大的乳房下面唰唰地往外冒奶。

作者画面题词：

　　吃的是麦，挤出来的是奶。

《行走》：作者屁特。羊群已翻过个来正步走，脚上清一色全穿着猪皮鞋。羊毛回到了羊身上。乌克兰猪含辛茹苦地一前一后放牧，公猪在前领路，母猪保驾殿后。乌克兰小猪一蹦一跳地跟在后头，手里高高地举着一块招牌：

　　吃火锅，没有调料怎么行。

《活着》：作者撒旦。画框子镶上了实心，画布上涂满红粉。撒旦脱光衣服，赤身裸体地躺了上去，印出一个模糊不清、污污突突的白印。红色混沌之中，那人形仿佛是赤裸透明的，又仿佛穿着很厚重的外壳。那两腿中间题上了一行红字：

　　我与我的影子交媾。

123

兄弟几个在一旁看着撒旦干活，胡乱鼓着掌。

鸡皮看了说："大哥，可没听说谁能自操自的。"

鸭皮说："文明点，那叫手淫。"

屁特说："自给自足，活得享福。"

撒旦说："去你妈的。别招我怒。"

《中国大百科全书·文艺卷·H类》记载：H；后；后先锋；后写虚主义；后卫画派：成立于90年代中期。代表人物：鸡皮、鸭皮、屁特、撒旦。代表作：《啊，我那遥远的红卫兵时代》，《人与牛》，《行走》，《活着》。影响或贡献：煎炒烹炸俱佳，呈后卫状，做波普科，是现代主义向现实主义的复归，错位以后的断肢再植重新对位。在发展捍卫传统绘画语言方面担当起最坚实的后卫。

（跨世纪出版社，2001年版，第2000页。）

"后卫画展"获得了空前的成功。美术馆前来参观者络绎不绝，门票一涨再涨。依旧抵挡不住人民群众万分高涨的情绪，不出一个月，就把美妇人赞助的二十万元收回来了，以后的日子，就坐等着收钱。人民大众衣食父母在《活着》面前停下脚步，久久伫立着不忍离去。老先生老太太们不时掏出手帕来揩着鼻涕，一个个都看得泪眼模糊，扯住撒旦的手呜咽着说："活着多好哇！能活着就已经不错了。你以为活着很容易吗？想想过去……看看现在……争什么这个权利那个利益的，都是让大米白面给撑的。孩子啊，你可好好地活着吧。"

1995年的艺坛上登时又掀起一股后卫浪潮。艺术家们开始后悔自己从前没深没浅、十分造次的叛逆行为，重又开始洗心革面，规规矩矩做起仿古忆旧文章，艺坛上一时怀旧情绪高涨。以前被他们瞧不起横遭唾弃的老头衫大裤衩什么的，全部又捡回来穿上了。踹倒的神像也赶紧扶起来重新供上。古墓古穴一个劲儿地被盗，倒卖国粹运动开展得蓬蓬勃勃，脚踏东西半球、手做宇宙文章的人越来越多，艺术家们都感到世纪末的地球，正被自己那黄色如椽的巨笔，给捣得一个劲儿地颤悠。

  冲冲冲
  我们是新时代的后卫
  冲冲冲
  我们是新时代的后先锋

  激动人心的歌曲，在1995年夏天的空气中到处传诵着。
  那个当年拍下《存在》中东方美妇人倩影的好事的记者又扛着器材来采访，请撒旦他们哥儿几个谈谈当后卫的感觉。
  撒旦横躺在《活着》下面，漫不经心地说："后卫嘛，就是一点什么感觉都没有的意思。"
  鸡皮说："老兄，行行好，一场官司你已经跟我们出了大名了，你还想怎么着？"
  鸭皮说："你老哥那份报纸销售都快突破五十万份了，您老人家也成了名记者，还不知足哇？"
  屁特说："你呀，一边凉快凉快，别搁这儿添乱，让大爷几个消消停停赚点钱，成不？"
  老记灰溜溜的，碰了一脑袋钉子，只好转头去找东方美妇人，制作有关她现状的专题文章。美妇人最初设计那场官司时，首先拿钱将这个老记买断，两人精心策划，要循序渐进，按部就班地将官司掀起三次波澜，达到最终的高潮之后，要见好就收，戛然止住，就说是当事人双方同意协调解决，让官司青天白日地自生自灭就得了。

每次全国各地的报刊上有关美妇人的报道，都是由老记先写出个通稿，然后传真发往各方，请各报兄弟们帮忙改写后四处发表。

美妇人对老记的经营业绩感到满意，决定将稿费给他增加到每千字一百五十元。老记点头鞠躬，感激不尽，赶忙抽出纸笔肃立着，问女王有什么新的口谕。

美妇人说，她的心血终于没有白费。官司策划得很成功，最近以来她的片约不断，导演们总算是记起了她这位当年的红星。

时装模特队也要邀请她去当教练。最令她感动的，是那位在她的身体上成长起来的第九代导演也感念起旧情，专门为她准备了一百〇八集的《王母娘娘》，让她从一岁一直拍到一百〇八岁，把天上人间的美好外景地全都走遍，以此作为他对她负心的一点报偿。

美妇人说得潸然泪下，老记也感动得笔在颤抖。他赶紧擦了擦眼泪，将这条影视动态逐字记下，立即赶回报社发稿。

但是还有一点美妇人隐藏着没向老记披露，那就是第九代导演提出了一个条件，希望她进剧组的同时能带上二百万元赞助费来，否则的话资金不到位，《王母娘娘》也就没法开拍。

万般无奈之中，美妇人还得张嘴去求包养着她的大款，希望他能打开保险柜，把属于她的那部分钱让她拿出来。

美妇人却没有想到，那大款老谋深算，也不是个吃素的主。在她刚刚掀起官司之初，大款就瞅准时机，暗中到第九代导演那里，狠狠敲了一笔竹杠，胁迫那位导演免费为他带来的一个唱歌的甜妹子制作MTV。那位导演做的MTV，每集开价都在五十万元以上，做谁谁红。

大款威胁导演，若不给做，就和美妇人一道把他彻底搞臭，别再想在中国这块地界上拍出片子。

  导演愤慨不已，可又敢怒不敢言，对大款的商业垄断深怀惧心。他以为这一定是美妇人与大款合计好了才这么干。左思右想，才想出个拍《王母娘娘》的主意，想在美妇人身上诓骗一下，把制作MTV蒙受的经济损失再捞回来。

  大款见美妇人又来要钱，立刻就猜中了这里边所藏的文章，不由得一阵阵地感到腻烦。其实他心里早就腻烦了。东方美妇人老珠黄，已经失去了味道，广告宣传也用不着她这半老徐娘了。他新近已在别处金屋藏娇，养的正是那个想要捧红的甜妹子。至于美妇人，爱怎么着就怎么着吧，钱是当然不能让她拿到手喽，免得她也去养什么画家小白脸儿的。

  美妇人和大款为钱的争斗如火如荼，旷日持久。

  撒旦是在两个月以后，在港报上得知美妇人自毙的消息的。当时他正在香港办画展。大小报上都写得花里胡哨，据说是美妇人跟甜妹子争风吃醋，大打出手，不慎跌到水果刀上，心脏刺破身亡。当然，这种事情发生在1995年显得十分稀松平常。赛场上赢不过对手就刀刺相见，艺术上写不出新作就自杀身亡，在这么个人心浮动的年份，死变得非常容易了。

  撒旦没能回大陆给美妇人送葬。冥冥之中那刀子仿佛也扎到了他的心脏上，让他体验到胸口上一种永远的痛。

  一个月以后传出好消息，后卫画派的几幅珍品都以上千万港元的价格拍卖成交。鸡皮的《啊，我那遥远的红卫兵时代》被第八代导演托人买走，并将它改编成新写虚主义电影，准备拿去问鼎奥斯卡金像奖。主题歌盒式带先期投放大陆市场，男女老少全都学会了唱。

鸭皮的《人与牛》被内蒙古一农场看中，花高价买去做职工政治思想工作教材，宣传人与畜生之间的友爱亲善和睦相处。

屁特的《行走》被一澳大利亚商人当作最新商业情报买去，研究如何提高羊毛的质量和产量。

撒旦的《活着》未来得及参与拍卖，给抽去参加大陆油画单年展。德高望重的评委们一致说好，多少年没看到这么好的画了，自大千悲鸿以降，能达到这么高造诣的画家已经很少了，画风朴拙、严谨，不像别的年轻人那么花里胡哨的。这画本身就是教育青年的好材料啊！

最后结果，评委们一致推举《活着》获得本届画展金奖。《活着》立刻身价倍增，原件被收为美术馆馆藏，复制品制成各种大小不等的明信片在街头巷尾出售。撒旦为此获得了一笔巨大的版税收入，足够他今生来世挥霍享用。

一张张印刷精美的《活着》在邮局的传送带上翻飞舞动，邮检员手握小锤，熟练地在每一张上面敲上邮戳，黑色印泥渐渐盖遍了画面的每一角落，那个灰白的影子痛苦扭曲着，变得畸形、萎缩了。

撒旦仿佛是得到了什么感应，连日来一直头痛欲裂，一阵猛似一阵的神经抽痛折磨得他半死不活。他实在是不能忍受下去了，猛然间咬着牙站起来，揣上刀子和老虎钳，趁着月黑风高，悄悄翻墙潜进美术馆。

一丝微光从天井透下来，《活着》正贴着墙根阴森古怪地立着。撒旦有些毛骨悚然，一口寒气呛得他手脚冰凉。他努力咬紧牙关，哆哆嗦嗦地掏出裁纸刀，满怀恐惧地把《活着》按倒，然后，用刀子一点一点地割起来。

画布割掉了，画框子卸了下来。撒旦扛起他心爱的画框，把那一堆不具形状的画布扔在了地上。

"就让这混沌破碎的影子，留作美术史上永久的封藏吧。"撒旦踢了一脚画布，在心里默默地祷告。他扛着画框，翻身跃出高墙。

秋夜的寒风，从无所不在的方向吹来，在撒旦的长发上伫立，打了一个旋儿，穿过他的画框子，慢慢远去了。谁家的窗子里，正悠悠飘着那首电影主题曲：

　　昨天的岁月散发着野味的芳菲
　　啊，放光辉，放光辉……

那种黏稠的歌声，躲不去，挥不开。

歌声如梦。恍然之间，撒旦发现自己已不知不觉来到废墟。黑沉沉的夜里，风一阵比一阵刮得紧，更显出废墟的一片死寂。撒旦瑟缩着身子，哆哆嗦嗦刚一踏上废墟，蓦地，脚下一块木板轰然塌落，一连串的机关"啪啪啪"地自动开启，灯一盏接一盏地亮了，天地间霎时一片耀眼的灰白，笙箫管乐一齐奏响，荒凉百年的废墟上竟奇迹般凸现出一座喧嚣的仿古乐园！

撒旦目瞪口呆，正在暗自吃惊，却见康熙和乾隆迈着帝王的方步向他走来，不由分说，搜刮干净他兜里所有的现金，生拉硬拽把他拖进园去。正盘腿坐在炕上交流着垂帘听政经验的武则天和慈禧，一见撒旦进来，忙招呼他脱鞋上炕。大太监李莲英颠儿颠儿地忙不迭地端来精粉窝头和热乎豆汁儿。小蜡人苏麻喇姑脸色绯红，半蹲半跪着送上擦脸毛巾。后宫三千粉黛走马灯似的从台子上一一转过，幽幽怨怨的媚眼秋波快要把撒旦给淹迷瞪了。

撒旦惊惶地后退，一个趔趄，不小心踏响了又一个机关，传送带嗖嗖嗖立即把他输送到特洛伊电动旋转木马上。美女海伦从马肚子里探出头来，抱住撒旦的脚丫使劲儿亲吻，直舔得撒旦难以自持欲仙欲死，双腿用力夹紧马肚子猛地一磕，木马受惊尥了一个蹶子，忽的一道曲线把他抛上了迪士尼高速过山车。

呼啸的过山车，嘎嘎嘎箭一般在钢轨上飞射，撒旦的身体俯仰离合，五脏六腑都急遽地抽动、翻卷着。他听见自己的欲望在下腹内很响地叫了一下，火辣辣，热烘烘的。撒旦不由得痛苦而又无助地呻吟一声："影子啊，快回到我的身体里来吧……"

随即，他用力掰开了身上的安全带。

轰隆隆的巨响戛然而止。仿古乐园登时绽满了无数殷红的花朵，流淌出一地的绚烂和蓬勃。

那个四方画框，完好无损地甩了出去，很孤独地躺在几百米以外的地方。

次日清晨，一个下夜班回家的人路过此地，捡到了这个框子。他举起画框仔细打量，见它的内侧边缘，刻了两行很小的字迹：

> 我要以我断代的形式，撰写一部美术的编年史。

那人莫名其妙，琢磨着用它能做点什么。拎回家后，他终于想到，把它改造成搁置洗衣机和电冰箱的托架，装上滑轮和螺丝，便可以随意调节大小，并能向前后左右方向自由转动。

那人因此获得很大一笔专利发明奖。

《人民文学》1994年第6期

遭遇爱情

　　我们假设男主人公岛村遭遇爱情的日子是在暮春时节，一个细雨微濛的美妙时刻。

　　我们再假定岛村最初怦然心动的时刻是在接到梅那女人的电话之后。

　　叫做岛村的这个男人仔细地系好一条名贵的金利来领带，看了一下表，然后带着一副漠然的神情走出家门。虽说已是暮春时节，斜风细雨依然将空气割刮得极其清凛，丝丝凉意不停地在刚刚泛绿的枝头抽动着。岛村把头深藏在立起的风衣领子里，用鼻梁托住一副宽边水晶墨镜，样子就跟某些枪战片里的猛男颇为类似，但那隐藏在镜片后边的眼睛里，却分明透出几分掩饰不住的倦怠。这个季节里他对什么都提不起精神来，对一切都失去了兴趣。

　　岛村先生，可以请您共进晚餐吗？

　　梅小姐设的不是鸿门宴吧？

那么我可要摔杯为号喽。

梅笑吟吟地说。

好吧。我情愿单刀赴会。

岛村坐在车子里,回味着刚才电话里听到的梅的声音。梅的嗓音很清脆,也很柔媚。是媚而不是嗲。岛村在心里玩味着。嗲多半是出于一种职业需要,或是为着某种功利目的而故意做出来的。比方说总机台的接线员小姐,再比方说那些纷纷承命前来洽谈生意的凌厉的公关小姐,往往是用撒娇作嗲先攻下他的裤腰,尔后再攻下他的钱包。那一套老鼠逗猫、猫捉老鼠的游戏他已经玩腻了。

而柔媚却大不一样。媚多半是由于女性的天性使然,怡人悦耳而又不失风范。在这个无聊的阴晦的雨天里,电话里那个清脆且柔媚的声音激起了岛村的些许兴致。具有这种纯美音色的女人大概也应该是柔情似水风情万种吧?

几许不安分的想法慢慢地漂浮上来,却很快又隐没了下去。岛村陷在柔软的车座里,渐渐又恢复成一脸的漠然。他始终不敢肯定,那些争相以身相许,或者稍微给一点暗示就能牵引着上床,并且趁他耳聋眼瞎就要进入快感极致时却还在趁火打劫谈生意条件的女人还算不算是女人,同时他也不知道自己这般视上床如如厕的人心中是否还会有什么真正的爱情萌生。金钱早已严重破坏掉了岛村对女人的兴致,连同他对美的鉴赏也一道给毁掉了。没有谁能够拯救得了他。也没有任何一颗心灵能够向他靠近。偶尔他也会为自己的心灵不能得到满足而感到悲哀。而这悲哀,很快又会被新一轮肉体的快感冲淡了。

岛村不知道这次深圳方面派来洽谈业务的梅究竟是怎样一个女人。有一点让岛村觉得有趣的是,梅那女人将初次会面设计得别出心裁。梅在电话里邀请他赴约时,有意不给岛村留下有关她自己的面部形体特征，除了告知见面的时间地点外却没有约定任何其他暗号，仿佛是有意要考验一下岛村的鉴别力似的。除非她是很丑，觉得自己的面目实在是不值得一说。否则她就应该是很漂亮，漂亮到相信自己绝对会给他造成惊艳的感觉。岛村暗暗地笑了。他也有意不再往下细问，以便让女人的小精明小算计有个得逞的机会。

他当然猜想不到，梅那女人在放下电话、准备迎候他到来之前，先将干湿粉饼和双色唇膏等器物小心翼翼地收进蛇皮手袋里，然后便在一张白纸上开始勾勒整个事件发展的每一处细节。男主角岛村便被放置在故事高潮中最最起伏跌宕的位置上。

而岛村此时正在来的路上百无聊赖地发着冥想。

初次见面时，岛村很幸运地没有把对方认错。岛村一眼就在宾馆大堂三三两两啜饮小憩的人堆里把梅分拣了出来。因为这个美得炫目的女人正在对着玻璃旋转门频频放送着顾盼的眼神。

女人的漂亮程度远在他的想象之外，看样子正似红日东升的年纪，正处于那种既熟且嫩、收得拢又放得开的季节。那件印满碎花的鹅黄薄呢裙招招摇摇摆动的时候，岛村的眼里就印满了一朵一朵的鹅黄色的诱惑。就有水一样很润泽的东西充溢在眼底深处，想要去罩住那些个摇曳的花朵。岛村百无聊赖的倦慵心绪登时便化解了许多，麻木的末梢神经也仿佛有了些酥酥痒痒的蚁走感觉。

女人见了岛村，似乎也微微怔了一下。她大概也没有想到，在岛村所在的那个号称"京城痞腕"集团公司中，除了那些只会伸出一根手指做"Fuck"之类下流动作的胡同串子外，偶尔也会冒出岛村这么个英俊儒雅的方正造型来。刹那间的感觉失准后，女人旋即调整好策略，吟吟笑着，矜持而又优雅地定格以待。

如果我没认错的话，一定是梅小姐喽？

是岛村先生吧?

相互莞尔一笑,有些湿润的手礼仪性地勾了勾,彼此便测出了对方掌心里的几分湿度。

经过最初的寒暄之后,场景很快向饭店的酒桌上切换。几句不多的话,梅便将岛村的简历搞清楚了。岛村虽然嘴上说自己的经历"不值得一提",但在得知梅小姐是大学毕业以后才辞职下海的,便十分乐意地把自己也受过正规高等教育,并还有过难忘的插队经历等等底细和盘托出。通常他从不在人前炫耀自己的文化水平,怕跟圈子里的哥们儿造成隔阂,被人骂成装孙子,也怕公关小姐们抓住他的文人弱点轻易将其击破。但是对梅,他却乐意坦然告之,一则是为了在受教育程度上与对方对等,二则强调自己在生活经验上比对方阅历沧桑。梅果然有一见如故之感,并对他的知青遭遇表示艳羡。

老板派我来时我还不太愿意接这活儿,对北京的侃爷们心怀惧意。能遇上岛村先生真是我的福分。梅由衷地说。

认识梅小姐我也很高兴。岛村对答。

我很佩服"老三届"那些人,经了那么多苦难折磨后,没什么事情是他们干不成的。梅很真诚地说。岛村的心里动了动。吊灯从屋顶延伸下来,橘黄色的柔光罩住了梅小姐和她手中的酒杯。梅变得朦胧而酒变得清澈。到现在为止,他能够肯定的是,女人极其悦目。悦目的女人,不知是否也能够赏心。眼下他还无法判明梅是个有多大底蕴的女人,但他知道她跟别的前来洽谈生意的女人的目的是一致的,没有多大区别。但是又很希望她跟其他的女人能够有所区别。

在一片犹豫不定的心情里,岛村仔细打量对面坐定的这个悦目的女人,看她熟练地点着菜,又看她为自己要上一盒"红塔山",从烟盒底部撕开，熟练地弹出一棵，嗅了嗅烟丝，检查着标牌的真伪，完全一副老到的男子气派。

这种男子式的潇洒与她那娇小的女性身份产生了巨大的反差。岛村饶有兴致地看着，很默契地充当着观众，觉得这种表演很有情味，不时递与激赏的眼神，鼓励女人把演出一直进行下去。

岛村先生，还满意吗？梅的手指优雅地托着杯子，目光盈盈地盯着岛村问。

你指什么？是这桌酒菜，还是人？

二者都有。梅仍定定地注视着岛村，眸子已被酒精滋润得晶莹闪烁了。

我可要把你的问话当成摔杯前的信号喽。岛村微笑着答。如果我说满意了，梅小姐接着是不是就要乘胜跟我杀价了呢？

梅的脸色陡然一沉。没想到岛村先生原来也这样煞风景。我还以为我们应该有更多的话题可谈。

哦，是吗？岛村的兴致被进一步调动起来了。这么说我让梅小姐失望了？

不，我只是觉得有点儿……感伤。梅幽幽地说。我一直都希望有那么一个时刻，能忘掉生意，忘掉工作，一心一意沉浸在某种氛围里。岛村先生不希望如此吗？

是我把这种氛围破坏了？真抱歉。

不，不必了。我们都在戴着镣铐跳舞，不是吗？

梅的目光又定定地射了过来，岛村有些心慌，不敢去接她的眼神。窗外正闲散飘着若有似无的小雨，浇得人的心情也是飘飘忽忽的，有些不着边际。岛村极力将一颗戒心定紧。女人的这种谈话方式他还是第一次领受，应答起来显得有些吃力。这本来是他过去娴熟使用的一套话语，是他在客厅书斋朋友聚会场合中耳熟能详的，如今却已经变得相当陌生，女人的话将他的记忆唤起了，竟让他有了恍然如梦之感。

我们到底是在追求什么呢？女人说。女人妩媚的双眼变得迷离了。她不间断地叙说着她自己的故事。她辞职。她下海。她不得已离婚，她一次次碰壁。她偶尔得胜的战绩。她屡次三番的跳槽。故事陈旧得跟任何一个潇洒走南方的女子的经历毫无二致。但当这些话面对面从一个沾着酒精的红唇中轻软吐出时，并且又是那么真诚、坦率、毫无保留，岛村的思路还是不自觉地被牵引过去，艰辛和感慨便无形当中成了他们共同的际遇。他的胸臆便也随之一起不加掩饰地抒发开来，话题一时变得既浓且酣。两颗心似乎在淡黄色液体的浇灌中溅起一朵朵火花。梅的脸蛋正在泛起好看的嫣红，岛村的脸色也愈发的清俊白皙了。

不知不觉三四个钟头已经过去。岛村对时间的流逝却毫无所感。到目前为止，梅对生意的事闭口不提，仿佛已经忘掉了此行的目的。女人那种酒逢知己千杯少的沉醉神态，将岛村深深导引进一种知音难觅的欣喜里。岛村内心深处那层冷漠的东西正一点一点地摧散开来。他已经好久没有做这样毫无功利目的的清谈了。尤其是跟一个漂亮女人做这样你来我往的清谈。温情在他的血管里慢慢地散开。

我现在所在的这家音像公司已经是我跳的第五个单位。老板这次派我来京跟你谈这笔影带生意，实际上是对我的一次试用，还不知道我能不能保住这个饭碗。梅以手支颐，盯住眼前的杯子，一副茫然无助的神态，一反刚才的老练潇洒。

岛村的戒心差不多去除光了，换上了对眼前这个饱经坎坷柔弱无助女子的无比恻隐。

岛村先生在这个行当里干得久远了，经验也相当丰富，请您一定多多关照,帮我过了这一关。

女人买完单,起身往外走时仿佛不胜酒力似的摇晃了一下身体。岛村连忙援之以手。女人半依半靠在岛村臂上飘了出来,一丝温热便缓缓地通过岛村的神经末梢向周身扩散着。

广场上湿润的水泥地面折射着橘红色的温暖灯光,就像岛村暧昧的身体在回应着梅明亮的热情。一行行濡湿的脚印反复地印下去之后,岛村被挽住的左臂肌肉慢慢地柔软了,与梅纤巧的右臂挽成一个松紧适度的结。感觉着梅吊在臂上的体温,岛村心里不住思忖:这个女人,凭什么自信我会心甘情愿把大块时光与她这样消磨?

我最喜欢小雨中的散步了。梅伸出一只手去当空触摸若有似无的雨水。它能让我想起一切美好的日子。

是的,一切都很美好。岛村这样想着,嘴里却没有说。就像他接的那个梅的电话,眼见梅这个炫目的女人,酒杯中那透明绵软的液体,还有那些如泣如诉的话题……一切都美好得不可思议。

更不可思议的是,他是思绪正屡屡顺着梅那女人的牵引而不断延伸下去,随着她的忧伤而忧伤,随着她的欢喜而欢喜。究竟是什么东西如此打动了他的心,让他和梅之间如此的默契呢?

爱情。

岛村把这种久违的情绪假定为爱情了。爱情的来临简直是不可思议,有时竟像猫一样悄无声息。岛村自如地轻揽着梅小姐的细腰,忍不住侧过脸去将她细细打量着。爱情就像今夜的广场,广场上的纪念碑,纪念碑上的浮雕一样濡湿而美妙。梅小姐的发丝偶然会随风轻拂过岛村的脸庞。岛村不禁有些心旌摇荡:是谁把梅这个女人给我送来的呢?

来临来时总有一种通感，
所以你让你的心扉敞开着……

岛村深深沉入一种诗意的幻觉里。

怀着对某种激情的向往，他们走过金黄色的纪念堂，走过泛着灰白色光泽的圆柱，又走过一排排壁立的红墙，一直走进梅下榻的贵宾楼里。进得门去，梅刚把壁灯扭亮，岛村便不相信梅有经济能力住进这么阔绰的房间。梅像是看出他的疑惑，轻笑着说，是一个朋友替她定下的，朋友曾欠下她的一份人情。梅道了一声"抱歉"，接着转身进了卫生间。岛村仍旧不能够释然，他搞不清梅究竟有多大的神通和能量，会有人为她埋单住下如此规模的睡房。刚刚窥得见一点真面目的女人转眼间又变得神秘了。

脱下风衣，在沙发上坐定之后，岛村的心绪便慢慢地缓解过来，开始细细品味房间里的舒适和温暖。温柔敦厚的窗帘把一切可视物都拦在了窗外，剩下的，满眼就是那张横陈的床，以及暧昧不明的浅粉色灯光。那张宽大的双人席梦思是那样肆无忌惮地裸着，轻轻地施展着无限的魔力。那应该是等同于梅邀他来房间小憩的无形含义吧？岛村的肉体一时间产生了几丝迷乱，梅的温香玉体正飘忽在床上迭现，合着岛村的激情肆意翻滚翩飞……

是要茶呢还是要咖啡？

梅小姐笑意吟吟地站在他面前。岛村一惊，忙从沙发上提了提身子正襟危坐，床和灯也迅速和幻想分离，各自归位恢复成普通家具的模样。梅小姐像变魔术似的，换了一袭无袖的葱绿软缎旗袍出来，瀑布似的长发已绾成一个髻，旗袍的袖口和开叉处将她光洁的手臂和秀美的双腿生动完美地显示出来。岛村看呆了，情不自禁以激赏的目光瞧着，以为这爱情差不多已是袒露无遗。

你真美。岛村喃喃地说。你真美。

谢谢。梅轻轻地应着，款款地走过来，在岛村身边，隔着茶几坐下，坐在岛村伸手可触而又遥不可及的地方。

岛村心头有一股巨大的热望被强烈地激发起来，很想急迫地采取行动，尽快逼近梅的身体。但是他还是努力将自己遏制住，不使自己的行为显得粗鄙。以往对待其他女人的种种滥情游戏技巧和手段，对待梅这个他心仪的女人应该是全不适用，他以爱情来给他和梅的这种关系命名。他只是等待着，等待着，等待着一种高尚的类似水到渠成式的冲击。

岛村先生……梅侧过脸来望着岛村，羞于开口似的嗫嚅着。

唔？岛村将鼓励的眼神递了过去，分明是有些急切地渴望着下文。

岛村先生，您……愿不愿意……

什么？

愿不愿意帮我……

哦？

帮我做成这笔影带生意，把带子的价格再压低些？

岛村一时无语。思绪扭转不过来，只是听凭她一个人继续说下去。

我们这个音像公司组建时间不长，没有那么雄厚的资本，全靠您这套带子打开销路。您订单上的价码太高了，至少得给我压低五万，我们才能买得起。

岛村一愣，一丝警觉袭上心头，身躯也本能地有些僵硬。

小姐，您可是在以万为单位跟我杀价。您不如说让我把带子拱手相让得了，我们全体演职员两年多的辛苦也就此泡汤。

五万不行,那么岛村先生,您觉得我值多少?

梅小姐的眉梢轻轻一挑,似挑逗,又似挑战,岛村心里怦怦紧跳几下,循声追问:

假如我压低价位把带子卖给你,那么我将得到什么?

您想得到什么?梅小姐不急不愠,吟吟笑着,流光溢彩的眼睛紧紧逼视着岛村。

岛村也不示弱,将眼神迎上去回视着。二人的目光紧紧地咬合了一会儿,又松开,彼此心照不宣地笑了起来。梅那丰满的胸脯在旗袍下笑得微微轻颤,落在岛村眼里,就全变成了挑战的鼓点,全没有挑逗的蜜意了。

电话铃响起来,梅起身去接。岛村便对着这个咫尺天涯的葱绿色侧影,发着紧张的思索。电话里仿佛什么人请她去吃宵夜,梅在婉言谢绝,说此刻正陪着一个朋友,走不脱,活动临时取消。

回身刚刚坐下,又是一个电话进来。有人约她去 KTV,梅又谢绝了,说今晚要陪一个重要的朋友,不出去了。梅特意在"重要的"几个字上加重了语气。

您能给我一个结果吗?重新坐下来后,梅向岛村问。

我也很希望有个结果。岛村意味深长地说。梅小姐既然这样不吝,把我当成朋友看待,那我也不能白担了朋友的名分,就帮你一回忙。这样吧,我给你压低二万,这是最后的价码,不能再低了。

三万。梅毫不迟疑地接口说。

岛村定定地瞅着梅,梅脸上的线条瞬间已变成坚定和刚毅,并没有柔媚出他预期的欣喜和感激。岛村大脑不知怎的一时间呈现出一片前所未有的空白。少顷,才回过神来,挥了一下手说:

好吧,就三万。明天上午你去我那儿,我签份正式合同给你。好了，告辞了。

　　说完，岛村站起身来，挟上风衣径直朝门走去，连看也不看梅小姐此时的反应。他自己也搞不清自己的动作和言语是怎样变成如此衔接的，只是觉得此时必须这样做，非这样做不可，他已经不能够做别的了。

　　这一夜岛村彻底失眠了，带着失意和惆怅辗转反侧，对自己和这个世界都没有了把握，仿佛又陷入孤独冷漠里兀自漂浮着。这样一首诗意盎然的美妙情歌，难道只是自己低智商时的自作多情吗？难道梅也不过是一条善变的蛇，用媚笑和声音来将他利用和戏耍？他实在不愿意沿此思路想下去，脑中唯一能够确指的就是他对梅的真心不舍。至少，他跟梅也该算是棋逢对手吧？但他明白他要的不仅仅是这个，他要体认的是另一种深长隽永的承诺。

　　可那又是什么呢？我们的生活当中频繁降临的究竟是什么？是真情？还是虚妄呢？

　　等到梅如约来家里取合同的时候，岛村已经在客厅和卧室里把一切氛围都营造好了。梅依旧是神采奕奕，温婉可人，看得出，生意的成功让她昨晚有了一夜的好睡。岛村的心不禁有些微微发痛。

　　进门以后，梅便四下环顾，对居室的富丽堂皇装饰表示出高度赞赏，又把脚步移向靠墙一大排书柜前细细浏览着。那些脆硬的书页上曾经倾注过岛村青春时代骚动的理想。如今全都阒寂无声的尘封上了。

　　这是你妻子吗？她可真漂亮。梅拿起桌上一家三口的全家福照片说。

　　从前是。

　　哦，对不起。梅"哦"了一声，复杂的表情转瞬间又变得晴朗。

你儿子长得真可爱，十分像你。

是吗？他跟着他妈妈走了。岛村淡淡地回答，转而把话题调度过来：这是合同文本，你先看一下吧。

梅接过合同书，坐在沙发上翻看着。岛村挨着梅坐下，也坐进了长沙发里。没有了茶几之类的讨厌障碍物作阻隔，梅就变得十分真切了，就在身边存在着。岛村的鼻息正拂在梅的头发上，发丝便微微波动起伏着。他能感到梅在他焦灼目光的视压下，似乎有了几分窘迫，目光开始散乱地在纸上游移，手中的纸张也仿佛有了千钧重量似的托抓不稳，扑簌簌的竟有几丝倾斜。岛村的肢体不由得火热起来，心也开始怦怦狂跳，这是他许久都不曾有过的动情的狂跳，他太想确认这场爱情的实质了。

梅，岛村低低唤着。梅，你让我动心。

是吗？梅轻轻地，头也不抬，仍盯住手中的合同书。

是的，你会让任何一个男人动心。谁也抗拒不了你的魅力。

您也是个不可抗拒的男人。梅细细地说。

噢，是吗？岛村已经把这当成某种允诺的信号，脸颊通红地燃烧着，缓缓趋近梅那温热的双唇，不再在意梅那欲擒故纵成竹在胸的表情……

滴铃——

电话铃不合时宜地响了。岛村的情绪被迫中断，无奈地走过去，抓起听筒。是公司里的恼人事。岛村简单地敷衍几句，马上把电话挂断，同时用身体挡住梅的视线，顺手把电话线插头拔了下来。

回转身来，见梅已端坐在沙发里，身体显露出拒人千里之外的僵硬姿势。岛村笑了笑，随手开了发烧组合音响。舒缓的乐声登时像光一样从天上洒来，落在他们的脸上，身上，也笼住了屋子的四壁和墙角。洒在梅头发上的光是那样柔曼，仿佛要把她的每根发丝都揉起来，揉成暖暖的一团。梅的肢体在音乐的浸泡中舒缓了，棱角不再那么明显。

梅……岛村挨近梅，梦呓般地问，梅，还……满意吗？

什么？梅缓缓侧过脸来，眼中露出迷蒙的神色。

一切。

是的，我对一切都相当满意。这都多亏了岛村先生您，我真不知道该怎样感谢您才好。

不，你知道，你知道。鸟村盯住梅姣好的面容，呼吸变得急促起来。

哦……对了。梅的脸上掠过一丝迷乱，随即镇定下来，像想起什么，随即打开身边的手袋，从里面抽出一个鼓鼓囊囊的信封，递到岛村面前：

这里是三千元钱，作为对岛村先生的一点报偿，请收下吧，您千万别嫌弃。

岛村的面部肌肉登时发僵，进而急遽扭曲着，像是有些不懂似的诘问：

你真是认为我要的就是这个吗？你真的是这样想的吗？

梅被他的表情给震慑住了，睁大眼睛疑惑地问：这样有什么不对吗？那么你还想要什么？

岛村忽然觉得有些无措，有些语噎，有些空落。一长串音符轻捷地在他的大脑皮层里划着，苍白地滑过去了，没有留下任何印辙。空白。空白得是那样滞胀，阻塞，让他的心灵已经难以承受了。

岛村先生。女人轻唤着他，将他从怔忪之中拖回到现实中来。如果没有什么疑义的话，就请您在合同上签字吧。

嗯……好吧。岛村木木应着，手里举着笔，却半天都落不下去。一切为什么竟是这样残酷，倏忽即逝？等到他的笔一落，他和这个女人的联系就算彻底完结了。其实从头到尾，维系他和这女人的，也不过就是这一张纸。婚姻，爱情，生命，为什么轻薄如纸？

岛村先生，您还犹豫什么呢？

梅小姐不再仔细读读了？

难道我还不相信岛村您吗？

梅又嫣然一笑，透出无比的魅力。岛村心里一阵揪紧，定定瞅了梅几眼，才在合同上签下了名。

好了，你可以回去交差了。岛村疲惫地一扬手。请吧。

岛村一个人在空寂的屋里呆呆坐着，让暮色一点一点把他吞噬进去。电话线一拔断他便可以暂时地与这个世界隔绝。虽然没有报时钟响，可他在心里仍可以感受到梅乘坐的那趟班机已经驶过了他的头顶，把那个美丽的女人送往南国的一个新兴城市去。梅现在已经下了飞机，正兴冲冲地奔向她的老板处报捷。岛村在黑暗中睁开眼来，重新插好电话线，然后拨往梅所在的地方。

是梅小姐吗？

岛村先生？请问还有什么事？电话里梅那个女人的声音依旧很清脆，只是再也听不出柔媚了。岛村此时亦是心如止水。

梅小姐，祝贺您生意取得成功。我要告诉您的是，在复制合同文本时，我忘了把"发行权"字样打上了。就是说，您购买的只是影带的复制权，却没有发行权。您有权拷贝出一卷卷的胶片或磁带，却不可以拿到市场上出售发行。我重新准备了一份比较完备的合同，不知梅小姐是否有兴趣一切从头再来？

听筒里一时寂静无声。岛村似乎可以看到梅那欲哭无泪的眼神。他暗暗笑了,却笑得很苦。

游戏过后,还会有什么能在我们心头永驻?

岛村慢慢放下电话,随着渐渐降临的夜色一道,又堕入到无边的虚妄里。

1995 年 2 月于京西浴风阁

年轻的朋友来相会

1

　　火车嘶哑而尖厉地叫了一声，轰隆轰隆靠了站，身后扬起一阵雪末的粉尘。这是一列从北京直达沈城的特快，夜晚从北京站口出发时漫天大雪已经开始落下，经过八百公里的急驰，穿越广阔的华北和东北平原，终于在黎明天色微蒙之际滑进市区。车轮有节奏地咣当咣当在铁轨上敲打，一车的旅客都坠入似梦非醒的昏睡。雪花飘舞，大地沉寂。古老的山川、树木、河流以及寥廓无垠的天庭，在暗夜里静静的幽暗青蓝，闪出一种动人的暗紫色。漫天浮动的雪光灯影，倏忽照亮后世前尘，也足以令人忘却现世今生。雪霰洗拂不尽隋志高梦里的尘埃，相反，在他一夜失重的感伤忧惧中，梦，却像一群忽忽悠悠的棉花，将他浑身上下围裹得紧紧匝匝。
　　火车进入市区时大概是清晨7点钟的光景，整座城市仍笼罩在一片清寂之中。进站的笛声给冻了两冻，再叫出来时尾音就淌出了大鼻涕，"呜——嗷""呜——嗷"，叫出了几声东北大碴子味儿。隋志高一脚从车厢脚踏板上下来,一股子冷气"吱溜"一头钻进裤腿儿,裤子霎时间就给打透了,衣服成了摆设,简直就像是浑身光不出溜站在雪地中。北风烟雪小刀片一般迎面割来,"唰"的一下,脸颊和嘴唇就给冻肿。隋志高心里边的后悔这时就像一口黏痰,忽地一下子涌了上来,却又堵在嗓子眼儿的某个部位,吐也吐不出来,吞又吞咽不下去。这个季节,东北天寒地冻的11月份,就连鸟儿也知道要飞往南方。隋志高却架不住老歪的撺掇,八百多公里地从京城赶回冰天雪地的沈城,为的就是参加个老同学毕业二十周年聚会。

老歪当初的电话一打过来,提起要搞二十周年同学聚会,43岁的国家部委某局副局长隋志高听着就像在做梦一般,一脸惶惑地脱口问道:"怎么,离毕业有二十周年了吗?"

老歪说:"老六,你还核计啥呢?可不是有二十年了嘛。"

"老六"这一声叫,让隋志高大梦初醒。这是他们当年在学校宿舍里的排行叫法,都过去二十年了,又被老歪扯出来套近乎。二十年,真有二十年了吗?这么快!真是恍然如梦啊!2002年是77、78级大学生毕业二十周年。他们这些人赶在改革开放、拨乱反正、高考制度恢复后第一批上了大学,77级先入学半年,78级的紧随其后,二者在同一年头毕业,显见得学制还没有完全走上正轨。上不上轨并不打紧,要紧的是从此一代盲流青年又从大学校园里获得了文化身份。

20年前的大学校园,理想主义精神旗帜飘扬,从35岁到17岁,从拉家带口的到应届毕业生,学生三教九流,经历五花八门。红旗飘飘,歌声嘹亮,大旗之下,每个人都奋勇争先,实现出人头地改变命运的梦想。乡下孩子隋志高,1978年从县城高中考上大学时正好19岁,小草驴一个,蛋蛋刚够在被窝里做梦画花。跻身于那些二三十岁大龄同学当中,他像懵懂的小屁孩,人家有什么惊天地泣鬼神的活动都不带他玩，黑马蹿出没有他的事，就连恋爱也没有他的份。后来他从图书馆的《红与黑》、《飘》、《约翰·克利斯朵夫》、《静静的顿河》等等学生必读书目中自学成材，迫不及待挤进追求女生的行列，很小布尔乔亚地写情书、约会、下馆子、亲嘴摸咂儿地鼓捣了一回，结果却是恋爱未遂。最后带着巨大的伤口远走京城。一晃就是二十年。

打电话来的这个老歪当年跟隋志高住同一间宿舍。当初他们一个屋睡八个人，就跟一群成年期的猴子给塞进一个十四五平方米的笼子里，汗味、体臭、遗精的气息混杂，男生宿舍离老远就能闻到动物园狮虎山和猴山的尿骚味。隋志高在屋里排行老六，老歪排行老四，睡在他的上铺。老歪个儿高，人长得像瘦猴，说话叽叽歪歪，走路哩咧歪斜，故而得名。

"你也不看这什么时候，机关调整，没工夫回去呢。"隋志高答道。说这话时还是在七月，京城热得要下火。刚刚结束的世界杯搞得人五迷三道，机关里正常的工作秩序刚刚恢复。老局长要退，新局长还没到任，三个代表要学，十六大要迎接，隋志高这个副局就必须天天守着摊子，一步也动不得地方。

老歪说："老六，不耽误你工作时间，你周五晚上回来，周日晚再赶回去。你打飞机，来回机票我给你报。"

隋志高一听他说"打飞机"，心里就乐了，心说我打飞机，我还打手枪呢！老歪当年一考古汉语和现代汉语就照隋志高的抄，这么多年了，在词义的进化这方面一点没什么长进，对于"打飞机"一词的外延涵义都没整明白。看来方言这玩意在各地的歧义还挺大。隋志高没敢笑，只推说我确实忙，要聚就聚你们的，缺一个少一个都无所谓。我实在是走不开。

当然，忙是一方面原因，另一方面原因是他毫无兴趣。天知道老歪哪里来的那么大热情张罗。眼下人人都在与时俱进,紧着忙的把过去扔在背后,一个心思只是朝前顾奔,怀旧那些事都留给了不着四六的闲人们去整景,除了那些上了年纪七老八十磨磨叨叨的老人,再就是叽叽歪歪有话也不会好好说的美女小资,人家一出生就开始写回忆录了。怀旧也不白怀,怀旧人群的成本投入与效益产出紧密挂钩,白头宫女说往事,赚得纹银好几两,贼着呢!老歪目前具体属于哪种情况尚不清楚。隋志高并不怀疑他动机的单纯和目的的善良,只是眼下他一点都没有兴致陪他玩。

对于隋志高来说,二十年过去,大学生活早已经变得似是而非。同学之间一毕业就南北西东,除了刚毕业那会儿还有几个要好的兄弟偶有联系,再过几年,基本都疏于来往,只剩了一两个同行业的人还偶有交道,却又因他隋志高在当中官当得最大,都是别人在求着他,在上边管理机关给求个人说个情什么的,都是给他添麻烦的事。这样的往来难以持久。一说起同学,隋志高印象模糊,连一点想见谁的愿望都没有。

老歪却不肯善罢甘休,频频电话骚扰,后来干脆说老六,你看你什么时候有工夫?我们大家伙等你,就乎着你的时间来安排。话已经说到这份上,隋志高仍不为所动,说忙,回不去。见隋志高总是回绝,颇有点怨,话里话外流露出嫌隋志高耍大牌、不给面子的意思。老歪说:"老六,你可是咱班混得最好的,除了弯弯绕以外,就数你官当得最大,又是京城部委的高官。你要是不回来,咱们这聚会可就没意思了,上不去档次。"

话听着像吹捧,却又分明带刺,扎人,整得隋志高心里不自在。这个老歪,都二十几年了,磨磨叽叽、黏黏糊糊的禀性还是没有改,而且,不会说话的毛病也显然还在。弯弯绕是什么人?一个快要被党和人民判刑枪决的贪污腐败分子！上学时都已经三十出头，是一个当过知青、修理过地球、非常明白自己在什么时候想要什么的人。上大学那会儿，隋志高莫名其妙就被他当成了死敌和竞争对手，没事就挨他踩咕，每逢评三好学生评奖学金等等好事，一律被他狂踩，到了毕业愣是没有让隋志高入得了党。这几乎成了隋志高的终生大恨！后来据老歪中间传话说，是因为弯弯绕看上的某个女生对隋志高有好感，隋志高这个小白脸在女生中间人气指数太旺，很碍着弯弯绕的"拔梗梗"立腕。毕业时，弯弯绕作为学生会主席，挑了最好的单位，留到省政府机关当秘书。听说他一帆风顺，后来升至某某省委要人的大秘，后来又当成了市委班子的要员，再后来就被"双规"，一竿子搂进去了。那是一桩惊动全国的腐败大案，听说有可能判个死缓。

而今老歪电话里一拿他和弯弯绕相比，隋志高就觉心里晦气。心说你拿我比什么不好，非得比他！你那叫会说人话啊？再者说了，老歪总是这么"老六""老六"地叫，一次两次还行，叫得多了，隋志高就有点烦，下巴挂了起来，满脸的不待见。隋志高在机关里被下属唯唯诺诺尊崇着，听惯了人们叫他"隋局"，领导也会拍拍他肩膀叫声"志高"，出门到外省检查工作，更是高接低送，远迎近侍，突然间，被老歪叫起了大学宿舍里的排号"老六"，仿佛一下子又给叫成了当年那个光着毛的穷小子，时间一长，不要说心上扎根刺儿，就连肉里也楔满了针。

他不禁皱了皱眉头，摆起了脸色。可惜老歪在电话里看不到。

老歪仍旧没有放弃，执拗地说："好好，老六，我请不动你，有人要和你说话。你等着。"

手机里传来一阵空茫，接着是一个女生。榆叶梅。隋志高一下就听出是榆叶梅，东北话，有点侉，有点嗲，音调的抑扬平仄都不对，尾音往下走。

"志高，是我，叶梅。你能回来吗？哎呀你看，咱们都多少年不见了，也应该老同学叙叙旧了，啊？你来吧，我等你，啊？"

…………

榆叶梅的声音还是那么尖尖细细的，发声部位很靠前，听着不像个成熟女人的声音。当年就是她这有点小女孩腔的尖细声音迷倒多少男生！也包括他隋志高本人。

只是，在走南闯北，历经了无数的女人声音之后，他才能分辨和判断、评判初恋女友的声音，并且，本能地就挑出了缺陷。

他奇怪自己为什么没能激动得心跳几跳。二十年了，经历了多少事，人变得要多淡漠有多淡漠。

但是接下来的几天，只要一有空闲，他的脑子里就回响出榆叶梅侉侉嗲嗲的声音。这声音牵动起隋志高的哪根不结实的脉，促使他鬼使神差地上了周末的火车，并且这一晚上，还在努力想象和回忆着榆叶梅的模样：巴掌脸，山羊腿，细高挑身材，噘嘴唇，狐媚眼，叽里咕噜乱转的不安分眼神……

2

西北风扬起一些雪沫子，杀在脸上生疼生疼的。沈城虽然跟北京只隔了个山海关，但毕竟是东北，跟西伯利亚是亲戚，关里关外，大不一样。一过了十月，西北风就跟杀猪刀似的往肉上割，恨不得刀刀见血。站台上那些穿棉猴的穿羽绒服的，都跟熊一样，咕踊咕踊拖着行李往外走。隋志高比较利落,只有一件单薄的风衣和一个公文箱。显然他对两个城市之间的温差没有充分的思想准备。正在这儿哆哆嗦嗦拿眼四下寻摸,却瞥见老歪正迈着鸭子一样的步伐,从车厢的另一个方向歪歪咧咧往这边小跑。一边跑,还一边挥手喊:"志高!老六!"

隋志高一见,也挥手喊:"老四!"

两人脱下皮手套双手紧紧相握,互相拍拍打打拥抱。老歪明显见老,一张干巴瘦的脸上净剩了皮,一做表情,就把上下肉丝牵动得挺费力,皱纹挤得一小条一小条的,小细米棍儿眼睛被鱼尾纹包围,挤咕得只剩一条缝。脑袋顶上的头发也没剩了几根,焦黄稀疏,从左前方扯着越过秃顶遮向右后方,模样整个像一个大烟鬼。多亏他面皮白净,还有个一米八几的大傻个撑着,否则,这人就完了,简直没法看。

老歪在隋志高身上拍拍打打乱胡噜着说:"哎呀我说志高,可算把你盼回来啦!这比盼星星盼月亮还要望穿我这老同学的双眼哪!"

隋志高说:"得了吧,就您那眼?!上回见,还是五六年前吧?"

老歪说:"可不,我去北京拜见局长大人,你在百忙之中接见我吃了一顿饭,还是在王府井的东来顺涮的锅子。一晃,都上个世纪的事儿,隔了妈了巴子两千来年了。"

隋志高笑,说:"几年不见,也不见胖点?"

老歪说:"还胖啥胖,没看都啥岁数了,土埋半身了,眼见着要当爷爷嗝屁地了,胖不胖能咋地?"又上下打量隋志高:"我说志高,还是你行啊,这么多年,还保持帅哥身材。咱班像你这样的,没几个了。"

老歪拿话猛劲忽悠着,牵着隋志高迈腿绊绊磕磕随臃肿的人流往站台外挤。虽然不年不节,从各路火车里下来的大包小裹人流仍然像是梦游和逃难的,用他们的不争气衣着和土霍霍气质不依不饶给社会主义抹黑。隋志高冻得紧紧裹住着他的薄风衣，捂着红鼻头，嘴里哈着白气，慌忙躲避那些巨大行囊的冲撞和人身上冒出来的臭气。从憋憋屈屈的通道里一走出来，眼睛冷不防就被白煞煞的雪地狠刺了一下。原来雪已经住了，只有风还在叫劲，强劲的北风给站前广场上空刮出一顶蓝瓦瓦的晴天。看这万里无云天空晴朗的模样，好像这里根本不是以重工业为主的沈城，倒像是到了什么高海拔地区的青海、拉萨了似的。那些地方不趁别的，就趁一个万里蓝天。人群一出站口，就三三两两分流，等在门外那些吆喝旅馆住宿的、饭店拉客的、卖茶鸡蛋的、卖地图的、黑车拉客的一拥而上，见着人就拉拉扯扯，拉胳膊扯袄袖子，都跟黑道抢劫似的，吓得人们直往旁边躲。老歪的手掌紧贴在隋志高后腰眼半推半托，寸步不离就像一个马弁护着老板。

　　隋志高一直半眯着眼睛慢慢适应雪霁后的光线，脚步就随老歪手掌的推和托顺势朝外挪动。等到他眼睛能微微睁开、定睛看清前面的物体时，却发现自己已被聚焦在一门摄像机镜头面前，镜头扛在一个小伙子的肩膀上。小伙子细高白净，穿了一件大红的羽绒服，扛了一个黑黢黢的大家伙在身上，两条长腿故意岔得很开，在雪地里杵着，像长脖鹿岔开长腿要蹲下撒尿，姿势很是招摇惹眼。肩膀上那个镜头一直对着隋志高的脸推拉着，隋志高没整明白啥意思，下意识地抬起手把脸遮了一下。没等他遮完全，从小伙身边站出一个小姑娘来，看样也就二十来岁，穿得五颜六色，脸蛋子抹得煞白，头发染得倍黄，手里端着话筒，自来熟地走到隋志高面前，笑吟吟道："隋局长您好！听说您多年没回家乡了，这次回来是为了参加您母校二十周年同学聚会，请问您此刻的心情怎样？"

　　隋志高面带惶惑，扭过头去冲老歪说："老四，这是……"

　　老歪忙上前一步："呵呵，那什么，隋局长，是他们市里电视台听说了咱们母校要搞个聚会,文教部主任是我的铁子,也是咱们校友,特崇拜你,他一听说你要回来,特地派人来抓拍点专题片。这位就是……"

隋志高冲镜头一摆手:"再说吧。"

老歪立即明白了他的意思,也没强求,转脸对电视台的小记者说:"那什么,小高小黄,你们先回去休息,待会儿有事我给你们打电话。"转过头来又对隋志高赔笑道:"志高,这事儿怪我,事先也没给你打个招呼。"

隋志高不说话,默默走着。老歪也喏喏,随在他身后,嘴里不放声,心里却嘀咕:操!这可真叫官升脾气长!真他妈的不给面子。

二人来到停车场的位置。老歪钻进他那辆黑色奥迪,打着火,车头掉过来,停隋志高身边,伸手从里边把门推开,等着隋志高从旁边进副驾驶座。隋志高却绕过去,习惯性地拉开后车门,一欠屁股坐到司机身后的领导席位上。

老歪的脸上立刻掠过一丝不易察觉的神色。他在心里对自己道:老歪啊老歪,都怪你自己个儿没眼色!看见了吗?这哪里是同学跟同学的聚会,明明是身份跟身份的相处嘛!唉咳,算了吧。谁让我习惯开车而他习惯坐车呢!你就说这一个人的习惯吧,难道只是打小爹妈给的吗?那更多的也是党给惯出来的呢!

这么一想,老歪心里就宽松了不少。

待车子驶出站前广场后,老歪问:"老六,咱们去哪?是先回宾馆休息,还是先找个地界吃饭?"隋志高略一沉吟,问:"那个马家馄饨还在不在?""哪家?"老歪问。"就是咱们当年常去那个,学校西门旁边的。""不知道,老长时间不去了。领导既然想吃,那还有什么说的,咱们就拐过去看看呗。"

隋志高嘴里没说，心里却在说：行啊老歪！这么一会儿工夫，换了四种称呼了。从老六、隋局长到志高、领导，称谓都给喊全。时间地点场合，应时应景而生，没一次整错的，一点不含糊。显见得老歪以前电话里三番五次的狂叫"老六"，也是故意的，脑瓜贼清醒，就是为了勾魂套近乎，触动隋志高怀旧那根筋脉。二十年过去，眼前这个商人老歪，大号"蒲孝忠"的人，早已不是当年那个从铁岭山沟里考上来的天天吃不起早饭的穷小子。无事不请鬼叫门。谁知老歪要折腾出啥景来呢。

今天是周末，上街的车子很少，路上行人也稀稀落落的。是个大晴天，太阳有几许要露头的意思，远处的天边泛起几丝珍珠粉的颜色。一排排个头高大的俄罗斯穿天杨和兴安岭雪松，牛皮烘烘地立在宽阔平展的东北大马路两旁，枝头披着银色的树挂，晶莹闪烁。低矮处的忍冬青也被瑞雪装裹成一丛丛毛茸茸的白毛球球。高楼大厦、立交桥都被积雪乔装打扮，看不出本色是什么样子。隋志高依稀还记得这座城市那些风味建筑：南站站前广场东北解放纪念塔，塔顶上的墨绿色苏联红军坦克；老北站候车厅东正教风格的俄罗斯圆顶，圆顶下边青灰色的高大廊柱；八经街和十三纬路两旁遗留下来的小日本时期建造的红色二层砖木小楼房；中街午门雕梁画栋的清故宫门楼子，牌楼下面的汉白玉下马石；城东幽秘精深的努尔哈赤昭陵，城北喧闹繁华的皇太极福陵……正是这些旧时代的建筑构成了这座古城的特色。原先他还待在这儿省城念书的时候，一直就闹不明白一个问题：有着这样复杂文化历史的一座城市，怎么就跟"重工业基地"那玩意画上等号了呢？

后来查书时他看到历史学家下定义说，新中国成立以后，全国一盘棋。中国人民要站立起来，就必须要尽快发展工业。轻工纺织等行业中心挪到上海，钢铁电力煤炭机械制造等重型工业中心就留在了沈城，因为东北这疙瘩地底下肥，埋藏着丰富的石油啊铁啊煤啊什么的。那么不发展你还发展谁？不把你当中心还拿谁当中心？沈城人民就这样因为地理的原因为全国人民做出了牺牲。"牺牲"的意思就是说，前一半时间，是在城市原有的各种特色建筑群中搭建起厂房，浩浩荡荡产业大军从关里关外直奔而来开工进驻，全中国人民有多少人就从那时候起跟着借光农转非；后一半时间，是哗哗哗的工厂开始倒闭搬迁，原先那些建筑遗址们又享受修缮恢复原貌。浩浩荡荡产业大军开始下岗失业……

车轮过处，大雪覆盖住了城市里的一切，落在眼里的只是一片雪后的清净和炫目的银白。二十年前，隋志高他们在校上学那会儿，这座四百万人口的工业城才会在路上见到这么少的车辆、寥寥无几的行人，也才能见到这么辉煌的降雪。从他毕业走后，进入八十年代起，整个城市的面貌开始乱套了。机器轰鸣，马达飞响，一个经济迅速腾飞的时代急遽降临。作为一个老工业基地，沈城先是那些国营厂矿大规模创产值创效益，埋伏在城里的那些矿山机械厂、重型拖拉机厂、第三机床厂、中捷人民友谊厂、工业橡胶制品厂、辽沈发电厂、新生造纸厂，还有黎明兵工厂……一个个都像着了魔似的，疯狂地在有限的时间、原料和场地里榨取着剩余价值。仿佛是在一夜之间，工人阶级就改善了自己以往贫瘠的生活，他们纷纷把彩电、冰箱、洗衣机等等高档电器领入自己家门，像是过起了小康生活。

这种经济腾飞的捎带着脚的结果，是没几年时间内，沈城就被联合国环保组织列为除了墨西哥城、巴西里约热内卢之外，世界第三大污染城市。跟它同时榜上有名的毗邻的两个城市，一个是钢铁城，一个是煤城。臭氧层被破坏，城市热效应来临，夏天比北京还要热，冬天飘起几片雪花地皮都没给打湿过,一冬天也难得见到降一场透雪。那时隋志高已经毕业分配到北京,每逢人们问他是从哪里来的、隋志高一答"沈城"时,问话人就一点头说:唔,知道。那是全国污染最大的城市。搞得隋志高心里既懊恼又自卑。以后谁再问,干脆就王顾左右而言他,对自己的来龙去脉避而不答。

仿佛又是在转眼之间,九十年代,经济体制改革,国有企业大规模倒闭、工人纷纷下岗。利税大户的老大哥工业城,突然间阒寂无声,退出了人们关注的视野。东南沿海和西部开发成了人们谈论的话题。沈城就在人们的忘却之中开始了艰难的生存挣扎。城市环境也因此发生巨大的变化。工人老大哥们是怎样从自傲转向自卑的就不用说了。只提一点变化,就足够沈城人民自豪又羞愧:因着工厂的倒闭和烟囱的不冒火,困扰城市十多年大气污染竟然不治而愈!一年四季空气质量等级指数以及天空蔚蓝的程度,全都在全国排行头几名,甚至都远远超过了伟大祖国首都北京。

这才叫山不转水转,水不转山转。二十年呵!只能说是十年河东,十年河西,转眼就什么都过去了。二十年前,他们那帮青年学子们是怎样憧憬来着?

  年轻的朋友们,
  今天来相会,
  荡起小船儿,
  暖风轻轻吹。
  花儿香,鸟儿鸣,
  春光惹人醉,
  欢歌笑语绕着彩云飞。

>再过二十年，
>我们再相会。
>伟大的祖国，
>该有多么美！
>天也新，地也新，
>春光更明媚，
>欢歌笑语绕着彩云飞。

那是在1980年，由谷建芬作的一首著名的歌曲，在广大青年中间竞相传唱。谷建芬当年也就是他们现在这个岁数吧？能作出这样的歌曲来，足见其内心多么富有朝气，蓬勃，满含着向上的动力！这首歌曲呵，被他们百唱不厌，百哼不倦。他们新年时候唱，班会时候唱，碰到什么"五月的鲜花"歌会、六一儿童节、七一党的生日、八一建军节、十一国庆节庆祝晚会还是唱。他们还在千山的集体宿营篝火晚会上，拉起手，围成圈，就着这首歌，跳集体舞。"再过二十年，我们再相会，举杯赞英雄，光荣属于谁，为祖国，为四化，流过多少汗，回首往事心中可有愧。啊，亲爱的朋友们，创造这奇迹要靠谁？要靠我，要靠你，要靠我们八十年代新一辈……"

要靠我们八十年代新一辈。我们八十年代新一辈。他们就这样唱啊，跳啊，他们一个个直跳得热血沸腾，脸蛋子红红的。他们顺便还歌唱哈尔滨的太阳岛："明媚的夏日里天空多么晴朗，美丽的太阳岛多么令人神往，啦啦啦，带着垂钓的鱼竿，带着露营的棚帐，我们来到了太阳岛上，啦啦啦……"他们更歌唱青春："青春哪青春，美丽的青春，比那宝石更加鲜艳，比那玫瑰更加芬芳，若问青春，在什么地方,在我心上,在我心上,在我心上……"他们带着对青春的礼赞和对二十年以后美好生活的憧憬,连夜登临千山玉佛顶。到达海拔实际只有五百米的玉佛山顶之时,他们觉得已经攀上了平生最高处,眼望层林尽染的千山万壑,登时感觉心潮起伏,汹涌澎湃。他们纷纷抢得一块块峭立的岩石,腆胸叠肚迎风庄严而立,左手掐腰,大拇指的手指肚向下,右手朝上,当空挥舞,扁平掌在风中劈来砍去,集体酷似伟大领袖毛主席。看苍茫大地谁主沉浮?一万年太久,只争朝夕。世界是你们的也是我们的,但归根结底还是你们的。你们青年人像早晨八九点钟的太阳,希望寄托在你们身上。

太阳从东方地平线冉冉升起,一团一团狂飞乱舞的金光照得他们身上火烧火燎光芒万丈。他们对着那金光大声吟诵:我们,八十年代的青年,一定要为实现四化,贡献力量!

现在,二十年的时间到了。他们来了。可是为何心情如此疲惫?为何笑容如此憔悴?为何吃饱喝足的幸福生活,变得这么鸡巴让人腻歪?

…………

马路地面上的雪还没压实,轮子碾过雪地,咕吱咕吱,还不至于侧滑,但也够难走的。老歪像显示车技,开得飞快,见有超车,一律不让,遇到红灯,得闯就闯。隋志高不由叮嘱说:"慢点。"老歪说:"放心,交通队里有我的铁子。这边扣了,那边队长亲自送上门来。"隋志高说:"看不出来啊,你老兄牛大了!大雪天的,拿我开练?"老歪明白了隋志高是嘱咐他注意安全,讪笑说:"哪敢啊!我吃了豹子胆!"

老歪越是说话低眉顺气的,隋志高越觉得这里边肯定有点什么。要不然,也不至于。说来说去,老歪还比他大许多呢,在寝室里算是哥，他是弟。老歪总如此谦虚，显得没道理。张罗这么一个大场子，民间性质的聚会，不容易，一点不比他在局里开一次全国各下属部门的工作协调会议轻松。老歪不傻，花时间张罗、掏钱组织这场同学聚会，肯定不属于吃饱了撑的。他所能理解到的老歪也就是大号蒲孝忠的这个同学，非常善于结交人。别看他出身低微，能力有限，个人相貌丑陋，考试总濒临不及格，但是他的自我资源就在于人前肯于放低姿态、忍辱负重、吃苦耐劳，辛苦自己为先，只要觉得对自己有用的人，暂时弯腰塌背给人当一把孙子也没怨言，无论陪喝酒、陪耍钱，哪怕喝成胃穿孔、输得卖媳妇，也在所不惜。以退为进，显示出了老歪农民式的狡黠和伟大的生存智慧。他这些行动，一般人都做不出来。一般人放低身态，尤其受过高等教育的人，也都有个度数，一旦超过了底线，跟狗眼的视觉平行，人的自尊心就扛不住了。老歪不介。老歪什么都能扛，扛完了他还能把损失找补回来。这是他的能耐。所以，一般人还真拿他没办法，被他黏糊上的事情，不知不觉，就替他做得了。谁都受不了在别人面前有强烈优越感，优越感一强烈，脑子就爱迷糊，放松警惕之间，就被人把事给办了。

　　老歪就是这么干的。为达目的，他从来不惜劳自己筋骨。老歪还有一个赢取人心的小手段，就是平常在同学之间爱传个老婆舌、发放个小道消息什么的，由于态度诚恳，总令人以为是真事儿一般。久而久之，被错误地当成见多识广，老歪差不点成了班级的信息中心，个人威信指数逐步升级。当年因为传弯弯绕和外语系某某女生有关系，说人两个人插上门躲在弯弯绕的系学生会办公室里干什么什么，还被弯弯绕借酒劲给揍了一顿。弯弯绕上学时就已经是有老婆有孩子的人，所有的勾引女同学之事都属于是犯法的地下活动。老歪这么不长眼色地大肆给乱传，是会影响人家的安定团结和未来美好仕途的。自从那次挨揍以后老歪就对弯弯绕恨之入骨，铁心投靠隋志高一边，悉心拉拢着他，一方面扩大势力同时以期有机会报复。不过这机会到了毕业也没能降临。弯弯绕这回被搂进去让老歪偷着乐得够呛，他是老歪上大学期间唯一结仇的人。

　　车子碾着厚厚的积雪开往了母校方向。面向皇陵大街一面的正门原先的红砖围墙早已经改建成了铁栅栏，远远可以望见围墙里图书馆和教学主楼那几幢巴洛克风格的高大建筑。那都是当年苏联人在时援建的，直接把他们老毛子的审美气派搬过来，屋顶举架极高，外形宽大厚重，经过几十年风吹雨淋，仍不改恢弘气势。它们跟城里的老火车站、省图书馆、展览馆、老东北大学以及当年的东北局和市少年宫、钟楼、鼓楼、中街、太原街等地的俄罗斯风格建筑一样，记录下了东北人民跟苏联老大哥之间不平凡的一段亲密接触历史。北京的老莫餐厅和北展剧场几乎跟它们外形完全相同，就像出自同一张建筑图纸。这些异国风情的建筑是当年最能引发隋志高奇思妙想的地方。刚从农村出来的孩子，平常就连城市里的楼房都很少见，乍一见，简直要被这种伟大的砖石瓦块叠加结构惊呆了！没事他就跑到城里各处去溜达。中街鼓楼百货商店一共有四层，从没见过楼房的乡下小孩隋志高，在一个星期天的上午专程跑去爬楼梯，上上下下，从一层到四层，不知在楼梯上跑了多少个来回。那是怎样一个对城市充满着新奇、激动与幻想的年纪！

　　学校的南门院墙外是一条小马路，稍显偏僻，它一头连接城区，一头通往城郊一处新近挖掘出来的古代人类活动遗址。因为挨着校园区及其附近两家工厂宿舍，早在八十年代初，马路上的商业活动就已偷偷摸摸日益抬头。马路对面原先充斥了各种小店铺，卖烧鸡的、卖朝鲜咸菜的、卖青菜的以及回民烧卖店、小饺子馆、小百货店应有尽有。隋志高去得最多的地方就是那家馄饨馆。一个礼拜去一次，给自己改善改善。当时的馄饨店是一个老太太掌勺，馄饨是猪肉白菜馅，皮薄馅儿嫩，一锅高汤，放点海米紫菜，出锅时再加上一点香菜末，淋一两滴麻油，只闻闻味，就香得要掉眼泪儿！对于一个月拿二十块钱的国家一等助学金的他来说，吃上带肉馅的东西，简直就是奢侈豪华的享受，需要避人耳目，偷偷摸摸去做。家境困难的学生，难道不是理应早餐吃五分钱的咸菜，午餐吃两毛钱的素炒吗？他们怎么也配下馆子？那时的五毛钱一碗的馄饨，吃到隋志高的嘴里时性质就已经变了。那是幸福，口腹之欲的幸福；那也是叛逆，希望尽早摆脱贫困窘境的叛逆。同时，也竟有一种罪恶感，仿佛在用别人施舍来的钱吃香的喝辣的，自己是在欺骗党和人们，骗奖学金，骗学校，是一个为人所齿的骗子。隋志高嘴里吃着馄饨，心里只是暗暗希望着有一天，能用自己挣来的钱，大大方方吃好的喝好的。

公路拓宽，原来的铺面早不见了踪影。车子绕了一圈，最后在校园背阴的北门对面，终于看见了林立的店铺。隋志高一眼看见了那个蓝色的幌子。不错，是这家，马家馄饨店！他激动得跟什么似的，车没停稳就慌忙往外钻了出去。谁能想到，过了二十年，还能在故土上面找到旧物呢！

店铺里的老板娘换了中年女人，不认识了。铺面比原来宽了些。桌椅板凳也都不熟悉。然而，那馄饨的热气，却是熟悉的。老板娘热情招呼他们落座，手脚麻利地将已经包好的馄饨下到锅里。不出几分钟，馄饨出锅，配上麻油香菜末，递到隋志高面前。不曾张口动筷，隋志高眼泪差点夺眶而出！这就是那令他隋志高终生难以忘记的味道：贫穷，幸福，自卑，叛逆，同时还夹杂着某种莫名其妙的罪恶感。

隋志高夹起一个馄饨放进嘴里。这就是二十年前青春的记忆啊！

猪肉白菜，麻油芫荽，一锅高汤。简单，便捷，满意，鲜香，轻易就可获得巨大的幸福感。

一碗馄饨下肚，隋志高那根怀旧肠子才算被彻底勾将起来。馄饨太香了。香得过分，显然是味精放得太多。奇怪当年他是穷学生时，怎么没觉得味精的味道有多难忍？也像是他初恋的滋味，注入了添加剂却感觉不出来，却只记住眼泪，欢笑，奋斗，挣扎的苦涩。就是靠这点微薄的味精紫菜虾米皮营养，隋志高毕业时硬是比入学时蹿高了三公分，长到了一米七五，符合东北男人身高的一般标准。

他很想跟老板娘问点什么，话到嘴边，又咽了回去。问什么呢？那个老店主，显然不可能在世了，当年她就已经快七十岁。一个怀旧的人，能寻到一点过去的蛛丝马迹，就算很幸运。

从馄饨店里出来，觉得身上的热气聚敛了许多，不像来时那样寒冷。就怔怔地在风中站着，隔着马路朝母校校园里张望。老歪在车里喊："志高，上车吧。有的是时间回来呢。"他说的是日程安排中有一项是要回母校跟在校师生交流。隋志高只好收回目光，随他上路。

3

孔雀宾馆位于皇陵大街附近，是一家老式旅馆，八十年代建造的，上个世纪九十年代经过艰苦的跟风改造，也才勉强挂上一个三星级牌位。虽说里面的设施齐全，但是服务水平相当一般。按老歪的说法，把返校同学安排在这里下榻，是因为这里离母校近，谁要想回去看个老师什么的也方便。当老歪将车子驶向宾馆那条路上时，隋志高还是顺便问了一句:"老四,这次活动开销可不小,你怎么打算的?如果不行就大家凑……"

老歪打断他说:"咳,志高,瞧你说的,难得请老同学们回来相聚一次,我蒲孝忠连这点心意还表不起?"

隋志高也就不再多问。他在脑子里大概齐核计了一下,按常规,像这种民间聚会,估计每人的来回路费要自理,至于食宿,总共只住一晚,就算每间标准间 200 元的话,全班同学都回来,有三十来个人,两人一屋,也不过三千多元。外加一顿接风宴,老歪个人的付出其实也没多少,满打满算也就大概在 5000 块钱左右。其他饭局都是各处打秋风,听他讲明天还有母校系里请客,晚上还有一个什么企业老板也要请一顿。总之是各项债务一分摊,落实到老歪头上的负担就没多少了。而他在这场团聚当中获取的效益,应该不止于 5000 块钱吧?

这样一想,隋志高觉得自己有点俗。且俗不可耐。为什么就不能像二十年前那样至幻至梦地去估量一个人?比方说,把老歪此举想象成一次纯粹的忆旧活动?也许是因为人到中年,也许是现如今这个过分重实利的社会,总之是逢事就想到钱,搞得人连一点浪漫想法都没有了,哪怕是一点点微薄的穷浪漫。

隋志高跟着老歪一走进宾馆大堂,一眼就见正中央扯起的那个极大的横幅,上面用红纸刷出斗大的鹅黄字迹:热烈欢迎各地校友回沈城团聚!字体硕大,分外煽情。标语下面,跟大班台相对的位置上,还设立了一个签到处,两个小姑娘在那里把守忙乎着。老歪说那是请的学校低年级学生来帮忙。旁边还站了两个小男生,准备随时帮助拿拿行李跑跑腿什么的。隋志高随口夸赞道:"行啊,老四,工作效率挺高,还组织起一个工作组。"老歪说:"咳,整景呗!你们这些大人物回来了,我还敢不给伺候好?"

他们俩提着公文包走过去。只见前面已经有一男一女两个人拎大包小裹站那里等候签名,顺带拿房间钥匙。女的站在男的身后,从背后望去,见她身板瘦削,骨头节宽敞,站在那里后脊梁看上去比男人的背部还要宽,穿着件橘黄色羽绒服,头发胡乱耷拉在肩膀上,毛哄哄的,浑身散发一股馊烘烘的气味,像是从火车卧铺上直接翻下来就滚进了大堂,根本也没洗漱捯饬捯饬。听到脚步声,女人回过头来,看见了走在前面的隋志高,就拿眼盯盯地使劲打量他。隋志高给瞅得心里发虚,也赶紧拿眼回应,努力辨认着眼前这个干瘦单薄、满脸是褶儿的高个女人。片刻,女的猛地扯了一下前面男人的袄袖子,大声惊呼道:"哎呀妈呀!你快看看,这是谁来啦?!"

男的闻声从签名簿上抬起头,也盯盯地瞅了两眼隋志高,然后"嗷——"的一声扑了过来,大呼小叫一声:"隋志高!"然后拿拳头照准隋志高肩膀就是一杵子。

这一拳可打得不轻,隋志高的肩胛骨都哆嗦了。我的野蛮同学!他在心里叫了一声,咧了咧嘴,本想表示疼痛,半截道上立即又改成笑逐颜开表情,跟来人迎面紧紧贴将上去,左胳膊下力气使劲箍在对方脖子上,右胳膊勒紧对方粗壮的熊腰,将两具身体贴得严丝合缝,疯狂摇晃拍打,同时他的大眼皮迅速耷拉下去,目光飞快地瞥着签名簿上的名字。尽管那上面的字龙飞凤舞,不像个人爪子能划拉出来的,隋志高还是辨认并回忆起来了,男的王鹏举,女的叫李红!这二位是两口子,也是当年班里恋爱成功的三对儿之一。毕业后女的为了爱情离开家乡绥中,跟男的去了他老家吉林的一个县里当老师,一晃就是二十来年没音讯。隋志高赶忙就松开紧箍着对方脖子上的胳膊,终于可以放心大胆面对面地激动喊一声:

"鹏举!"

紧紧握手，摇晃，又转过身来喊：

"李红！"

又是一通紧紧握手。这回没有摇晃，只是捏在手掌心里，握了有千分之零点一的时辰。李红已经是鼻涕眼泪吧嚓地了，一边忙用剩余一只手的手背在脸上抹巴，嘴里一边说："哎呀妈呀，你看这是咋地了，老同学一晃都分别二十年不见了呢！"

"你看你，你看你，你咋还哭了呢？老同学见面，笑还笑不过来呢，你哭个啥劲呢？整得像谁欺负了你似的。你说是吧志高？"王鹏举一边逗着他媳妇，一边又把大熊掌伸了出来。隋志高心里发憷，有意躲闪，却又抹不开面子，正迟疑着，一看，还好，熊爪子已经越过他，伸向身后的老歪。老歪从后边跟上来，跟他们夫妻二人握手，拍打。其热情洋溢程度，显然要比隋志高跟他们的见面情形差。显见得老歪跟他们之间是常有来往的，这回见了，也不觉特别新鲜。

经过一通忙乱，签到，寒暄，几个人终于拿好了各自房间钥匙牌，一起坐电梯到十一楼。电梯空间狭小，王鹏举一人就占了两个人的地盘。二十年的时间，他把自己充分发酵起来了，胖得要水肿，走起道来呼哧带喘的。他抑制不住老同学相见的喜悦，上下打量隋志高说："家伙，志高，这么多年，你可一点都没变，还是那么年轻，咋整地？都吃些啥山参大补丸？"隋志高说："不行啊，老喽，熬心呐！哪像你小子，春风得意，心宽体胖。"李红抽空在旁揶揄："就他，还春风得意呢？你问他，高血压、高血脂，心脏病，什么没让他得上？"王鹏举拦住老婆说："你说那玩意干啥？那不也是显得咱们的生活好了吗？二十年前你让我得我能得吗？"李红用瘦拳给了他老公一下，他老公呼哧呼哧地笑，李红自己也吃吃吃地笑。隋志高感觉出了这一对夫妻的和谐与甜蜜。

到了十一楼，老歪帮这两拨人归拢到各自屋子，道一声你们先休息，又忙去张罗别的事情。隋志高放下公文包，关起门，水没喝，茶没泡，第一件事情，就是看那张老同学名单。刚才趁老歪他们不注意，他很有心地从签到处拿来了每位来宾的房间分配名单。经过第一次跟王鹏举夫妻见面没想起对方名字的遭遇后，隋志高已经充分提高了警惕，把脑子里一根弦绷紧起来，迫使自己进入临战状态，调整到即将来临的应酬场景中。

不知怎么搞的，一场二十年前的老同学聚会，非但不能让他放松，想着在轻松愉快气氛中去重温旧时友情，反倒惹得他分外紧张，把它当成了官场之外的又一场应酬。

可能是因为人过四十，也许是因为多年当公务员养成的习性，只要一出家门，隋志高就分外关注自己在他人面前的形象，以及过后自己会在他人心中留下点什么印记。尤其是在故交旧友面前，更是不愿意显露出任何不得体，或者人生失意挫败印象。

那么在他自己心中，是不是本来就充斥了生命的挫败感呢？

隋志高顾不得清理这些。他敛气凝神，把即将来的同学名字迅速复习一遍。尤其对那几个特别感到陌生、已经多年不交往的，又大概其想了想他们当年的模样。能够迅速记住人名，是作为一个领导者的基本素质。前一秒钟记住，哪怕后一秒钟就忘，只要有用，就得记，哪怕这个用处只不过是在现场用一次，简单喊一声对方名字，拍拍对方肩膀。领导能够首先叫出下属的名字，职位高的人能够首先喊出职位低的人的名称，在官场上取得的效果，永远是事半功倍。作为国家部委机关一名高级公务员，二十年的磨炼，隋志高这方面的才能，已经修炼得相当可以。

既来之，则安之吧！他这样劝诫自己。

把名单熟悉得差不多，随后他才稳下神来，给自己沏上了一杯茶。

还没喝上两口，就听电话铃声丁零零响。这边拿起来刚"喂——"了一声，那边门已经被人不客气地敲开，老二、老七、老八一个跟一个进来，老同学见面、轮番轰炸会晤狂欢就算开始了！

二十年前的老同学们一个接着一个，从各个城市里陆陆续续赶来。每一次楼道里出现脚步声和钥匙开门的动静，都会引起一阵大呼小叫、搂脖子抱腰、狂喜、猜测，彼此猛劲儿消耗刚见面时的热情和体力。二十年了，时光的印痕在每个人的脸上都挂了相。从十八九、二十来岁的小青年到四五十岁的中年，有的模样变得大，有的变得小。相同一点，是男生普遍肥胖，挺起大肚腩，女生们多半显得沧桑，有的像怨妇，有的像老娘们儿。人到了这个岁数，最怕发胖，男人一胖，腆起难看的肚子，再一露出白头发茬儿，整个人就显老相，说四十也行，说五十、六十也有人信。女人一胖，显得更年期提前，往后像是没有了什么奔头。像怨妇的，是那些单位效益不怎么好，时刻面临下岗的；象老娘们儿的，是长期坐机关的，没熬上什么大官，反倒坐出了一个下坠的肥臀和一肚子鸡毛蒜皮。无论沧桑还是臃肿的脸，隋志高也都还能认得出来，因为他已经将同学名单琢磨好多遍了。只有一个他没认出来，那就是一个叫燕燕的女生，割了双眼皮，垫高了鼻梁，双眼皮没太割好，圆弧稍微大了些，有点浮肿，总像是在哭，表情像寡妇。另外一个差点没认出来的是同寝室的老五，大面积谢顶，像长了杨梅大疮，让他一惊。

隋志高遂也从他们身上照见了自己：43岁，单身，离异，消瘦，带着一个孩子，跟父母一道过活。有轻微的抑郁症。脸上带有离异单身男人特有的萧索表情。

他也这才明白原来自己懒得跟人聚会，还有一个理由：实际上他内心并不快乐自由。他也就不愿意参与各种带有狂欢性质的聚会拍拖。

　　初见时的生分、惊乍、哄叫渐渐平息。谈话的主题和气氛逐渐入港。当分别多年的大家打消了刚见时的隔膜，话语越说越密、套瓷越套越近乎的时候，刚开始看着别扭的眼前这帮家伙们，现在看上去顺眼多了。刚一见面时，在隋志高眼里，这群人都已经老模老相白内障青光眼，颇不招人爱看，说话做派都像戏剧小品里演的东北油子；过两个小时，就已经有三分之一人顺眼，找回了当年一起登山玩球时的感觉；又过了两个小时，又有三分之一看着也凑合，虽然面有老相，可说起话来艮赳赳，乐呵呵，听起来很是人情练达幽默风趣呢！照这样下去，他想，再过上几个小时，止不定就会看谁谁可爱了呢！人啊，可真是个臭毛病，都架不住这么翻来覆去、躲不过避不开地来回的看。看来看去，连歪瓜劣枣都成了顺瓢子。

　　谈话聊天的地点不断地挪腾、转移，从北屋到南屋，从一个房间转移到又一个房间。聊天队伍也在不断扩大，先是一两个，然后三四个，接着男女生不分，一股脑扎堆聚一起唠闲嗑。在老歪会务组占用的那个南屋套间里，北方冬天上午十点多钟明媚的阳光射进窗来，给闲聊聚会的场所增添了温暖的景色。隋志高一不留神就发现了个别同学脑袋顶上的新问题——那是追赶时尚及其与衰老做斗争的痕迹——个别同学脑袋瓜子顶上染了头发，而且还不是一般的染，是挑染，挑起一小撮一小撮的头发来染，致使脑袋瓜子顶上一块黑一块黄，黑黄相间，富于动感。黄也不是街上小韩流们染那种特扎眼的明黄，而是跟黑比较靠近的金属铜黄色。太阳不照不知道，太阳一照，全体人民就都知道了。当然，同学们也不一定是挑染，而是头发原来黑白掺杂、一上染料，着色不均，反而造成意外的挑染效果。还有极个别的土老帽儿男生染了黑发，乌黑乌黑的，像戴着一顶假发，一看就知道是把便宜染发水买回家里，老婆戴着胶皮手套大把大把抓挠，拿着细齿木梳给染的。不管怎么说，追赶时尚本身就表明了对生活的信心和热爱。

隋志高想，对同学们的美，我怎么一点都没发现出来了呢？可能是刚才情绪不对位，缺乏一种审美的眼光，一眼看到的竟全是一群老男老女老眉咔哧眼的衰相。你像王鹏举，早脱下了那身臃肿的羽绒衣，现在就换上了一身藏青色毛料西装，上身宽厚，下半身也笔挺，再把领带一拉得，就显得人模人样，看着挺符合当地教委主任身份；夫人李红也已装扮一新，跟早上刚见面时判若两人，回房间洗漱完毕后，略施粉黛，描眉画眼儿，头发梳成一个小抓髻，规规整整盘到脑勺后边，一件雪青色高领山羊绒毛衣，配一串紫檀色的木珠项链，整个人一下变得有气质了。怎么说人家也是当地著名的享受国家特殊贡献津贴的特级教师呢！

放眼再看别的人，似乎不像他肉眼的第一眼所看到的那么忧戚，反而一个个笑逐颜开，充满老同学见面后真挚的激动与感怀。早先上学那会儿就关系好的女生手牵手在一起呱嗒着，一个还给另一个带来了家乡的土特产；原来住一个屋上下铺的男生还在数落当年谁谁最爱打呼噜。人们互相问着打听着这个怎么样了，那个哪去了，这个在干什么，那个在倒腾什么。他就想，也许，那忧戚，实际上来自他自己，他个人的心里，与别人无关。

老同学们互相盘问这，询问那，二十年过去，彼此传递的，却已经都是生死讯息了呵！

——弯弯绕干得最冲，家伙算是飞黄腾达了，可惜，判了个死缓……算了，算了，不提他了。

——老家在梅河口那个老毕，还记得不？哪个哪个？就是那个，平时蔫不叽不爱说话，拉的一手好胡琴那个。已经去世了。是吗？真的吗？可不是嘛。大前年。胃癌。年龄不到五十。家里还有两个孩子，爱人还下岗。怪可怜的。

——小胡，还记得不？在学校时老是小胡小胡地叫，其实早就是出版社的副总了。前年，也出车祸死了。去青海开会，遇到塌方。怎么那么寸，一行三辆车，石头就砸他的车上，车里边还他一个人死。司机和副驾驶座上的人都没事。你说这是不是命啊？命里注定。

——是啊。兔死狐悲啊。咱们这些健在的人，有什么理由不好好活着？

——还有谁没能来？佟大姐啊？就是当年那个铁饼投得最远的那个？原来在农村下乡时就是铁姑娘队长，那身板，那力气，掰腕子，咱班男生也不敢不服啊！分回锦州，现在已经退休啦，在一家中学返聘当高考班辅导教师呢。本来说好能来的，昨天刚打电话来说，下雪，滑了一跤，骨盆粉碎性骨折。现在躺医院里头呢。哎呀，是嘛？要不要去看看她呀？要不打打电话问候一下？那么好身板的人也能骨折？可不是咋地，中老年妇女，普遍缺钙，可别当自己还是铁姑娘那会儿了。一晃，咱都是快做爷爷奶奶的人。学会心疼自己个儿吧。

——还有一个孙立惠也没来？跟老公出国去了澳大利亚。咱班出国的人还真不算很多。唉，中文系的，出啥出哇，出去了又能干点啥？也不就那么回事嘛。出去了，混得不好，还不一定比待在国内强。就说孙立惠吧，那年回来省亲，请老同学见面，嗳，你在不在？没来哈？你可不知道，把人请到家里去，桌子上就摆了几块小点心，几瓶小饮料，连顿饭也没舍得请，太寒碜人了！咱也知道人家是学得洋气了，可是人一回来，到了东北家乡这块地界上，最起码也要符合国情吧？

——是啊，得罪谁也别得罪老同学。得罪了老同学，等于绝了自

171

己归乡的道儿。

——你那块溜儿效益怎么样？还行？还行就够啦！我那地界不行，天天闹精简，现在都鼓励提前退休，工龄买断，从经济效益上说哪一种更合适？那要看你自己怎么打算的。怎么打算？再打算我也比不得老兄你，堂堂的地级市领导，挥手一招呼，什么都送到家门口。

——家里老人都挺好吧？孩子怎么样？多大了？连老二都结婚有孩子了？爱人做什么呢？就别叫什么爱人了吧，就直接称老伴得了呗，叫爱人听着我不好意思，牙酸。好好好，老伴老伴，你家你老伴也挺好吧？糖尿病？唉，咋得上那玩意。有啥别有病，没啥别没钱。现在看病可是看不起。单位说给上医疗保险，大病统筹，结果到真有病的时候，还是麻烦，唉……

——啥也别说了，眼泪哗哗地。靠谁都不如靠自己。

——你那里房改完了吗？产权买下来啦？房子多少平米？

——160平米？哦，还行，比我的还大一点。平顶还是复式？

——复式？行啊，一步到位。我当初后悔没买复式。你是贷款还是付现？

——付现。

——嚯，家伙，厉害呀！

——不能跟你比啊，你那里房价多高啊。我们这小地方，便宜。

——买车了没有？

——儿子媳妇刚买了一辆奇瑞。我们这岁数的，就别冒那个险、出那个奇了。搭孩子们的车坐就算有福喽！

——我那老婆，看人都有车，非要闹着自己也有一辆。这不，刚给她弄了一辆捷达王。捷达不错，一汽产的，就在家门口嘛不是，有个啥事换个零件啥的也方便……

……

隋志高厌倦。疲惫。烦。刚开始还一直跟着应付几句,保持着真诚的微笑,关心老同学们的长短,说东聊西。时间一长,就烦了。他对别人的生活没兴趣,从来不爱打听别人的私生活,也不愿意把自己的生活形态告诉给别人。老同学们拼命打探别人生活状况的那种心情,他们话语里露出的无形的攀比,既幼稚,又实在。这些都是隋志高所不喜欢的。但是没办法,在他这个比较各色的北京人儿眼里,外省,本身就是个市民社会。以前每次回乡探亲或者办事,他都觉得是一脚踏入市民社会。虽说是大家共同生活在同一个时代,又都那个年代过来的人,同学们当年被共同教化、灌输的都是同一个救世治民、让中华民族崛起于世界之林的国家民族理想,但是经过二十来年的磨炼,每个人的理想都遭逢过拐弯。老同学们在家门口过活,包裹在宗族宗法三亲六故的大网络中,生活目的很实在,过的就是个老人子女升官发财。隋志高早早脱离了那个网,只身漂流在政治文化中心的京城,深深濡染上京城的知识分子气,有一腔怀揣天下的理想和忧国忧民的政治家情怀。他每天盯着政治局的人事变动,关注美伊战争,讨论中国加入世贸后的文化市场开放,提案环境污染和交通堵塞的管理……人活在那里,话语形态总是显得无限邈远,不着边际。而对于日常生活他并不关心,也十分不屑,因而在这方面的能力也十分的微弱。一轮到唠家常嗑、扯点老婆舌闲话什么的,他就蒙了,没什么话说,词汇量小,口语能力特别差。关于日常生活方面的建设和扯淡的繁重任务,以前全是被他的前妻承担着。所以,终有一天,当他妻子不愿再独自承担此重任,不打招呼就从他这个工作狂这里卸任辞职时,似乎也是意料之中可以理解的。

见那几个身板已经沦落成大妈型的女同学正揪住一个个人使劲刨

根问底，老婆孩子车子房子地问个没完，隋志高怕了，趁她们不注意，假装去洗手间，在里面偷耳听听外面仍在喧哗，蹑手蹑脚启开个门缝，然后悄悄就从楼道溜了出去。

出来，到外廊大口大口喘了几下气。似乎相邻的每一个房间都在有人聊天。他轻手轻脚往回走，路过隔壁房间时，只见房门大开，一男一女两个小朋友在那里叽叽嘎嘎玩电脑游戏。

隋志高乐了。他就愿意跟小孩玩。自从儿子他妈跟他离婚后，他和儿子成了亲密无间的玩伴。他把大量时间都花在改善跟儿子关系上，希望能借此弥补他们夫妻离婚给孩子带来的心灵损伤。儿子的态度是带搭不理，基本不领情。十四五岁的孩子，正是半懂半不懂，长个儿也长心眼的时候。隋志高心里真是苦恼多多。

他走进去，跟小孩子们打招呼。小孩子还挺有礼貌，那个站着的高个儿小男孩先说"叔叔好"，另一个坐在笔记本电脑前的小女孩忙乎得头也不抬，也跟着说了句"叔叔好。"

隋志高说让我猜猜你们都是谁家的孩子。他先猜男孩子，说是老七家的，小孩说不对，又说是老八家的，还说不对。男孩自己供认说是陈平威和许少鹃家的。隋志高一听，哦，是班级里处成的另一对夫妻。心说看来咱们班爱情坚贞程度还不错啊！这么多年了，还在一起过呢。男孩说他跟爹妈来省城给哥哥抓药、配血型。哥哥得了白血病，爸妈到处找药为他治疗。隋志高心里一沉：原来他们承受这么大的不幸！刚才看他们在那里谈笑风生，一点看不出来此行还有这一项沉重任务。

隋志高又问小女还说："你呢？你跟谁来的呀？"

小女孩头也不抬说燕燕。就是那个割了双眼皮的那个。"我妈说她自己来没意思，非得拉上我。其实我一点都不愿意来。学校马上要考试了。"小女孩抱怨着。

隋志高往前探探头，见她在玩电脑游戏《骇客帝国》。这个游戏他跟儿子玩过，战斗非常激烈。他就提出要求跟他们一块打。小男孩显得很高兴，客气地让座给他。小女孩恋恋不舍地从光屏前抬起头来，一见他，惊说："叔叔，你好像梁朝伟耶！"

隋志高笑了，说："哦，我有那么阴吗？"

"那当然。你像他一样有一双电眼，专门电中年女人。"

隋志高放声大笑。这是他到这儿以来，笑得最畅快的一次。

他熟练地从弹药库里拣起一把手枪，投入了战斗。

一边开枪打，还一边想：

我果真有那么忧郁的眼睛吗？

中午大家都拿着餐券到饭厅吃自助餐。召集人老歪说，见面接风宴会安排在晚上，中午大家就简单凑合着吃点，咱们边吃边等还没有到的同学。大家表示能够理解。于是都在餐厅里拿盘子夹好了自己的一份饭，转身回来又凑坐到一起，叨咕来叨咕去还是那点车轱辘话。隋志高就纳闷：为什么分别二十来年的话，见面一说，只一会儿，就没了呢？再说，就全是重复。早知这样没意思的话，当年，他们还会不会唱"再过二十年，我们再相会"？

吃过午饭，隋志高立刻回房，关好门，也拔了电话，栽歪在床上休息。老歪挺有眼力价儿，给他自己独自安排了一个屋，别人都是两人一间。好不容易躲开那么多人、那么多他不愿意参与的话题，他想他得抓紧时间休息。躺下来，闭眼睛想睡。可不知怎的，只要一闭眼，就觉得仍旧是在火车上，一团棉花在脑子里忽悠来忽悠去，那种失重的感觉，让人好不心烦。稍微迷糊了一会儿，隔壁房间的喧哗声把他惊醒，一看表，离晚上还很远。于是打电话问老歪下午的安排。老歪说下午没什么安排，有事的办事，没事的休息。晚上接风，去他的饭店。隋志高本想问问榆叶梅何时来，话到嘴边，又咽回去，只说："我想出去走走。"老歪说："等会儿，我马上到你那儿去，开车拉你。"隋志高说："不用，我就在附近转转，去去北陵公园。"老歪说："那也好。去北陵的话就你身上穿那点玩意根本不够用，别给领导冻个好歹的，我可担当不起。等着，我借件军大衣给你送过去。"隋志高刚想说不用，老歪已经不由分说，把电话挂了。

老歪还真就送对了，没有军大衣真是不成。一上午猫在屋里不觉得，冷丁一出门，还是觉得北风嗖嗖的，打穿裤脚管。他把大衣裹紧，信步往前走。转过了宾馆的角门，就是北陵公园。隋志高有个脾气，就是帝王的陵墓一直为他所喜爱，河北的清东陵，北京的明十三陵，都是他常爱去观光的地方，但凡有机会，就跟过去溜达一趟。至于为什么，他自己也说不上，只是觉得那些地方有点什么通灵的、超常东西，那是日常生活中所没有的。置身于陵墓群中，对天、地、神、人都能产生出畏惧。人活着总得畏惧点什么，不然就没法活了。

相比那些大型的陵墓群，沈城眼下这块清朝始祖的陵墓，显得很袖珍，虽说也是陵墓，却是相毗邻这所大学里学生们的恋爱嬉戏乐园。谁让它们在距离上如此挨得近了呢！当年到省城上学后第一次来这里玩，见到那些雕栏玉砌的牌坊和隆起的坟包，他还在想，白山黑水之间，出了这么一群玩意，骑马扛刀的，就把汉族的历史割断了。作为山东关里家的大汉族传人，他在心里不服。还有他们的故宫，也把他看得眼花缭乱。清朝人打天下时的遗迹都留在这座城市里，习以为常时，便对它们没了感觉。当年他听榆叶梅讲，她小的时候，每年清明学校都要领着祭扫烈士墓，在抗美援朝烈士陵园献完花圈、宣过誓后，接着就来逛北陵公园。扫墓和逛公园是连在一起的，所以他们每年都特别盼望清明节。听她这么一说，隋志高的羡慕之情油然而生！他不能想象，一个人小的时候就能把这么好的风景习以为常当成玩耍之地；就像他第一次听他前妻小敏讲，她小时候搞少先队活动是去天安门广场，然后一定要顺带着逛王府井和大栅栏。当时听了，他的心里又是怎样的一动！剧烈震动！那是他这个乡下孩子几经奋斗才能够到达的地方，她们却从一出生就能享用，是那些地方的主人。潜意识里，她，她们，就是她们所在的城市的象征。跟她们建立起联系，就是跟她们所在的城市建立起了一种关系。

隋志高顺着湖边漫漫踱着，一点一点找寻着旧时的痕迹。他点着了一根烟，在湖边的望月亭上坐下来。北陵周末的湖面上，异常宁静。远处儿童乐园那地方有几对年轻父母带着孩子在那里堆雪人。通往陵园深处的甬道上有几个半大孩子结伴嬉闹而行，其中一个不时往路边树干踢上几脚，树上的雪沫子唰唰落下，灌了另一个一袄领子，他们就互相嬉闹着追追打打。那些属于青春的喧闹声更衬托出了他一个中年人内心的孤寂。是孤寂吗？不！分明是，分明是，他的耳膜里，传来了榆叶梅生动娇俏的笑声。那笑声，属于1980年的青春的笑声，娇俏欢乐地倾洒在北陵湖面的冰雪跑道上。

榆叶梅穿了件高领嫩绿的套头羊毛衫，扎着一条马尾辫，像春天的小树，亭亭玉立在北陵三月洁白的冰面上。1980年的春天，并不是所有的人都穿得起高领羊毛衫。她的身后，追随着一群穿着藏蓝色秋衣的男性爱慕者，叽叽喳喳，喧闹起哄，仿佛一群春天的鸟儿追随嫩绿的柳枝招摇。

滑冰场里不断有人摔倒，又不断有人跟上。主航道中心线热闹非凡。

隋志高那时只能待在跑道外圈溜达，在冰场的边缘走着鸭子步。他一个农村小孩，根本连冰刀都没见过，更别说滑了。同学中有许多滑得好的，尤其那些老大不小的同学，不知都从哪儿修炼出来一身的本事，见什么会玩什么，有能耐的，一上阵，就使劲显摆，没人管别人是怎样愚笨。本来，大学的游戏场就是供每个人显示才艺的地方。弯弯绕也是多才多艺的一个。他不但会滑，还能倒背着手，弯着虾米腰，撅起大屁股，做花样滑行，模样挺专业。

隋志高又一次摔倒了，咕咚一声，摔得挺厉害。他听到弯弯绕嬉笑一声，哧溜一脚远去。隋志高气馁，站不起来，两腿是朝两个方向劈着摔倒的，一时收拢不回来。他很窘，坐在地上忧戚地听着弯弯绕的笑，心里很不是滋味。

一双白色冰刀停在他眼前。一只戴着棕色小羊皮手套的手伸过来："来。我拉你一把。"

是榆叶梅。一株春天的小树，亭亭玉立，凤眼含笑，双颊飞红，那是被寒风打出的一点点娇红。

隋志高受宠若惊，将手伸过去——一双戴着白色线织的劳保手套的手，递向一只戴着精致小羊皮手套的手，给牵住，拉了起来，磕磕绊绊，从边缘向中心，一步一步向前。

——1980年初春北陵湖面上一双小羊皮手套的小手一伸，第一次将他从边缘拉向中心，从此改变了他的命运。

第一次的亲密接触，其中的原因很多，很多。按理说，以他的出身、资历，跟榆叶梅相差太大，榆叶梅又比他大三岁，一般是不会对他感兴趣的。但她就是那种充满了优越感，虚荣又浪漫的女孩，自我感觉好得过分，希望普天下男人都喜欢她，都围着她转。屁股后边围着一大群，都是唾手可得的，她不待见，唯有隋志高例外，隋志高从不主动追求她。连多看她一眼都没有，在男生里显得牛皮烘烘的。其实她哪里知道，那实在是因为隋志高不懂，还不开窍，他对这个城市的自卑情结还没有过去，又那么多新鲜好玩的东西等着去看，同时还要忙着应付肚子问题，他哪里有心思和精力去追女孩子？他对她不在意，反倒使她来了兴致，非要逗他玩，吸引他的注意力不可。榆叶梅抛多少眼风这傻小子都接不过去，最后非要逼得人家姑娘主动伸出手去拉他不可。

除了要征服一个不向她献媚的小傻子男生外，隋志高长得帅气，白净，手指修长，面庞忧郁，"一点不像农村来的孩子"（这是榆叶梅当着别的女生面对他的评价），也是吸引榆叶梅要控制他的一个原因。他那种很面、很忧郁的性格，听话、随人摆弄的傻样，都很适合她的颐指气使脾气。他学习好，人聪明，入学成绩就排第一，以后一直都名列前茅；写字好，速度快，课堂笔记在考试前总被全班同学传抄，总有许多平时不听讲不上课的人临考试前抱佛脚，拿着他的笔记狂背，最后都能得个及格分。再后来就发展到隋志高选哪门课，那些懒人们就跟着选哪门课，平时他们不用去听，考试前抄他笔记，一背就行了。这是小屁孩隋志高当年在班级同学里的威信和用处。

不管他长得多么好看，他的笔记做得再好，他也只是她逗着玩的一块作料，她的目的就是挥霍青春，显示魅力。不想，他当真了，动了真格的，不管不顾，爱得天昏地暗。老实的孩子不能逗，一逗就容易出硬伤。她想退，他拉着不放。她也被本能冲动驱使，玩到哪儿算哪儿，没有什么害怕，看哪一天算玩到家。

爱上榆叶梅，也改变了隋志高的自我评价。隋志高一直都对自己的定位很难处置：他既不是知青，也不是城里出生的新一代，他只是土生土长的农家孩子。当年知青当道、使劲渲染他们在乡下的苦难，喊着"夺回被林彪四人帮耽误的青春"口号时,隋志高心里说:妈的,你们下了回乡就有了苦难,我呢?我们这些一落地就掉在柴火堆稻草堆大粪堆里的孩子呢?注定一辈子就要脸朝黄土背朝天?你们牛逼什么你们?都是同龄人,你们优越感的来源,只不过就是出生地而已。

现在,他被爱情冲昏了头脑,充分的自信在年轻的面庞上一天天扩展开来。他爱上的是全城最好、最美丽的姑娘。全城最好、最美丽的姑娘爱上了他!她就是这座城。这座城就是她这位好姑娘。第一次跟同学到她家玩时,愈发加重了这个印象。作为一个省银行副行长的女儿,她可以随便展示一点她家里的东西就震慑死他们。像他和他的同学们那样的普通家庭甚至更贫困一点的家庭,在1980年时没有谁家的房子在那时就可以四室一厅,没有谁家客厅茶几上就已经摆放上了瓜果梨桃。他崇拜,向往,惊奇,赞叹。这是他第一次亲眼目睹的城市人家生活。他有理由向这个目标挣扎、奋进。虽然他知道他和她差距太大,她身上有太多不安定因素,是他所抓不住控制不住的,但是他喜欢、他稀奇,他要把爱情坚持到底。有一次他们谈理想。"我想过与众不同的生活。"她说。"你呢?"她问。"我想跳出农门,不再回去种地。"他实实在在地回答。

榆叶梅太著名,太招摇,一朵校花人人掐。谁若跟她在一起,显然要被人所瞩目,也必将成为众矢之的。由于跟榆叶梅的特殊关系,他成了男生们关注和嫉妒的焦点。人的脾气秉性,往往也是越被人关注就越要强。他的肾上腺素分泌激烈,胡须开始长得坚硬,开始狂看爱情小说,并对征服郝思嘉的白瑞德有了自己的理解:有的时候,爱情需要些强硬手段。尤其对那些貌似性情刚烈的女人。

也是在北陵湖边的画舫上,他与榆叶梅第一次接吻;在那个渔舟唱晚的小桥旁,他第一次把她挤靠树干上,手掌探进她的胸衣,颤巍魏握到了她的乳房——那是不盈一握的一对害羞小鸽子般的乳房,乳头像苏醒过来的小鸽子嘴,在他手掌心里一啄一啄的。那种美妙的感受他终生难忘!再往下深入,榆叶梅就不让了。她并紧两腿,将连衣裙的裙裾紧紧卷裹在大腿内侧,意乱情迷然而却分外坚定地说:"不"。

榆叶梅分外坚定地说:"不。"别看她表面招摇,骨子里也很传统,只不过是得着了开放之风,得着了环境,容着她卖弄姿色,挥霍青春。但凡漂亮女子,在青春期都有漫长的挥霍经历,如果没来得及挥霍就被老公领回家睡觉去的,婚后也一定会找补回来,让老公当王八戴绿帽子。展示羽毛是一切美丽动物的自恋天性,不管这展示有没有回报。她也知道,他们是不会有结果的,但她控制不住自己爱玩喜欢刺激的天性。她知道给自己留条底线,无论跟哪个男生玩,她都不会越过。因为那不是她最终想要的。所以她说"不"。他不知道,但是她知道,他们的关系终归有一天要解体摊牌的。她不知道那一天,那个合适的分手机会会是在哪,但是那一天早晚都要来的。

那一天终于来到了。那是毕业分配来临之前,隋志高跟榆叶梅商谈,希望能确定和公布他们俩的恋爱关系,因为一旦如此,隋志高就有可能留在省城。虽说一入学时学校就宣布大学期间不主张谈恋爱,但是到了毕业分配时,还是照顾这种关系,尽量把恋人们分到一起。隋志高非常希望能这样,因为当时的留城名额紧张,除了本地学生以外,再有就是像弯弯绕之类的学生党员、班干部才会受照顾。隋志高有竞争力的地方仅仅在于学习成绩好,当时系里为鼓励大家平时好好学习,也曾有承诺,成绩连续几年排前几名的,毕业分配时照顾,可以首先挑选工作。如果他再加上榆叶梅这层关系,留在省城机关几乎可以说是手拿把掐。

然而榆叶梅恰恰在这个时候退缩了。榆叶梅的退缩给了隋志高的人生前途致命的有力的一击。她不想公开宣布和承认两人的关系。脱离关系的说明是以写信的方式传达的。她在给隋志高的信中言辞诚恳，情意深长，说自从隋志高提出要跟系里公布两人之间的关系后，她就心如潮涌，夜不能寐，经过几天几夜的慎重考虑，还是觉得两人不合适，性格脾气秉性都合不来，不适合于将来在一起共同生活。她还说她的家长也不同意她找一个比自己小三岁的小弟弟做朋友。榆叶梅还很抱歉地说，对于我的单方面的绝交行为你也许一时接受不了，那就让我们勇敢一些，挺胸抬头面对新生活吧！隋志高同学，爱情不在友谊在，敬个礼拉拉手，我们还是好朋友！衷心祝你有个远大前程。署名：友：叶梅。

　　信发出后，榆叶梅就杳无踪影，躲了起来。无论隋志高见信后有何反应，只要是错过了毕业分配前这几天，再说什么也是白费。而她自己则无所谓，毕业分不分配她也是本市的，随便让她老爸给安排个工作，几乎是想去哪就去哪。她这一招也是太毒太损了！隋志高那几天几乎精神失常差点没疯掉，他天天跑女生宿舍打听，整夜整夜地站在榆叶梅家楼下等着。他已经失去了理智，大脑一片空白，也不知道自己该干啥该不干啥。同学们该走门子的走门子，该盗洞的盗洞，四下里紧忙地找关系活动，只有傻小子隋志高处于失恋的疯狂之中痴痴地等。这样下去，等待他的真就剩一纸回乡派遣证书。

　　直到辅导员找到隋志高谈话，商讨他毕业后去向时他才缓过神来。这只是毕业分配前的一项例行谈话，对于那些有去向的人早已私下谈完了；剩下的就是这些一劳本神听从分配的学生。辅导员是老一届工农兵大学生，为人厚道，年龄比班里最大的同学还要小，平时跟大家处得不错，说起来，隋志高还是他的小老乡。老乡见老乡，两眼泪汪汪，对于隋志高的一举一动，辅导员一直都很关注，对于他和榆叶梅的事情，他也一清二楚，心知肚明。有了一层老乡关系，跟没有那是大不一样，他是真心希望自己的老乡里边能有人有出息，成大器。于是就在1982年夏天那个蚊虫肆虐的溽热的北方夜晚，辅导员把小老乡隋志高叫到自己办公室，开门见山地问道："给你一个进北京的机会，你去不去？"

隋志高应该永远记住1982年夏天沈城那个蚊虫肆虐的溽热的北方夜晚。一个濒临精神崩溃的爱情失意的穷小子，被一个好心人重又拉上一条前途无限美好的康庄大道。

贵人啊！人生中所有的贵人他都该涌泉相报！

他当天就签下了分配意向书，第二天办手续，拿毕业生派遣证，第三天晚上，就毅然登上了进京的列车。他只让老歪帮他把行李托运到车站，没有举行任何告别仪式，也没有跟其他人打招呼。一腔愁绪，满怀离索，匆匆告别他生活四年的沈城，把梦与泪，放飞在进京的两条长长铁轨上……

4

晚上的接风宴在老歪的饭店里举行。老歪开的饭店在五里河夏宫旁边，属于市里繁华地段。当初他买这块地皮时，这里还是浑河边上的一片荒滩，地价便宜，没人看得上眼。后来机场高速路修起来，五里河体育场盖起来，著名的水上嬉戏乐园夏宫也拔地而起，这块地皮便开始升值得不得了，人气一股脑聚拢来。这一切并不证明老歪有经济头脑，而是傻人有傻命，活该他发财。

老歪毕业后先分到机关,不久就从机关辞职下海,先是倒腾过钢材、盘条,也炒股,但都输得一塌糊涂。他在数字方面根本没有一点天分,考大学时数学就不及格,全靠历史地理死记硬背,把分数凑够了才上来。后来才开始开饭店,开始是小本经营,把他老家铁岭的小鸡蘑菇、野山菌、獐子肉、山野菜等等倒腾来,整成特色菜,形成别具特色的野山珍菜馆。后来,他们铁岭的大人物赵本山在全国走红了,"铁岭"这个大城市名也很快就随之传遍塞外江南。老歪脑筋活,跟风快,立刻把自己餐馆名字也叫成"铁岭山珍菜馆",还将老乡赵本山的照片给放大成足足有一面墙那么大,在小饭馆里一进门的显眼地方给挂起来。别人问他这是不是有侵犯肖像权的嫌疑,老歪理直气壮答:啥肖像权?那才叫瞎掰呢!这纯属于偶像崇拜!没见我这全都是从画报和招贴画上剪下来的吗?属于免费替明星做宣传。再者说,我女儿把山口百惠贴一墙,我儿子还把足球明星照片贴一屋子呢,你说那都是侵权吗?

别人就笑说:看来你们家有偶像崇拜的基因。

也说不准是不是借着明星的光,反正他的饭店逐渐红火了,回头客一拨接一拨。他一看用赵本山用的时间太长了,容易引起食客审美疲劳,于是就毫不吝惜地给摘下去,改挂潘长江。一段时间内,一看又用得差不多了,潘长江已经调到北京,不在沈城这疙瘩有影响了,就改挂春节晚会上演卖拐的范伟。反正都是他自己老乡,谁正当红就挂谁。生意进入赢利阶段后,老歪将他老家的七大姑八大姨组织起来,在本省另外几家小城还开了几家分店。他这饭馆发了点财,无以炫耀,只有在同学面前露脸。除了工商税务环卫那些揩他油的部门以外,"同学"是他最主要社交范围。作为一个过去年代的中文系毕业生,别看老歪在文学上没什么才气和出息,却也遗留了些真风雅和假清高,对于生意上的伙伴，除了金钱来往，心里一律瞧不上，不屑于与他们为伍做朋友。而他的交往范围，又难得遇见什么文化圈子里的同仁，故而只剩下了同学。尤其是那些当了官的、出了名的同学，整天挂在他的嘴巴头上。他们班有一个同学毕业后去了西藏当了先锋作家，他买了二十本书替那位同学到处送人，尽管他自己根本整不明白那里边的勃尔赫斯什么的叙事圈套究竟是啥玩意。老歪也一直将隋志高真心景仰，在外边对人吹牛时总提"我有个铁子在北京某部当局长"。只不过，这景仰表达到语言上，就变成了显摆老歪自己，隋志高反倒成了依附对象。

老同学们仨一群俩一伙从宾馆打车过去，隋志高待遇特殊，还是坐老歪的车。车里同时还搭上了王鹏举夫妻俩。一路上这两口子都在惊呼沈城的变化，一惊一乍，一逗一捧，夫唱妇随，听着像说相声。隋志高搞不清他们夫妻哪来那么旺盛的精力。

到了饭店，一看，门面修得不错，张灯结彩，蛮是气派。这是座二层小楼，包间雅间齐全。进门处以及走廊通道里果然挂着铁岭老乡巨照，几个主要人物大活宝给放大得跟活人趴在墙上似的。二楼包间之间的屏风隔断收拢开去，露出篮球场那么大的空场，留给他们今天的聚会。几位服务员小姐红旗袍红嘴唇的侍立两厢，四张圆桌早已摆好，刀叉冷盘拼好图形。一看那里的萝卜刻花，就知今天这场景整得挺大。

人们闹哄哄就座，喧哗，等待。隋志高被安排在跟老歪同桌，王鹏举夫妻、燕燕及其女儿等一起就座。老歪今晚精神抖擞，脱去了早晨接站时那件登硬的牛皮夹克，换了一身柔软挺括的黑色毛料西装，内穿一件鼠灰色衬衫，扎一根金黄带碎花的领带，左手中指和无名指各戴一枚戒指，老板风范一下子就出来了。人们七嘴八舌夸赞老歪饭店有气派,装潢独特,香味袭人,夸赞老歪财大气粗,一表人才,众口一词调侃道:老四,你看你这样儿,你这才叫真正的成功人士啊!别人,都是穷扯!老歪听了,既得意又谦虚,走来走去,摇头晃脑,指挥调度,吩咐安排。隋志高见自己身边还留下一个空位子,随口问道这是给谁留的。老歪说榆叶梅。她刚打电话来说路上堵车,她马上就到。隋志高没言语,心说这么多年,榆叶梅还是那个喜欢作秀的脾气,非要惹人注目,一定要自己拿捏够了、众星捧月才能出场。她以为她是谁?还是当年学校里那个万人追?

奇怪,这么多年,他们竟没有再见面。他和榆叶梅,一直避免见面。他有过许多次回乡的机会却没想去找她;她也有过来北京出差的机会却也没想要去见他。对他来说,那是心口上的一种疼;对她来说,又是什么?隋志高不知道。他不是不知道,只是避免去想。后来,果真也就不想了。

果不其然,这边刚把酒杯里的酒都斟上,老歪把各桌情况都检查了一遍,见没有什么纰漏,于是又回到主桌,刚端起杯子,站定,整了整领带,说了声:"各位老同学——"

话音未落,就听一声细细侉侉的道歉声传来:"哎呀,我来晚啦!抱歉抱歉!对不起大家啦!"

那声音抑扬顿挫,有如名角出场前的一声肥喏。接着就是门口迎宾小姐两旁一闪,榆叶梅出现在正中央,亮相,定格,嘴角挂笑,目光闪闪,眼中向大家暗暗送出秋天的菠菜。没错,还是那个巴掌小脸,山羊腿,细高挑身材,噘嘴唇,狐媚眼,叽里咕噜乱转的不安分眼神。看得出,榆叶梅比以前更丰满、更性感了。穿了件大红羊绒连衣裙,配一双黑色羊皮高腰靴,腕上搭一件酡红色裘皮大氅,浑身上下捯饬得没有一丝一毫杂毛,每一个细胞都在灯光照耀之下熠熠闪亮。

在座的没有谁不服气的。男生有点看傻眼了。女生回过神来，赶紧招呼："叶梅啊，快来坐，坐。怎么来的？自己开车来的呀？"榆叶梅说："没有，我让司机开的。雪大，路滑。自己不敢开。""那快让司机也进来一块儿吃吧。""不介了，我已经让司机回去，待会咱们完事时再呼他。"

寥寥数语，就把先前议论是买奇瑞还是捷达的那几位打发了。人家不但是有车族，人家还是个有私人司机族。

榆叶梅莲步轻移，缓缓落座隋志高身边，扭过身来，冲他嫣然一笑。

这顿饭，隋志高没有吃好。

…………

闹腾到晚上9点来钟，人们基本上都已经喝得歪歪斜斜。先前还规矩着，小声地吃喝，谈一些久别相聚的文明话题。待到后来，酒一上脸，就无所顾忌了，一屋子人粗声大嗓使劲喧哗，可嗓门子造。结果是谁也听不清谁说什么，谁也都差点都忘记了自己是52岁啊还是25岁。有两个年轻时曾共同是榆叶梅爱好者的男生话不投机，不知哪句没说好，两人脸红脖子粗站起来，互相指责、呵斥，比比划划差点没打起来。众人一旁给劝架拉开。老歪把两人给分开到两个桌上，又继续喝自己的酒去了。饭店里这种事是家常便饭，东北男人就习惯借酒盖脸，在酒桌上撒撒野，动动气，支巴得挺厉害，过后啥事没有，根本打不起来。老歪对此习以为常，一点也不显得惊诧。

吃累了喝累了，有男生问老歪能不能给整点好玩的。老歪说有啊，洗脚、桑拿、按摩、二人转、搓麻，想选哪个？众人乱嚷嚷一气，结果没达成统一意见。最后各取所需，洗脚、桑拿的一批老歪先给弄

187

过去了；接着看二人转的几个也给指了地点，打电话联系妥，他们自己过去；搓麻的一批跟他走，去他的辉山别墅可以彻夜打通宵。隋志高说自己想回宾馆去睡觉。老歪说别介啊，好不容易来了，怎么能就回去？走吧走吧，愿意睡觉，到我别墅那儿一样睡，有的是房间供你休息。

　　隋志高无奈，只好跟上贼船一样上了老歪的黑车。榆叶梅也钻他们的车里来。这一晚隋志高走到哪，她跟到哪，整得隋志高好紧张，有点累。先前还那么想她来着，被她电话里的声音逗着，里想外想，也没想出个什么名堂来。一旦见了，一点感觉都没有。就是想暂时躲开，回避开，自己个儿悄悄待一会儿。他想也许是因为自己这一天太累的缘故，情绪忽高忽低，总是上不来劲。榆叶梅这么跟腚似的总盯着他，说不定也是老歪嘱咐她陪着的。

　　从饭店到老歪别墅，中间是很漫长一段距离，黑黢黢的，两旁都是林子，路灯不很亮，全靠车前灯和反射的雪光照明。大概走了三十来分钟后，远远见辉山脚下一片灯火通明的所在，那就是这个城市富人们的别墅区了。几辆车一停靠在大铁栅栏门前，各家的狗听见了动静，开始用暗号相互联络，继而狂吠。老歪把车开进去，其他人从车里下来，跟进院里。浓重的夜色雪景中，也具体看不清什么，影影绰绰见黑森森的树林环绕中，一幢二层带尖顶的白色小楼耸立院子中央，仿佛电影《蝴蝶梦》里的曼德利庄园的外景地。

　　老歪吩咐开门那个用人打开了院子里所有的灯，先领众人在院里转悠。灯光唰地一亮，映照出别墅的辉煌。同学们酒气醺醺地观看他的暖窖，菜地，鸡圈，狗窝，夏天时候的葡萄园子。有人打趣说："老四，你这是典型的城市中产阶级的生活啊！有房有车，郊区有别墅。就差再养几个小老婆了。嗳，怎么你夫人一直没看见？"老歪说："她领孩子回娘家了。啥中产阶级？中产阶级就我这破样？"又有人打趣说："老四，哪一天重新划分阶级成分的话，你这算不算得上是小地主？"另一个说："小地主？他这算老地主了。多少家产哪，操！"

老歪暗自得意，领他们进屋，楼上楼下参观，打开所有客房，供客人们休息娱乐。那几个赌棍已经手痒难耐，凑齐了搭子，钻进麻将室就开战。一桌不够，又临时加了一桌。女人们则聚在一个房间唠嗑。老歪安顿完了他们，问隋志高想玩点啥，隋志高说："我喝点茶，看看电视，就这儿歇会儿。你忙你的，别管我。"

老歪说："我看你是太累了。这样吧，我有个朋友，会看病，特灵，特管用，连人大副委员长也找他看过病。我让他过来，给你也看看，做做电疗。"隋志高说："算了。我就这么待着就行。"老歪很执拗，说："待着也是待着，你就让他看看。有病治病，没病健身。"隋志高说："啥？他是卖大力丸的？"老歪没理会，忙着打电话喂喂去了。

不一会，会看病的神人来了。吹了半天，不过就是一个穿得埋了巴汰的民工模样的人，身后跟一个农村家庭妇女模样的媳妇。老歪给他们做介绍，管那人叫"大先生"，说大先生医术高明，一般人他不给看。只有贵客临门才能出山。说完，让大先生上楼去准备准备。

那边王鹏举听了，嚷着先要上去，说他最近以来一直腰疼，想请神医看看。周围麻将搭子们不干，说刚上停就走？要不，喊你老婆来盯会儿。李红就过去替王鹏举摸牌，王鹏举这才腾出身子来，一步一晃上二楼。

等到隋志高被领上去时，王鹏举已经被看完。只见二楼书房里，大先生正在写字台前肃穆而立，右手空着，左手握着一根黑粗的电线头。电线延伸下去，连着地毯上的一个圆疙瘩头的普通插座，插座上又有一根线出去，连着墙壁上一个普通的两相电源插头。啥也没有，

189

啥也看不出个名堂，一切都简单到了极点，就是电门上接出一根黑电线，大先生再把这根民用的二百二电压的电线捏在手里，像个不通电的人一般的那儿站着呢。他对面，是刚被电完的王鹏举，正坐在床边系裤子，脑门上全是汗，嘴里叨咕着："这玩意，太厉害了！嗯，好使！我说老四，这到底是啥原理？"

老歪说："大先生通过自己的身体调整电压，再用电流把你身体里淤积的病灶疏通了。"

王鹏举点头佩服，系完裤带走下楼去。轮到隋志高坐到了大先生对面。大先生问："治哪儿？"老歪说："这位是北京来的领导，领导通常都日理万机，都有神经衰弱。就做做脑神经吧。""嗯呐。伸出手。摊平。"大先生下了命令。

没容隋志高多想，猛然间，觉得似有一根针在手心里扎了一下，隋志高的心里跟着一紧。接着而来的，是一阵麻酥酥的痛痒。隋志高眼见着大先生左手捏电线，将空着的右手食指随意在他手心里点了一点，麻痒的感觉立即从手心、手掌顺着胳膊一路爬上来，传遍了全身。一瞬间的很酥痒的感觉过后，大先生的手指就逗留得长了。他的手指尖儿触在他的手掌心里不动，隋志高便眼见着自己的手不由自主地痉挛，几个手指迅速蜷曲，向手心部分哆嗦着弯拢，像小儿麻痹后遗症。一股麻劲和电力顺着胳膊走了上去，迅速逼近了心脏。热辣辣的，感觉到了胸腔不太好受。

"伸另一只手。"

隋志高随着声音，乖乖听口令伸出另一只手，眼见着手掌遭受的是同样痉挛，像被开水烫过的死鸡爪子，脑袋瓜子里也有点空白，虚无，不由得手心里的汗渗了出来。大先生的声音从虚无缥缈处传来："气脉发虚，你的虚汗逼出来了。"然后开始用食指击点隋志高的脸。

手指尖每一次触到脸上皮肤，他都明显感到那个部位面瘫，痉挛，口眼歪斜，哈喇子难以自抑。

接着大先生又顺序向上，空手点到他的脑门上。隋志高不由自主闭上了眼睛。随着大先生手指的点拨，眼前冒出一片片股指曲线波动图，和一道道大起大落的错乱的心电图，全是倒V字形，波长起伏不定，伴有金光乱闪。隋志高能够感觉出大先生逐渐加大了手指尖电流量，下手开始有点狠了，一下，一下，像用锥子，在他心尖上一剜，又一剜，剜掉他心脏瓣膜上许多肉来。他心脏明显感到窒息、难受，不禁下意识地叫唤起来"行了行了"，一边闭着眼睛使劲往后躲闪。大先生不动声色，不依不饶，又追着他的脸连电了两下，仿佛狠狠闷了他的心脏两拳，这才肯放手罢休。隋志高的脑袋上出了汗，浑身也都出了汗。

老歪说："行了。这回你的汗出透了。怎么样？浑身清爽了吧？"

隋志高没言语，脸色苍白，行为缓慢。他慢吞吞下楼，回到刚才那间客人休息室，挨近床边，艰难地放平身体躺下，一边暂缓着自己的心跳，一边在心里骂：妈个逼老歪，是想整死我啊！

直到榆叶梅敲门进来，他还未从刚才的惊惧完全缓过来。榆叶梅问明原因，说："唉！你信他！他总共就结交下那么几个大仙儿，一天臭显摆。谁来给谁看病。早知道，我非拦着你。走这么老远的路，累了一天，哪禁得住他们乍呼！"

几句热乎话，说得隋志高心里受用。这就是榆叶梅，她想玩你时，体恤，多情，嘴会来事儿，什么娇姿娇调都使得出来。等她玩够了想走人时，也是拍拍屁股一股烟而散，丝毫不顾及他人感受。

他没说什么话，气脉还不够用。他请榆叶梅给倒了一杯茶，仍旧平躺着，往上缓劲。榆叶梅守在床前，慢悠悠地给他削苹果。一股夏耐尔香水的气息，缭绕在他的床边。

喝了几口茶，缓过劲点来了，隋志高挺不好意思地说："你看，刚见面，竟成这样……"

榆叶梅打断他说："哎呀，志高，你看你，这么客气干啥呀，又不是外人……"

一句话，说得隋志高微微脸红。没等说出什么，门一推，老歪过来。见榆叶梅在屋坐着，隋志高躺在床上，两人的坐卧形态，显然有点暧昧。老歪就假装打扰了别人好事一般，干咳一声，说："啊，叶梅也在这儿哪？"

榆叶梅嗔怪他说："看你把他整成啥样，万一有个好歹的可怎么办？就你认识那俩破大仙，到处抖擞什么抖擞？"

老歪一听，很紧张，忙说："咋地了咋地了？我看看。"一边走到床前，见隋志高脸色还有点煞白，忙问："那什么，志高，要不要紧哇？不行咱们赶紧上医院。你看你不舒服你咋不早说呢，我还以为你理疗得挺好的呢。"

隋志高摆摆手："没事。待会儿就好了。"

老歪说："要不，那什么，志高，今晚就别回宾馆那边了，就住在这儿，正好咱哥俩也好好聊聊。"

榆叶梅也劝说："志高你就别走了，这儿有用人，有司机，万一有点啥事，也好招呼个人。"

玩麻将的两伙人持续到下半夜两点多钟才散。那几个出去洗脚的、洗头的、桑拿的、听二人转也都纷纷回去了。榆叶梅也没有什么理由留下来陪隋志高，只好也走了。鸡鸭鹅狗们都已入睡。整个别墅清静下来，映入宁静的月光清辉之中。

洗过热水澡，泡上一杯热茶，老歪隋志高两个人在烧得暖暖和和的客房里穿着睡衣，歪在各自床上，有一搭无一搭地聊着天。电视里的一出韩国言情剧闪来闪去，哭哭啼啼、明明暗暗地晃着，给这个别墅的雪夜增加了些惆怅的气氛。隋志高此时感觉身体状况好多了，话也有兴致说得多一些。他由衷地夸赞说："老四，真不错，一个人置办起这么大的家业。不容易。真不错。"

老歪说了一句"咳——"，然后点燃一棵烟，深吸了一口，又长长地吐出来。灯光下的老歪，身体疲惫状态也接近了极限，此时的话语和各方面态度反而都显得真诚。他长叹一声道，"咳，志高你不知道哇，我这人知道自己一辈子不能有啥大出息，当官当不上去，念书也念不成啥大气。我就核计着，这一辈子，辛苦点，能攒下俩钱儿，一来是接爹妈来养老，二来也能往后给孩子们留点。唉，谁想到呐，二老没那个福气啊，还没等我房子盖好别墅建完就双双过世了。你说，我还留这鸡巴理想有啥用？唉……"

说到这里，老歪眼圈红了，用手在脸上抹擦一把，说不下去。老歪家里三代单传，就他这一根独苗。所以他光宗耀祖传宗接代的任务很艰巨。前一个老婆给他生了一个闺女，现任老婆给他生了一个闺女一个儿子。现在他把老家的姐姐接来帮他带孩子，老家的老舅、老舅妈在别墅给他看庭护院，喂鸡喂狗喂鸽子。老蒲家祖坟在他身上冒了青烟，铁岭老家的千家万户穷亲戚都跟着鸡犬升天。不要说他，他们那代人，从农民成为大学生的人，谁还不是自己家祖坟上冒起的一股青烟？隋志高也是。他这股老隋家祖坟上冒出的一缕青烟，开始开冒得极其粗壮，到后来，却越冒越淡。越冒越淡。冒来冒去，就把本来应该承接的光宗耀祖的事情忘掉了。自从他逃离省城，只身飘零，到京城去闯荡以后，就已然脱离了家乡宗族宗法社会的传统生活，只念及了那些形而上的事情,灵魂向着一个虚无缥缈的境界飞升。

  1982年的秋天,23岁的隋志高一腔仇怨,满怀离索,毕业分配来北京工作。他卧薪尝胆,含辛茹苦,刻苦修炼,从发型到步态,从口音到胸怀,努力按一个北京人的说法做派严格要求自己,挣扎着在这块无亲无朋的土地里立住脚跟。五年以后,由于他的认真负责精神和出色工作业绩,荣升为他所供职的那家权威文艺类报纸的副处级领导。第二年,因为厌恶了报纸内部的派系斗争,愤而离开,什么级别待遇都不要,自己去应考国家机关招聘的公务员。进入机关以后,29岁的隋志高从最底层的科员做起,每天端茶倒水扫地,应酬往来,上班时间兢兢业业,克己奉公,下班以后看书写字,熟读文件,迅速熟悉相关部门管理知识。到了1994年,重又提升为机关的副处长,这时距他毕业已经有十二年。1999年,做了5年副处的隋志高因为工作业绩突出,一个偶然的机会,破格升为副局,时年整好40岁。

  在北京人才济济的大机关里,40岁时能够顺利提升为副局,也并不常见。若说这也算生活对他的犒赏的话,那么生活这东西可真是得失兼备,有苦必有甜,有甜必有涩。就在他提升为副局的前一年,妻子小敏离他远去,跟了一名有钱的台湾商人。

  妻子小敏是他原来所在报社资料室的管理员,自费读了个大专,比他小五岁。认识她时,隋志高刚毕业分到京城,一方面是刚到北京城的兴奋,一方面是跟榆叶梅恋爱失意的懊恼。这种时候,是很需要来一种新的东西帮他把过去覆盖掉,建立起对新生活的信心。小敏就在这时走进他的生活。小敏是那种典型的北京胡同女孩,既尖刻,又大大咧咧,有当地人的优越感,说起话来没边没沿,仿佛天安门就是她家后院,北京胡同女孩的所有优点和缺点她都具备。他和她好上的契机就是来的第一年，单位组织完新年晚会后，他送她回家，离胡同口老远她就让他把自行车停下来，不让他再往前送了。隋志高看着前方黑黢黢的路口，担心她自己进去会出事，就坚持要送她进去。她却执意自己走回去，坚决不让他再往前走一步，他再送，她就不走。没办法，他只得说那也好，那你自己进去吧，我回了。说完蹁腿上车走人。骑出半圈后，他又把车绕回来，主要是不放心，怕万一小姑娘出点什么闪失。待他艰难地将车子拐进去，从一个破旧的大门中看见小敏家住的是怎样一个破败杂乱的四合院时，他就什么都明白了，心里不禁怦然一动。一个北京姑娘也有她的自卑和自尊啊！这个发现多少平衡了一点他对北京城的自卑心态。虽说他是外地农村孩子，但她也不过是北京穷人大杂院里的小姑娘。两相持平，没有什么了不起的。

他只想到了跟一个北京当地姑娘结婚、娶一个北京媳妇在外人眼里是多么舒畅，尤其在老爹老妈、老朋友老同学、老邻里乡亲们眼里，更是成就感大大地高昂；他却低估了大杂院孩子对物质生活的高度向往和企求。外省人一门心思进北京，北京人的心思早已在纽约。几经揉搓，他们十几年婚姻的最后分手，实际上也是必然的。他无法高度满足小敏日益提高标准的物质要求。

1998年妻子离开他和儿子的时候他没有落泪。他虽也伤心、难过，有种被遗弃的感觉，但却没有眼泪，只是觉得心口窝的部位堵得慌。1999年机关房改，最后一次福利分房，要求每个人买下所住房屋的产权。一肩明月、两袖清风的年轻领导干部隋志高因拿不出买房所需的六万块钱而一筹莫展。（这六万还是因为刚刚提升的副局职务算分时也计算在内，帮助他便宜了两万。）那时他个人的存款只有两万。他老家的年迈的父母听说此事后，不由分说，从银行取出他们一生辛辛苦苦卖稻米、种麦子所得的全部积蓄，星夜赶往京城，把钱送到他们儿子手中。当隋志高从父母手里接过这还带着亲人体温的五万块钱时,他把自己反锁在卫生间里不禁号啕大哭!爹啊!娘啊!他一遍又一遍在心里唤着外间他的亲人。我活着,虚活了四十来岁,究竟是为了什么啊?!

从那时起,他原谅了妻子小敏的离去。他自己,在物质生活上,是不成功的。他这么想。谁也没有理由强迫一个世俗女人放弃宝马车复式房的理想,去跟一个不会挣钱的穷光蛋天天淡泊以明志、宁静以致远、先天下之忧而忧后天下之乐而乐。谁的理想,谁就自己扛着吧。

当年他在学校读书时能天天吃碗馄饨就是理想,能够跳出农门,就是实现了理想。后来他出省城,进京城,从副处到副局,从编辑到官员,吃上馄饨,尝遍海味山珍,理想越做越大,一发而不可收。理想长着脚,自己在不断往前跑。越走越远,越飘越高。他徜徉在人类文化形而上的精神高度里,铁肩担道义,辣手著文章。可让他怎能想到,山不转水转,水不转山转。二十年过去,理想转了一圈,又回到出发点上,重又落实到号召人民出名赚钱奔小康、过点好日子身上。

八十年代啊,那个理想主义盛行的年代,培养出这么一个说不清道不明的隋志高。他有愧于他们老隋家的祖坟啊!他不配成为那上面的一股烟儿。

是欠下父母的这笔债务把隋志高逼上一条与时俱进的光明大路。那是父母一辈子的血汗钱哪,怎能还叫白发人体恤黑发人?从此以后,隋志高不再念叨君子喻于义小人喻于利。他不推辞外界请他讲课给予相应级别高额出场费的邀请;他也不拒绝给词典作序、给丛书当主编、给大奖赛当评委等等有高额酬劳之事。作为文化部门的管理官员,这是他仅有的一些光明正大创收渠道。他自己也辛勤著书做论,常将夜车开个通宵。当听到某位领导同志对此有异议,在会上提出领导者应该把主要精力放在本职工作上时,他毫无愧色为自己辩驳:作为党的文化官员,领导干部,勤读书写字是提高自身修养的一种方式。说他著书立说是不务正业,难道说他把业余时间都泡在歌厅酒吧、喝酒搓麻就是正业吗?

2002年,43岁的跨世纪青年领导干部隋志高虽然面相清俊,内心却已白发苍苍。他的理想在天上。他的身体在地上。

5

按照日程安排,第二天上午同学们回母校和师生见面,中午是系里请客。原先老歪还说要搞一个跟在校生的座谈,还要来电视台的、报社的现场采访。他这个计划被全体同学一致表示不耐烦地给否决了。表示不满的人说,老歪,聚会就悄摸摸聚自己的会,跟老同学老朋友、老师见个面,聊个天就完了,你整那么多景干啥?你是想借机扩大铁岭野山参影响啊?有人接话说:不是,他想当政协委员。老歪听了,也不恼,呵呵呵笑,说:我给大家办事,我招谁惹谁了我!这就是老歪,独一无二的涵养,似乎永远不会发火,从来都没有脾气。

隋志高昨天睡得晚,早起迷迷糊糊的,头痛未消,不想去了。老歪动员他说:"志高,前边的事你都跟着大伙一块做了,你就差这一忽悠吗?去吧啊。再说辅导员今天也来。"

隋志高一听,没话说。别人他不见还行,辅导员来,他得去见。不管怎么说,那是当年对他有大恩的人。

一行人哩哩啦啦分别到了学校。见面会安排在系里的大会议室里。

隋志高昨天还在馄饨铺眼望校园要流泪。经过昨天那么一折腾，同学大吵大闹、感情大起大落的，仿佛精神头用完了，今天一进来，基本没什么感觉。能看出来学校的今非昔比，从会议室的豪华装修布置、花梨木桌椅、水晶烟灰缸的气派，能看出系里这些年创收的成果喜人。原先教过他们的老师，老的老，退的退，现在接待他们的是新上任的一拨系领导班子成员，也就跟返校同学差不多一般大岁数。所以大家见面相当客气。当年是学生见老师，如鼠儿怕猫；现在是老师接见学生，敬如上宾。学校的发展靠校友，尤其这些大龄的在各条战线上有点小官位说话能顶用的校友同学们，是学校一支不可忽视的依靠力量。

系主任讲讲话，给诸位介绍介绍情况。其实不用介绍大家心里也明镜，现在各大学里，中文系急遽萎缩，俨然成了京剧，是需要特殊呼吁保留的品种。二十年前的中文系是培养干部的，那种"万金油"干部，干啥啥行，吃嘛嘛香。中文系出来的学生什么都能当。当然，也培养作家，也培养学者。现在的大学分科精细，干部由青年管理干部学院和各级团校负责培养，作家由各地作协培养，学者由科研机构负责培养。中文系没事干了，又不能说黄就黄，下边就划分出新闻专业，文秘专业，公关专业等等时髦叫法，以骗视听。

这一招儿还真就管用，每年报名的学生都挤破门槛，学校也就趁机扩招。扩大招生的甜头在办公室的豪华装修材料和教师们红润润的脸色中已经初露端倪，今后这项成果还将进一步扩大实验下去。至于扩招以后学校师资后勤力量能否承受，学生毕业能不能分配出去，那就不在他们的操心范围了。反正毕业生现在实行双向选择，有没有工作都得由家长和学生自己兜着。

要叫隋志高他们用一句话说说大学二十年来的变化，他们只能是说：当年读书免费。现在上学交钱。任何一个身为学生家长的父母都会有这种感慨。

学生毕业不好分配,也是愁坏家长们的老大难问题。老歪的外甥求隋志高给找工作。老歪一个在北京上学的外甥,明年研究生毕业,想留在北京,考公务员,进机关,请隋志高给帮个忙。这是昨晚在别墅恳谈时老歪跟隋志高说起的。老歪说:"志高,这个你一定得给我当事办,无论送什么礼、走什么门子,该出啥出啥,该拿啥拿啥,咱都不在乎。我老家下一代就这么一个有出息的男孩子,我这个当老舅的,一定帮他留在北京工作,将来也像你似的,当大官,进大部委,在北京扎下根。"

隋志高说:"你先别忽悠,到时候让他找我,把简历先拿给我看看。"

老歪忙说嗳嗳。他摸透了隋志高脾气,知道这就算是答应了。

同时心里还想:这么一路脚跟脚伺候着,还有个不答应?

隋志高心里的一块石头也算落了地。老歪到底把他的目的说出来了。否则,他都觉得自己这一路被老歪卖了,却还不知原因是什么。还好,老歪求他的不是什么特别棘手的事情,比方说不是什么上访上告一类的。他最怕那个。二十年前那会儿,进京的人就办那种事儿的人多。否则,不太好处理,不能随便应承,又不好当面拒绝。虽说事情不棘手,但也不是那么轻易就办得成的。现在的学校,没事就玩扩招,根本不考虑将来学生毕业后社会就业岗位的接纳程度。前几年公务员岗位还不被重视,机关被认为是清水衙门,一般都是那些在学校里老实巴交没什么能耐的学生才来报考。有的毕业生别看自己不咋地,眼眶子忒高,眼睛都盯着外企、大公司写字楼什么的,一般地方瞧不上眼。一旦过了毕业分配找工作的黄金季节,没有地方可接收了,他们才傻眼了,档案免费在学校毕业办公室里放一年,拿着自己简历满北京打漂。说好听的是自主择业能力扩大,新一代大学生勇于担风险,说不好听的就是学生们普遍缺乏正确的自我认知,不知道自己半斤八两,对社会也不了解。显然,这都是我们的现行教育体制留下的弊端,倒不完全怪得着学生。

2003年是新世纪高校研究生扩招之后的第一届学生毕业,本科生和研究生的分配挤在一起,真是雪上加霜。高校留校的,要求有博士学位;海归们跟土博士争岗位,根本轮不着硕士的份;公务员也爱要本科生,年轻,好使唤,比那些一瓶子不满半瓶子咣当的硕士生强。无论什么岗位,一下子挤满了前来找工作的人,立刻水涨船高,公务员也眨眼成了香饽饽,不好考了。老歪他外甥能不急吗?估计他们家在北京也没有什么可以借得上力的亲戚,所以才找到了省城里的他老舅蒲孝忠;他老舅老歪蒲孝忠就求到了昔日一个寝室里的下铺同学、现任北京国家部位某机关副局长隋志高。隋志高就被他连哄带骗、连拉带拽整回校友返乡聚会的列车上,连接站带陪饭、连电击带治疗,给折腾了这么一大老晚上。

把事一听完了,隋志高心里这堵得慌,心说,唉!瞧这点破事把我这折腾的,从关里到关外,还搭上整整一届同学。早说不就完了嘛!

师生相聚时他们原先的辅导员也在座,一来就被同学们奉为上宾。二十年过去,辅导员早已经两鬓如霜。这么些年来,隋志高一时一刻都没有忘记报答他的恩情,他家的七姑八姨亲戚邻里,凡是上北京,一律隋志高给接待,凡是他介绍过去的人物,隋志高没有不悉心打点的,凡是他开口求到要办的事,隋志高无不倾尽全力去办理。滴水之恩,涌泉相报;涌泉之恩,报上加报。辅导员后来经常就感叹唏嘘地对系里学生教育道:"我真没有看错人啊！77、78届那学生真叫素质高啊！你再看看你们，啊，你们，一天天花着家长的钱，描眉抹粉，吃喝玩乐，一个个不知愁的样子，还有没有一点当代大学生的远大理想了？"

中午的酒席宴就摆在校园内的外事餐厅。这会儿的留学生招的也多，专门为他们成立了一个餐厅，中西餐兼备。觥筹交错之中，系主任就及时宣布了跨省市校友会联谊的事，说咱们原先在各地都有校友会，现在想联合起来，扩大声势，并说由蒲孝忠同学担任校友联谊会的总会长。老歪忙站起来谦虚说自己只是临时代理总会长，具体事宜，还要大家商讨决定。说完，还拿出事先起草好的有关章程，还有临时领导小组名单等等，一应俱全，并特聘当年的辅导员为总顾问。一看这架势，就知道这又是老歪自己先起的腻，没事又给自己找热闹玩了。这时有人就在底下起哄道:"老四，你的总会长是什么级啊？"有人说:"应该正局级吧！"又有人喊:"你把我们辅导员聘为老总，每月给发多少工资啊？"另一个说:"当然也同样按国家统一规定的正局级发呗！"

这顿饭吃的，又是一通乱乎，一通忙。人们窜来走去，互相敬酒，碰杯。昨天晚上的是见面饭，今儿中午的就是散伙饭，吃完饭，有些近道的就手散了。同学们未免都感慨唏嘘，道：唉，这人一老，人生的聚散也就眨眼之间了。

隋志高一直陪坐在辅导员身边陪酒，因为是恩人，不得不陪着多喝了几杯，直喝得眼冒金星，红头涨脸。趁别人敬酒乱乎的工夫，榆叶梅凑到隋志高身边，耳语道:"志高，吃完饭有安排吗？"隋志高迷迷糊糊说:"目前还没有。"榆叶梅说:"那好，待会儿我请你出去喝茶好吗？"隋志高说:"行吧。"其间系主任也过来敬酒，好像还托他办个什么事来着。是什么来着?大概是问他国家教委那边有没有人?他们系里想设立博士点,得想法找人审核通过批准。系主任还强调说他们这是加强学科建设,也有利于提高学校声誉。隋志高哼哼哈哈应着,酒喝得有点高,系主任的求他办事的话左耳朵进右耳朵出,很快就忘狗国去了。这种事他遇的太多,不用自己着忙。过不了多久,求他办事者自会主动打电话上门来提醒的。至于办不办,办到什么程度,到时候根据情况再说。

榆叶梅的司机开车,载着隋志高往回走。他仍坐后边领导席上。榆叶梅坐副驾驶座。他也没问去哪个茶楼,随她走去。路上的小雪花又飘起来了,天气预报说今晚上还会有大雪。榆叶梅问他晚上回北京的车是几点的。回答说是9点一刻。榆叶梅看看表说:"嗯,从3点到9点,还有六个小时。"又假装沉思一下说:"要不咱们这么着吧,志高,先到我家里坐坐,认认门,喝喝茶。然后咱们再一起出来找个地儿吃点饭,就便送你去火车站上车,你看怎样?"

隋志高不置可否,说:"随你安排。"

车子在榆叶梅家住的翡冷翠庄园停住。脚伸下车时他还想,榆叶梅,老歪,他们这都是在展示自己人生的成功啊!一个中年人,人生的成功拿什么指标衡量啊?房,车,用人,保姆,这些个滥玩意。

他深一脚浅一脚被榆叶梅牵下车来,又给牵着,脚底无根地给拽进了她的复式小楼。坐下的时候,他还在想,他这是,喝茶来了吗?怎么看这也不像个茶楼,反倒像念书时,教古代文学的高汉卿老师讲的《红楼梦》里那个秦可卿的屋子。

榆叶梅在他眼前转哄来转哄去,一会儿给更衣,一会儿给倒茶,忙得团团转,幸福得团团转,屁颠屁颠的。他浑身燥热,醉眼迷离,望着她的身影,心说这样的色、香、味俱全的美妇人,如果不结上那么几次婚,再离上那么几次婚,那简直就是人力资源浪费。她现任丈夫是第几任?她这奢华生活是怎么来的?他连问都不问,也根本没有兴趣去打听。

榆叶梅要去给他煮解酒姜汤,他给拦住了,他把手在虚空里挥了挥,拍拍身边沙发说:"你……坐,你坐,别忙活了,坐下,聊会儿天。"

榆叶梅刚开始还假装吱扭着,可是现在隋志高这么伸手轻轻一扯,她就顺势倒伏在他的身边。隋志高不是把嘴贴过去,而是把手贴过去,把手探进她的绣花真丝锦缎睡衣里。她如此麻利地换上开口极低的绣花真丝锦缎睡衣,不是盼望他的手探进去还能是什么!

隋志高的手轻触到的,不是他想要摸的东西。那一对曾经啄过他20岁年轻手掌心的害羞小鸽子似的东西不见了,带之而来的,是满把满握丰过乳的两个大水瓢。

不知怎么的,这一刻他连哭的心都有了。榆叶梅啊,你这东方美妇人!

榆叶梅啊,我那个啄我手掌心的小鸽子乳房……

榆叶梅啊,榆叶梅啊……

翻身压上去时,他的心里还惴惴的。毕竟跟女人好久没有肌肤之亲,不知道还行不行。到了这会儿,却已经没有退路。还好,起来的很顺利,全仗着酒劲。进去以后,问题就来了,仿佛失去了感觉,总是不对劲,不知道到哪儿了。因为陌生,环境、湿度、气温、气味、被包裹的紧密度,都让他感觉陌生,使不上劲,那些夯实的冲撞其实是没有感觉的,完全是酒精充血状态下的失控。榆叶梅没感觉到这些,她正在摆着最美的姿势,用最美的呼吸和叫声展示着自己成熟的技巧。

都到了这个时候了她还想着表演和欣赏自己的姿态，她把别人都当镜子照。半个小时过去后，她才感到她根本不用专门取悦他，他根本不用她挑逗，他一直都很硬，而且还有越来越硬的趋势，本身就没完没了。这下她才感到放松，也感到高兴，以为这是将遇良才，金风玉露一相逢他们俩今晚便要胜却人间无数。于是才开始不管不顾，歪七竖八，撅臀劈岔，怎么痛快怎么来。

他快要不行了。他被自己的骁勇善战吓住了，心脏有点承受不住。人不能总待在充血状态。这该什么时候是个头？这一切已经超出了他的经验。超长的时间，也许是因为长期禁欲，也许是因酒精造成。五十分钟过去了，还没有一点井喷的迹象。榆叶梅的快感由大呼小叫，转成了鬼哭狼嚎。汗水湿透。他感到了接近心衰。腰轴那个部位发酸。他转换角度，趴伏，轻缓速度，用意念控制，想象身下这个人，就是那个初恋情人，扎着马尾巴辫，挤在北陵湖畔柳树边，掀起她的裙子，说：让我进去，让我进去……你这座城市，让我进去，让我进去……你那座城市，让我进去，让我进去……她以手推挡，羞怯拒绝：不，不……掰撬挤压，不管不顾……一股热流，奋力喷射……

他们坐在榆叶梅家的餐厅里吃饭。榆叶梅问他晚上想吃点什么，隋志高说想喝碗粥，东北大米，小火，慢熬，煮出来的一锅油汪汪的稀粥。榆叶梅显得很出乎意外，说这好办，咱们去太原街的粥棚去喝。隋志高说不想出去，就想坐在家里喝一碗热乎乎的粥。榆叶梅说那岂不事太简陋了吗？隋志高说我就想喝一碗你亲手煮的粥。一句话激动得榆叶梅差点变成良家妇女，手忙脚乱就进了厨房。

其实隋志高是不想动了。他太累。感觉有点虚脱。仿佛又不是肉体的累，而是心累。这一路上返乡过程中所有的累，都在从榆叶梅身上翻下来时积聚起来，累得他身心有些虚空。

吃完了饭，看看时间也差不多了，隋志高说："我该走了。"榆叶梅说："我去送送你吧？"隋志高说："不用。"又说："票在老歪手里，待会儿他会去车站送。"榆叶梅明白他是说被老歪碰见不好，想了一下，就说："要不，我让司机送送你？"隋志高说："不用。我打车过去，很方便。"榆叶梅也就不再坚持。

隋志高不让榆叶梅去送，一是避免尴尬，二是确实感到了已没话可说。该见的面见了，该干的事干了，该偿还的债偿还了。他知道自己是不会再见她了。二十年的恨与怨，惆怅与惦念，一笔勾销。就在这从3点到9点的大雪飞飘的东北夜晚。

再想想自己这么些年在北京的生活，二十年，也像从3点到9点，倏忽而过，似乎没留下什么痕迹。只留下满脑子的虚空与累乏。

从榆叶梅的翡冷翠庄园出来时，大雪纷纷扬扬从天落下，漫天一片洁白。他走出庄园大门，在路边挥手，一辆出租车停在身边。隋志高起身钻进去，头也不回，"砰"地关紧车门。车子迅速滑离路边，向着远出橘黄色灯光的深处走去。至于身后，那座二层小楼里那个翘首凝望的贵妇人，早已被他撤除到记忆之外。她心中刚被惹起的莫名其妙的眷恋，仿佛也根本与他无关。

站前广场上依旧是灯火通明。老歪拿着票等候在候车大厅门口。见了面色苍白的隋志高，他什么也不说，什么也不问，却又是一副什么都知道的表情。他的这副神态反倒令隋志高起疑：所有这一切都是他的有意安排，或者是他跟榆叶梅的同谋。反过来又一想：就算是有意安排，就算是同谋，又能怎么样？不也是愿打愿挨，两相情愿吗？

想到这，觉得没什么可说。对老歪，似乎是欠了点什么。人情？旧债？似乎都不是。不管怎么说，他外甥工作的事，是非办不可的了。

这次回来，老歪尽心尽力地巴结奉承，整得隋志高已经没有退路。老歪的心计可不浅，虽然他使出了这么多心计，却也并不使隋志高感到厌烦。说到底，还是有二十年前大学校园里的老感情摆在那儿。

老歪把隋志高送进车厢，把一个装有野山参和灵芝的礼品袋子给他安置在卧铺底下。两个人又是一通握手，拥抱，依依惜别。老歪说："那啥，志高，你看这次回来也没招待好你。没事就常回来看看。在外边有啥事，就招呼一声，这老家里的同学，朋友，都是你在这儿的亲戚。"

这些话对老歪来说，也就是平常一般水平的煽情热乎话。不知怎地，这回听了，隋志高却有点动了感情。他眼圈微红地握紧老歪的手，紧紧地摇晃了几摇晃，什么话也没说出来。

开车的铃声响了。火车汽笛又是"嗷——"的一声，带着东北大馇子味，回响在风雪夜中。雪花飘忽之际，老歪的身影渐渐往后退去，风雪中的站台顷刻变得迷茫……

柴门闻犬吠，风雪夜归人。那个荒凉的诗句忽然出现在隋志高的脑海里。车轮滚滚转动。重温旧梦，也就是失去旧梦呵，他想……

2002年8月—2003年2月于北京以北

早安，北京

泽原在面临重大选择之时经常不会决断，尤其是不会说"不"字，应承下来好多他不愿意做甚至是讨厌之事。他的这种优柔寡断性格有时害了他，在某种时刻对他也有过小小成全。但总的说来，还是给自己添烦扰的时候多。这种性格，也直接影响到他在单位里的升迁，年过四十，仍然还只是机关里的一名处长。眼看着后分配来的学弟学妹们呼呼呼地往上走，有的在三十七八岁时就破格升为副局，泽原也只有暗自慨叹。据说他不能快速升上去的原因，重要一点"工作缺少魄力"。泽原对这一说法也只有苦笑着认可。

像这次母亲让他火车站接人、周末招待即将来京的二舅一家的事，他本该拒绝。一是他没有时间，每天早九晚五的办公室生涯，脑子里灌满一大堆繁缛之事，加之从单位到家要一个半小时的车程，精力已经耗尽，就盼着有个周末星期天能大睡一场。再者也是不方便。家里尽管买的复式房，有一百八十多平方米，但毕竟习惯了夫妻二人世界，

207

突然间住进来一家三口，起居作息相当不便。

当然最主要的原因，还是因为他跟即将到来的这位二舅根本不认识。母亲也是担心他拒绝，远在长春省城的母亲电话里一再叮咛，说你这个二舅，对妈妈有恩，是他牺牲自己、才念了两年书就辍学回家干活，打猪草、烧砖、下窑什么都干，才供得妈妈从小学一直念完大学，没有二舅，就没有母亲的今天。

泽原听明白了。这是要让他母债子还。小时候，母亲很少跟他和妹妹说起娘家的事情。自从结了婚以后，母亲出嫁从夫，跟娘家的亲戚走动往来得少了，连带着孩子们也跟她那一方亲戚感觉着陌生。像这个二舅什么的从小到大他都没有见过面。只是在母亲退休老了以后，才开始追本溯源地跟自己娘家兄妹走动得勤了起来。那时泽原早已经离家到外地读书工作，所以对于母系血缘关系，仍然莫衷一是。这次母亲怕他不晓得事情的严肃性和庄重性，特地用血浓于水的故事强调了一下。

泽原犹豫了半天，仍然没能说出那个"不"字。

为了不至于迟到，泽原早上五点钟就从家里开车赶了出来。一路上困意不住在脑子里打晃。他已经许多年没有到北京火车站接人，也有好多年没有看到城市这么早的太阳。才早上六点半不到的工夫，太阳已经像一枚燃烧着的巨大火球，逡巡在七月的北回归线上，分外刚烈，却也黏稠。四处都是白亮亮的，照耀人睁不开眼。数十趟提速以后夕发朝至的火车，将一拨拨暑期旅游的睡眼惺忪的人群吐出站口，仿佛巨蟹嘴角濡动出的泡沫，咕嘟咕嘟，成串成串从狭小憋屈的口子里迸挤而出，又噼噗噼噗，爆裂出漫天盖地的霉气和隔夜酸腐。

泽原目光散乱，偶尔瞥一眼挂在出站口墙上那个巨大的进站车次显示牌。二十几年过去，火车站这里似乎还是保持着当年的模样。当年，泽原同样也是类似一朵外省泡泡，带着一颗兴奋膨胀发酵的心，被幸福的火车拉着，轰隆轰隆，一口气驶向伟大中国的首都北京，一口气给吐到火车站广场上学校迎接新生的站牌下面。

火车站永远是连接着外乡人梦想与幻灭的地方，它激情无限，热力四射，永远保持着固定的混乱拥挤和肮脏。只站了一会儿的工夫，泽原的脑袋和眼睛就都承受不住，头晕，眼前晃过的所有面孔都似是而非。恍惚之中，听得广播里报站，他要接的那趟车已经正点抵达。泽原赶忙紧了一下身子，往迎面的人群里迎了迎，同时举起手里的接站牌。那只是一张简陋之作，一张 A4 纸，用粗黑的墨笔写上要接人的名字。他双手将纸牌子高举过头顶，做出接人时通常具有的渴盼身形，然而眼神依旧空洞，没有一丝一毫的兴奋。

眼见这一拨出站的人要走光了，泽原背上的汗衫似已湿透，仍没看出个子午卯酉。泽原胳膊发酸，强打精神觑眯起眼往前看，同时眼角余光能感觉到几个陌生人一直围在他身边转悠。他没在意，仍然坚持空洞直视前方。末了，为首的一个老者终于转到他的前边，盯着他的脸，说：你是老巩家的大小子巩泽原吧？还举啥举，一看你那脸盘子，就是咱们家人，像是从你妈脸上扒下来的一样。

泽原一愣，手臂耷拉下来，目光疑惑地望着站在面前的老者。只见来人黑不溜鳅，满脸是褶，一件被汗洇成黄色的白跨栏背心，一条斜纹黑步裤子，裤脚一个挽起，一个拖下来，一双塑料旧凉鞋，里边的脚趾脏乎乎的，脚趾盖似已经硬化。老人正在把几乎有些讨好的笑意生硬地向自己展开，露出了满嘴的黄牙。

"您是……"，泽原嗫嚅道，"您是……二舅？"

"呦嗨，自家舅舅，还能有假？"

老头听得一声"二舅"的称呼，笑容这才显出些真实。

泽原一时有点迷糊。没有想到自己母亲的亲娘家哥哥会是这副样子。走在街上，跟任何一个进城打工的老农民都没有区别。

再看老头身后，紧跟着一个老太婆，个高，枯瘦，花白了头发，一件蓝地白碎花的府绸衣服，松松荡荡吊在身上，能看出里边耷拉的乳房形状。她的身边，还跟着一个1米8多高的半大小子，精瘦，大眼睛，浑身黢黑，身子骨有些单薄，上嘴唇边上刚刚冒出硬撅撅的胡楂儿。这的确像是母亲电话里一再叮咛嘱咐过的由二舅、舅妈及其他们的孙子组成的亲属旅游团。

泽原不敢气馁，忙在脸上堆出许多笑，叫声舅舅舅妈，又友好地拍了拍半大小子的肩膀一下，道了一声辛苦，忙上前抢着拿他们手里的提包，寒暄几句，就引着他们往停车的地方走。

但是……似乎情况还没有完。领他们往外走的时候他们还不舍得挪动步，回过身来直往身后瞅。泽原也跟着站住，只见又有两个中年妇女模样的人和一个十八九岁的姑娘跟了上来。

"这是你二嫂、三嫂。这是你三嫂家闺女小燕儿。"二舅指着这部分妇女组织介绍说。

泽原这时才真正吓了一跳！连带着困倦也给吓没了。母亲电话里通告说只有三个人来，没想到呼啦一下子却来了六个，是一个小型旅行团的规模。再看那些团员，二嫂体态臃肿老迈，脸上堆积好多血丝，要接近六十岁的样子，一看就是风吹雨打耗尽了生命活力的农村妇女。三嫂则正相反，四十多岁的模样，神情亢奋，一双尖细的高跟鞋，眼睛细长，眉毛也拔得特别细，一个地包天的尖下巴，脸抹得煞白，一说话眼睛就眨巴得特别快，不容易辨别她到底是干什么的。旁边站的她那个女儿，长得不像她妈妈，很丰满，开口很低的连衣裙，胸罩在里边顶起老高，眼睛大，似乎是后割的双眼皮，不太自然的形状，看人不用正眼，而是故意将头稍稍偏将过去，用眼角余光乜斜着打量。很风情。

泽原躲过姑娘不正经的目光，脸上肌肉僵着，费力挤出一些假笑，边招呼众人，一边心中暗暗叫苦，心说，母亲这是给自己派来了一个什么样的人群？

按照母亲的说法，二舅他们家里穷，一直待在乡下，很少能有机会出来。这几年开了小加工厂，日子过得好了，也就有了些闲心闲钱出门溜达。这回出来，全是因为二舅家唯一的孙子、也就是他们家老二超生的这个叫林耀宗的男孩，在县城重点高中学习不错，老师预言明年他准保能考上个重点大学。他们老林家祖坟眼看着就要冒青烟，二舅老两口乐坏了，他们问全中国最好的重点大学是哪个？回答说北京大学。二舅一听，说那咱们就奔北京大学去！俺现在就领俺大孙子去看看，看那北京大学（xiao）到底啥模样。

说来，还真就立即拔腿来了。

不管怎么说，二舅这个举动，都堪称壮举！他没有什么理由不支持。这也是泽原没好意思立即拒绝接待他们的原因。

现在的问题是，民间团体的自由散漫、做事无规划性，让他的接待遇到了困难。由于没有思想准备，原先那一套接待方案不够用了。原先好说歹说，才说服自己妻子梅梅让二舅他们祖孙三人到家里去住。现在突然来了这么多人，肯定不能领到家里。连他自己都吓一跳，更别说妻子。妻子那个小脸子一挂，活活能把泽原给吃了不说，也能把亲戚们噎得翻白眼。梅梅比自己小十来岁，是他二婚的妻子，有着跟他撒娇耍横的天然资本。只要她一不高兴，摔东西砸碗什么事都干得出来。作为北京土著，妻子对他们东北老家的穷亲戚有天然的蔑视和排斥。

一大堆人站在广场上，片刻工夫，已经涌上来十几个给黑店拉客的人，男男女女，过来就想帮助拎包，恨不得上来就把人抢走的意思。泽原领众人一边躲闪，一边快步走向出租车站。他想好了，自己那辆车不够坐，索性放弃取车，先领众人打车上他就近的办公室，然后再图谋下策。

　　出租车站也是人满为患，大包小裹的人流，再加上各种加塞的、跃过铁栏杆强行拦车的，秩序有点混乱，后边的"的士"排成长队，前边的车辆蠕动着，谁也开不出去，加长了人们的等待时间。以前只有地铁口才会出现拥挤，现在人们把出租车也当地铁坐了。后边老实排队的人都表现出了焦急和不耐烦。看得出，北京的第一眼给亲戚们留下了十分不好的印象。二舅、舅妈和二嫂这些老实人，被人群前后拥挤着，眼睛里都充满了惶惑和不安，嘴上不说什么，只是不停地擦着脑门子上的汗。三嫂则借机充分显示着她的见多识广，拿一条小手绢在眼前扇乎着，啾啾喳喳，叽叽喳喳，评判这批判那，嘴就没停过，果然是个又饶舌又讨人嫌的角色。

　　"哎呀妈耶，北京人儿也不咋样啊！净穿背心大裤衩，穿得还不如俺们那旮好呢。"

　　"北京这火车站也不如俺们倒车的长春站，这么不大点，这么破呀？"

　　"干啥，这出租车还是破夏利？俺们那旮早都换一水儿桑塔纳了。"

　　她的嗓门又尖又高，一口东北腔，引来众人侧目。一旁的闺女小燕大概觉察出来，止住她说，"妈，你就嘴闲一会儿，少叨叨两句吧。"

　　姑娘的话果然有威慑力，当妈的立刻住嘴不说了。小燕的话给泽原留下几分好感。他也对北京站前的秩序不好、没给亲戚们留下第一眼好印象而感到遗憾。以前他也有着一样的抱怨，希望市政府能够迅速治理，加大整顿力度。后来有机会到印度、埃及、尼泊尔、土耳其转过一圈后，他才明白，整个发展中国家，面临的问题是一样的，像开罗、新德里、加德满都、伊斯坦布尔这些城市，都是一样的人口多、环境差，司机开起车来比我们还要野。相比起来，北京算是好多了。要想打造成国际化的现代大都市，恐怕得下辈子。

这样的自我心理安慰更助长了他的优柔寡断、悠然自得脾气。他一边劝解他们少安毋躁，一边随拥挤人流缓慢向前移动。他发现那个考生林耀宗的大眼睛总是不时悄悄注视着自己，每逢跟他的眼光不经意碰上时总是迅速而又慌乱躲闪开去，很不好意思的样子。林耀宗尾随他身后，如影随形，他做什么，他就干什么，总是沉默寡言，不声不响照顾着这一群老人和妇女。不知怎的，泽原觉得林耀宗这个孩子很像当年的自己，敏感，安静，总像满怀无限心事，一双无比清澈的大眼睛，静悄悄地打量着周围一切，好像事物任何微小的细节都在他的注视之中，并且都能在他心中引起涟漪。

终于他们钻进了两辆车，相跟着一起驶向泽原单位所在地。他的办公室位于市中心位置。机关大楼静悄悄的。今天是星期六，不会有同事们看见他率领的这些乌合之众，面子上不会受损。只有门口站岗的小战士和收发室老头对这一行民工团体产生几丝疑惑。泽原处长跟他们打过招呼，上前解释一番，他们这才很客气地放行。亲戚们一见到门口把守站岗的战士，和办公大楼壮观威严的气势，仰视之情才随之升起，好像刚刚找到一点对北京、对国家机关的崇拜感。那个三嫂，也一扫刚才在车站时的鄙夷之色，放轻脚步，小心翼翼跟着往里走。

泽原领他们到办公室里。开了门，让他们落座，招呼他们喝水。办公室不大，进来六七个人一下子就显得拥塞。泽原也顾不得太多，赶紧拿出自己的通讯簿来联络。他把能想到的各种住宿资源都想一遍。认识的几个酒店老总，对于亲戚们这个消费团体来说，似乎用不上。

又想到几个熟人有可能有中档旅馆的信息，一看这个时间，才早上7点来钟，又是个大周末，给人家里打电话不太合适。索性找出标有各种电话及旅游信息的北京黄页，按图索骥。

很不幸，所有中档旅馆都满员。好多年不接客，行情什么样都不知道了。这些年来，泽原所在的机关会议往来都已经程式化，有专门接待处，根本不用个人操心，一下子由他自己接待这么多亲戚，还真有点憷。七月的天，按理说现在是北京最糟糕的季节，气候闷湿，挥汗如雨，但是望子成龙的家长们还是不辞劳苦，趁着暑期，纷纷领孩子来旅游，硬是把它打造成旅游旺季。不说别的，只说二舅家这种刚刚致富有了一点积蓄的家庭，也会想到要自费出门游玩，可见中国人的日子跟从前比还是好得翻天覆地。

半个来小时过去，没有任何结果。一看时间，不能再悠荡了。想了想，索性问起三星以上酒店的客房情况。还好，满的只是那些中低档旅馆。凡是上星的酒店都有空闲。找到一家离市中心近的，问了价格，打完折的价格每间房不到300块。泽原在心里迅速算了一下，假如一行人住四晚，三个房间，房价算下来，大概也还行，能够承担得起。这么大一个旅行团，接待一次，几千块钱总是要花的，就算是为母亲尽孝心吧。

订好房间，率领一行人出来，打车，仍旧让两辆车司机相跟着，到了星辰大酒店。车顺着坡道上去，直接停在了酒店门口。有门童过来给拉开车门。进了酒店大堂，迎面扑来阵阵冷气，夹杂着花木的葳蕤芬芳，跟外面炽热的世界截然两重天地。泽原让亲戚们坐在沙发上等待，自己去办理入住手续。亲戚们却立在当地，有点不知怎么才好。二舅过来，说："泽原，那啥，俺们不用住这么好，住这么好干啥。"泽原安慰说："算不上好，只是一般水平。二舅一家头一次来北京，晚辈应该尽一下孝心。您就放心住下。"他这么说,其实也是在表示费用是由他来付,免得他们担心。

办好入住手续,拿了钥匙,一行人这才跟在他身后进了电梯。到了15层,找到各自房间,泽原又教他们如何用卡开门,如何插卡取电等等。一应事情嘱咐好,泽原让他们各自先回房休息一会儿,先洗漱一下,然后一起下楼吃早餐。二舅说,"不用休息。饭也不吃了。俺们在火车上已经垫巴点了。"泽原说,"早餐是免费的,还是吃一点。免得待会儿出去玩时半道上饿。"听说是免费的,亲戚们不再有争议。

在二舅和林耀宗的那间屋里坐下,泽原给自己泡上一杯茶,这一大早晨紧张的心情才算缓解过来一些。二舅和林耀宗两人转悠来转悠去,隔壁两个屋子的娘儿四个也互相窜来窜去,忙着里外查看房间设施,还不住从15层窗口往外眺望。泽原则坐在那里给家打电话,告诉妻子不必准备,已经安排亲戚入住酒店,今天自己就带他们在城里转转。梅梅虽然已经事先将书房、客房和保姆间都整理出来,准备迎接二舅一家三口人,但那纯粹是拧着眉头干的。听说他们不去住,梅梅"耶——"了一声,像是要欢呼,又忙用手捂住嘴巴,憋着嗓音假意嘱咐:"老公耶,不要户外活动太多,小心中暑哦"。泽原说声"知道了",便挂了电话。

结束跟梅梅通话,还未等给母亲打电话汇报,母亲的电话就打进来,问二舅他们到了没有。泽原说,到了,已经接进宾馆。但是来的不是三个,而是六个。母亲一听,也惊讶的"啊"了一声,张大了嘴。在听说了人员组成后,才说,"肯定是那个老三媳妇作怪,在家里她就处处咬尖,贪小便宜,听说老头老太太只带孙子上北京不带她家闺女,怕吃亏,娘儿俩也跟来了。你看吧,整个路上肯定一分钱不花,净吃老头老太太的。"

顿了一下，又说："怪了，老二媳妇老实巴交的，怎么也跟去凑热闹？肯定也是三媳妇撺掇的。这一家人，可真是的。"

母亲说到这里，颇有些后悔，没想到一下子给儿子添了六口人的麻烦，很有点过意不去。

泽原说，"妈您就别操心了。既然来了，我照应就是。"

妈妈不无担忧地说："能行吗？回去可别让你媳妇给你甩小脸子。"

泽原说："没事，妈您就别管了。"

妈妈对泽原前妻怀有好感，尤其前妻带走了大孙子，更像是把她心尖都揪走了一样，让她没事就念叨。她一直不认这个后娶的小媳妇，固执地认为是这个小狐狸精拆散了儿子一家，靠年轻美貌把儿子吓唬住了。梅梅也没心没肺，不太懂得讨好接近她这个远方的婆婆。就因为这，泽原再婚后跟家里父母感情上有了一定程度的疏远。他也极力想弥补这个缺失。对于泽原来说，四十岁一过，他的欲求就已经很少了，只是想着怎样尽好人生的责任，送走老的，养大小的，平平安安，干完余下的十几年工龄。四十以前他还兴致勃勃，一心想在官场上再能进阶，然而，经过一场婚变的打击，尔后跟现任妻子一番从零开始的重新打磨，待到他们将房车必备的所谓"白领阶层"的幸福生活建立起来之后，一切对生活的热情也都随之消耗尽了。蓦然回首，泽原发现，原先那种干事业的青春理想已经跟他相距甚远。剩下的，全是务实的考虑，诸如怎样还清按揭房款，怎样凑齐被前妻带走的儿子将来的出国留学费用，跟梅梅还要不要再生一个孩子……等等，总之，都是极其琐碎，极其形而下的问题。连他自己也没想到生活会变成这个样子。二十年前的省高考状元，重点大学的高才生，曾经无比自负、高傲，动辄将"我们北大"挂在嘴上的那个不可一世的青年人，不知怎么，一晃，就成了兴味索然的中年模样。

放下电话，看见他们爷俩还在屋里胡乱转悠，衣服也没换，脸似乎也没洗，二舅还穿着跨栏背心，林耀宗的头发依旧滚得乱糟糟，毫无秩序地朝天而立。泽原心里有些不快，不知这半天他们都忙活了什么。趁着二舅又走出去的工夫，泽原把林耀宗叫过来，说，"耀宗，你去问爷爷带没带件短袖衣服，出门总穿着背心不好看。"林耀宗点点头。泽原又假装不经意地夸赞说："小伙子，身上这件T恤不错，迪拉多拉？还是意大利名牌呢！再把头发梳一梳，就跟这件衣服更配了。"

林耀宗脸一红，低头走进卫生间。再出来时，立起来的头茬已经用水压了下去，梳得服服帖帖。见他爷爷进来，他又喊爷爷换件衬衫。他爷爷说，"换衣服干啥？我昨天来时才穿上的，不埋汰。"林耀宗说，"不是，爷爷，穿着背心，在宾馆里出来进去不文明。"他爷爷有点不情愿地说："不文明啥？这还没上北京大学呢，就嫌你爷爷不文明啦？这要是上成了，还不知道怎么嫌弃你爷爷呢。"嘴里一边磨叨，一边还是听孙子的话，顺从地从黑挎包里找出一件土褐色T恤换上。

他们喊上隔壁房间四位女宾，一起到二楼吃自助餐。女人们也仍旧是穿着火车上滚了一宿的衣服，所不同的是，三媳妇和小丫头脸上又化了一层妆，抹得白惨惨的，大概是粉底抹得太浓，没化开。一进餐厅，三媳妇仍然不失时机地显示她的见多识广，大着嗓门招呼着快来拿这个快去盛那个，每次都把盘子填得满尖。泽原见状，也不好说什么，又把林耀宗叫来，悄悄让他去告诉大家，吃多少拿多少，一次不要拿太多。

终于聚拢着团队在一个桌子上坐下。饭桌上，他问他们想去哪儿，都有什么打算。二舅说你看着办吧，俺们这次来主要就是想看看北京大学。三媳妇插话说，俺们想看天安门，想登长城，吃北京烤鸭。泽原笑笑，没搭茬，又问他们准备待几天，他好去订票。显然，亲戚们对刚来就问啥时候走不太习惯，感觉像是要撵人，二舅一口粥还没咽下去，就说："那啥，泽原，俺们知道你挺忙，俺们待两天把北京看看就走，不会给你添太多麻烦。"泽原知道二舅误会了，忙解释说："现在是旅游旺季，要提前一周订票才行。"二舅说："那你就看着办吧。"

又是看着办。一看着办，反而不好办。泽原估摸了一下，自己的接待能力顶多能抗住他们在宾馆住四天。再多，就不情愿，有点冤大头的意思。在机关里从来都是公款出差旅游，他还从没有过自费花钱玩的经历。这次算是意外吧。

等到众人吃饱喝足了，想了想，还是就近，先领着他们去故宫北海。通常，这是外地人来京要看的第一站。出租车在天安门前不好停，他索性领着众人坐地铁。地铁里也拥挤不堪。买好票，挨着个数着人头进去，看他们一个一个地挤进车厢，又把他们都安顿好站稳。列车缓缓启动，眼前登时一片黑暗。头顶的风扇呼呼作响，似乎已经动用了最大电能，吹出来的风却也还是热的。泽原神情漠然，带着一个中年人固有的厌倦和疲惫，裹挟在沸腾的生活、沸腾的地铁车厢中间，像一个盲叟，对周围一切视而不见，茫然听着列车在黑暗的隧道里飞驰。

一个人，在一个城市里生活过二十年，就有理由对眼前一切视而不见。想想刚来北京那会儿，他可不是这样。那时候，亲戚朋友走马灯似的来，他曾经在一个月里领着四去颐和园、圆明园，五进故宫，六下景山和北海，顺带着走遍了王府井和西单。那是多么大的热情！和新鲜！二十多年过去，积累起来，这些固定景点也去过百八十趟，神圣感大大降低，早已经没了感觉，再一提起这些景点，有时甚至都想吐。颐和园的假山假水尚可常去消暑纳凉，而像故宫这种寸草不长的地方是最能惹人呕吐的。

吐也得进去。对于新一拨亲戚们来说,这毕竟是他们来北京的第一次,第一次跨过金水桥,第一次走过毛主席像,第一次进了天安门,第一次进了红彤彤的故宫。他还能想起自己第一次来时的感觉吗?他那时的感觉就是:天安门怎么能是一座建筑?它应该是浮在天上的一座圣殿、悬空飘浮的一座天庭,而不应该是一座殷红殷红的落地砖木建筑。而且,它的里边,竟然装着古代的皇宫。太匪夷所思了!

当天安门城楼映入眼帘时,又是那个三嫂首先惊呼:哎呀妈呀!这就是天安门呐!

然后她就没词儿了,泽原不知道她在想些什么,他对她和他们的背景不太了解,但能够看得出大人们的神情亢奋,脚步铿锵。相比之下,两个孩子,却比较漠然,拖拖拉拉,东游西望。这是两个1980年以后出生的孩子,他们的识字课本第一课早已不是他三十几年前学的"毛主席万岁"和"我爱北京天安门"。泽原还记得他上学第一天老师教给他们的回答:为什么要我爱北京天安门?因为它是伟大领袖毛主席升起第一面五星红旗的地方。

眼前的天安门还是那个天安门。故宫也还是那个故宫。故宫以千年不变的姿态坐落在那里。"坐落"还是"座落"?"坐落"这个词儿真好,泽原见过东方西方的各种各样的宫殿,比起那些嚣张跋扈的飞檐和尖顶,故宫就像是一个盘腿大坐的大老爷们。或者,虎视眈眈蹲踞的东方雄狮。是的,一头雄狮,一直蹲踞,时刻准备一跃而起。

总之,它不是一头母的。

骄阳炙烤,胸口憋闷,他们和众多的游客沿着大臣上朝的大理石甬道一路走去,进午门,奔坤宁宫,乾清宫,在无遮无拦的大道上,踯躅着似乎是受惊的步伐。七月烈焰下,所有的汉白玉都耀眼地闪着光,有力,放肆,君临一切,刺穿胸膛。阳光伴着亡灵似乎在空中曼舞，还不时发出嘲笑：跪安吧，朝拜者，你们一群微小的臣民！

心中有神，才可以听到这天上的声音。泽原看到几个老人只是边走边费力擦额头上的汗，似无所感。三媳妇和小燕的高跟鞋咯哒咯哒，很费力地敲击在大理石地面上，化了浓重韩国蝶妆的脸已经给太阳晒花了，被汗水冲得白一道红一道的，她们不住抱怨这故宫里面为啥这么大，这半天还没走完。只有林耀宗那个十八岁的少年，带着一脸的专注和恭敬，仔细打望着一座座宫殿，神志迷离，似乎陷入不可知的迷失里。泽原有点喜欢上这个少年。

故宫除了门票价格贵，太阳比以前要热，人也比从前多以外，没有提供给他任何新的信息。他领着他们顺着记忆往前走，似乎不是他们在游景点，是他自己在借机故地重游。阳光下，虚眩里，泽原有点灵魂出壳，自己快成了自己的影子。滴滴答答的汗时时遮住他的眼帘，让他看到的不再是熟悉的景物，而是自己的记忆。自从跟前妻分手，以后每到一个熟悉的地方，似乎都能找到他和她的足迹，他和她，旧时的大学同学，一对初恋情人，他们的青春年华，全都印在北京这一草一木、一砖一石里，不能忘记，却也难以回首。

有谁会跟他一样，踢掉一块挡路的石子，却只是为了回味那石子的分量吗？他不知道。只知道一切是命，性格使然吧。

以后，他再和现在的妻子出去玩，只是去陌生地方，郊区几个县，怀柔密云顺义平谷门头沟，去那里的度假村、温泉、水库、赛马场去休闲。城里的那些老景点全成商务旅游区，都让给外省人去占据。

而当年，他们恰恰是北京城里的外省人。对这里的一切，有着非凡的热情。非凡的爱。

现在，这个在城里生活了二十来年的中年人，像一个地道的北京当地人一样，发着卷舌音，牢骚满腹，抱怨着北京的交通路况，抱怨天气，抱怨沙尘暴，抱怨外地民工太多，治安情况不好，搅扰了当地人的生活。

林耀宗那个男孩子，这时又问起被问了多少遍的问题："叔，你说故宫里为什么没有树？"

是啊，为什么没有树？皇宫里为什么不栽树？

是不是每一个机敏善感的年轻人，都会不约而同地发现这个问题？泽原对这个少年的喜欢又增加了几分。

从故宫北门出来，他领他们在就近的饭馆里吃了饭，接着进了景山公园。炎热的下午，这里仍然人满为患。泽原领着他们尽量挑有树荫的地方走，给他们指点着看崇祯皇帝上吊那棵歪脖子树，爬上山顶看北京的中轴线。这都是多少年不曾干的事情了？像是隔了一个世纪那么远。也是他当学生的时候才爱做的登山眺望北京中轴线的游戏。现在他们经常爱玩的是远在郊区门头沟望北京。

之后是领着众人游北海。一看到湖中有船只游动，女孩儿小燕来了精神，立即张罗着划船。三嫂和林耀宗陪她一起上了船，泽原陪另外三个腿脚不利索的老人在岸边等待。好不容易等他们从船上下来，也就下午五点多了。泽原领一行人出来，又到附近馆子吃了晚饭，才送他们回酒店。他自己这才拖着疲惫的身子回火车站附近停车场取了车，强打精神驾车回家。

这一天下来，累惨了，主要是晒得厉害，有轻微中暑和晒伤的迹象，胸闷，胳膊也火辣辣的，通红一片。看来到底是老了，年龄不饶人，皮肤也不饶人。妻子梅梅看他晒的蔫样，非但没有同情之心，反而幸灾乐祸，说他纯粹是自找的，这么一大堆破亲戚，跟旅行社出来不就完了吗？干吗你非要答应你妈接待他们？泽原早已累得有气无力，往沙发上一躺，不吭声，也懒得跟她争辩。

仰面躺着,刚歇息一会儿,母亲又来电话问情况,问二舅一家这一天怎么样。泽原说还好,去了故宫和北海。母亲还是有些义愤难平,忍不住叨咕三媳妇的坏话,说这个媳妇整天啥也不干,就知道给别人添麻烦,知道老头老太太开面粉加工厂,手里有了几个钱儿,总想给挤兑出来,弄自己手里。泽原问三媳妇干什么工作,母亲说她没工作,闲待着,三小子在外跑运输,养着她们娘儿俩。

"她自己不工作,连个孩子也没教育好,女儿没考上高中,也不找份像样工作,一会儿要当模特一会儿要当演员,在家晃悠两年了。"母亲有些气不过地说。

"哦,是这样。"泽原嘴里支应几声,放下电话,对别人家的情况没太大兴趣,脑子里已经昏昏沉沉。梅梅在一旁听到些许话音,说,"你们家,这么复杂呀?"泽原说,"唉,都是老一辈上的事,听听算了。"又说:"要不,明天,你也跟着去一趟,陪陪吧。亲戚来了,总不能不见面。"梅梅说:"我不去。我明天要去 SPA 馆梳理形体呢。都跟人约好了。你揽的活儿,要陪你自己陪。"泽原无奈,只好再不做声。梅梅这代年轻人的"独"、自我、没有奉献精神他早已领教了,劝她也白劝,不会有结果。

第二天,赶上是个星期天,他决定领着二舅一家去北京大学,圆林耀宗的梦。临出门,先打了个电话,问问他们休息得如何。二舅房间里没人接,又转接另外两个房间,都没人。泽原觉得不妙,忙又打三媳妇手机。还好,一打就通了,三媳妇一听泽原的声音,就说:"那什么,他叔,俺们搬出来了,昨晚没住那儿。"

泽原心里咯噔一下,说:"你们住哪儿啦?"

三媳妇说:"昨晚回来,俺们又往火车站那边溜达了一会,看见有介绍旅馆的,俺们就跟着去看了一下,在崇文门附近,价格挺便宜。

爹就决定领着俺们住那旮啦。"

泽原的心里立即有了隐隐的不安全感，心说他们住到哪个小黑店里了？也没顾得上多问，就说，你们等着，别动，我马上过去。说完急忙发动了车子。

好在是星期天，路上的车子不像平时高峰时间堵得那么凶。到达崇文门也已经是一个小时以后。他让三媳妇给他描述具体在哪个地方，三媳妇吭哧吭哧说了半天，往左拐往右拐，左边有个卖煎饼果子的，右边有个修锁摊和卖避孕药的……说了一大堆乌七八糟的坐标，还是没指清楚。泽原说干脆，你出来，到大马路边上哈德门饭店边上来接我。

老远就看见三媳妇扭搭扭搭走过来。泽原泊好车，跟着她重新往胡同口里走进去。走过街面上鲜亮的高楼大厦，走过热火朝天尘土飞扬的商品房建筑工地，走进曲里拐弯的小巷，跨过刚拆迁还未来得及平整的废墟，在一条窄小逼仄的胡同里，终于找到了他们住的这家黑咕隆咚的小旅店。好像是一幢老式居民住宅楼的地下室，一进门，一股动物园的臊臭气迎面而来。

泽原定了定神，让眼睛适应了一下，才看清，这是一个老式小三居的房子，改成旅店后，每个房间都支起四张双层铺的铁床，平均每个屋子塞进七八个人。屋子光线严重不足，白天甚至也要开着灯。屋里也没有装空调，每个小屋子里只有一个旧电风扇在呜呜地吹。厨房经过改造，和卫生间打通了，隔成男女两间公共洗浴室。面积极小的客厅里，摆着一台小彩电，里面播放着"新北京，新奥运"以及有关中国体育代表团下个月将赴雅典参加奥运会的新闻。

泽原一时觉得恍若隔世。没想到在房地产建设热气腾腾，高楼酒店随时拔地而起的北京，竟然还有着这样的所在。老胡同里的贫民区，隐藏着这种乡镇大车店，因为它住房价格的低廉，每人每张床位一天只要 20 元，仍然还在招徕八方客人，显示其固有的价值和魅力。

住这屋子里的人，除了二舅一家还在等他来接外，其他人几乎都出去了，只有人身上的体味混合发酵的臭气，还没有通风散发出去。还有就是女宾那个屋子里还有两个乡下模样的陌生女人牵着两个半大孩子来回走动，大呼小叫吆喝着孩子快点拾掇好往外走。泽原埋怨二舅道，"二舅，您老这是何必呢？住酒店不更方便一些？您还是跟我搬回去吧。"

二舅脖子上搭着白毛巾，龇着黄牙对泽原笑。他又穿上来时那件跨栏背心，大摇大摆满地乱晃，比在酒店里自如多了，很舒服，乐呵呵的样子，说，"这咋不挺好吗？反正也就是晚上回来睡一觉，在哪儿睡还不一样。出来，俺们就是想到处看看，也不是来享福来了，要享福躺家里享多好。"

的确。泽原得承认他说的不无道理。他忽然想起二十多年前他初来北京时，每逢有朋友或高中同学来，就挤在他宿舍同学空出的铺位里过夜。后来他有了家，住筒子楼，亲戚一来，那时也不时兴住宾馆，也没有那个经济条件，就都留宿蜷在家里，15 平方米的小屋，拉起帘子，合并男女同类项，床垫子、沙发上、地板上，能睡人的地方都睡上了，睡觉休息的质量，可想而知。即便那样，仍然是光荣、自豪和愉快的。毕竟，这里是北京。伟大祖国的首都。在一个上千万人口的茫茫都市里，有了出发点和落脚地，有了朋友亲人可投靠，那种感觉真好。

泽原也就不再劝他。领一行人出来，又截住一辆出租车，告诉司机跟着自己的车，到北大西门。周末，从城里往西北方向游玩的人很多，车子堵塞得以 20 迈的速度蜗行。这是高峰时间北京路上常见的速度。经过一个多小时的艰难行驶后才到了北大，将车停在中关村硅谷，然后他领众人步行进去。到了门口，门卫保安一见他们这群人进城民工模样，一下子来了劲，盘查这盘查那，为难刁难，说是不可以随便进。泽原说出了自己从前一个住在朗润园的教授的名字，说是要报考他的研究生前来拜见。小门卫又手一指："他们都是见老教授考研究生的？"泽原心里生气，嘴里顺口说，是给教授家找的保姆。小门卫看折腾差不多了，后面又跟上来几个家长带孩子的，这才把他们一伙人放行，忙着去诘难下一伙。泽原回头一看，三嫂一家娘儿俩似乎面有愠色，可能不满意他刚才说的"保姆"一词。泽原只好干笑一声，解释说，这些小门卫，也是衣帽取人，见人下菜碟。我要不那么说，他且拿人解闷，问个没完呢。

一句话，算是把刚才的事情搪塞过去。

等到听见校园里蝉声蛙鸣，见到满池湖水莲花，众人这才把刚才不快情绪彻底忘却。一墙之隔，却是天壤之别。车水马龙喧嚣声给远隔到了几尺墙外。三嫂惊呼："这咍哪像个学校，这简直就像个公园！"

北大之大虽不在校园，但只有眼前的校园之美才能把外地的亲戚们震慑。其他像心胸之宽、视野之博之类抽象的概念，摸不着，看不见，没法跟亲戚们解释。未名湖，三角地，大讲堂，斯诺墓，图书馆，操场，苹果园，网球场……总是让人目不暇接。一路上总是遇到打着小旗游北大的各种旅游团。也有许多散客，通常都是家长手里牵着孩子，兴致勃勃满怀憧憬地逛游。

北大的景致也是百年不变，变的是这里的学生。校园里的学生永远都是新的。未名湖边，总有男女学生手里拿着书本谈着恋爱，一边把亲热动作做得肆无忌惮。网球场上也总有一条条美腿在矫健地奔跑，美得让人怦然心动。图书馆前的草坪上，仍有几个高年级男生抱着吉他在那里唱歌，唱的却已经是2004年走红歌手刀郎的《冲动的惩罚》：

那夜我喝醉了拉着你的手，胡乱的说话，只顾着自己心中压抑的想法，狂乱的表达我迷醉的眼睛已看不清你表情，忘记了你当时会有怎样的反应……

新疆歌手刀郎是这个2004年里的流行符号，北大人捕捉社会信息方面总是最灵敏。从这些假装失恋的小男生身上，泽原又看到自己二十多年前的影子……恍然之间，青春的足音，又登登响起，在每一片熟悉的林荫路，每一个洒满金黄色落叶的、通往图书馆、教室、食堂、宿舍的小道上……处处都有他梦一样的昨天。尤其是通往女生宿舍的小道，女朋友住过的309窗下那两棵白桦树，也蓦地一下，惊叹号似的蹦了出来，在他眼前，蒙太奇般的，组接狂闪。他的胸口跳得有些快，不禁下意识用手抚上。定定地，觉得有些失态，忙左右一瞥，见并没有人注意他。于是赶紧回过神来，领着来人继续往前走。走至他曾经住过的男生宿舍楼下，他给林耀宗一指："喏，这个，307房间，我曾经住过的。"

看得出，男孩子内心的震颤一点不亚于他的。林耀宗的眼神亮晶晶，睫毛忽闪忽闪，胸口急遽起伏，抬头仰望着307窗口。他的一直憋闷着的对北大的满腔激动、崇拜的情绪如今终于找到了着落点，一下子全都落到泽原的身上，好半天，才蹦出一句，说："叔，你是怎么考上北大的？"

怎么考上的？泽原的脸上一刹那间放出七彩光芒。他这当年的省高考状元，一下子想到了发榜时刻马踏銮铃、乡亲飞报、师生相拥、喜极而泣的感人场面。那是青春的梦想，和朝气。还有努力，勤奋，和锐意进取。种种因素相加，才能进得北大。

出来吃饭时两个孩子的话很少，看得出都受了刺激。林耀宗脸色绯红，目光澄静，像经过了精神沐浴一般。女孩小燕也是总咬紧下嘴唇出神。刚才，在校园里，逢有穿吊带背心七分裤跟她一般大的女学生走过，小燕都看得眼巴巴的，直盯盯地瞅着人家。那些女孩，尽管脸上不化什么妆，但是，"北大女生"这个滋养霜，仍旧把她们一个个搞得面色光润，胸脯鼓溜，从内心里往外牛皮。

三嫂一边嚼饭，一边嘴里啧啧感叹："咱家林耀宗这要是考进去了，那真是祖上积德，烧高香了啊。"说得林耀宗脸上更红。

北大一行让人气爽。看时间还有富余，泽原说可以再领他们去看颐和园。出来，又叫上一辆出租车跟着他的车，往颐和园走。没多远的路，却也排着长长的车队，半天挪不动轮子。待到好不容易移动到停车场门前，却已经挂出"车位已满"牌子，进不去了。周围便道上所有能停车的地方也已经停满。没办法，他们只能是围着停车场转了一圈就盘出来。一看才下午3点不到，时间还早，这么早回到小旅馆里也是受罪。想了想，圆明园的停车场要大些，于是打手机跟后车里的三媳妇联系，说让司机跟上，去圆明园。

还好，圆明园里的人相对少些。上午尚有微风习习，到了下午，树叶纹丝不动，气候极其闷湿。他们从绮春园里进去，几步路下来，众人都汗如雨下。泽原把身上带的纸巾分给众人擦汗，纸巾不够分了，又到路边小亭子里买了几包。因为刚从北大出来，绮春园里那些绿树、湖水都似曾相识，没什么意思。长春园里新增加了一处景点叫"世界原始图腾荟萃园"，不过是圈起一块地，几块非洲美洲仿制木雕，门票就要收5块钱。出来以后二舅就连呼上当，说敢情你们北京的圆明园也骗人。福海的荷花池原先也是一景，大片荷花竞艳，美不胜收。今年荷花长得不好，焦黄，枯死了一大片，勉强活着的多半打蔫，根本看不到"接天莲叶无穷碧"的意境。

汗水滴滴答答往下流,越擦越淌得厉害。泽原怕老人中暑,赶紧领众人走到遗址精华部分西洋楼,走到大水法的断壁残垣下,照过相,赶紧领着他们回返。即便天气如此糟糕,一路上,仍然见到旅行团不断,尤其是中学生夏令营模样的居多。

天色尚早。不知为什么,越盼着时间早点过完,偏偏那表针移动得非常缓慢。按泽原的意思,本来想请二舅一家晚上去亚运村中华民族园南门的"鸭王"饭店吃一顿正宗烤鸭。北京的烤鸭目前来说,也就这家还有团结湖那家的不错。而和平门的全聚德老字号,价格贵还不说,服务也跟不上去,只配吃喝给那些外国人。既然三嫂提出这个项目,总是要满足人一下。

没想到,那个三嫂又起妖蛾子,前后左右四下寻摸了一下,说,"那啥,泽原,这疙瘩离你家不远了吧?领俺们上你家坐坐呗。来一次,你也没让俺们进家见见你媳妇。"

说到这儿,还伴着眼波一飞,似乎多有嗔怨。在亲戚们的风俗里,来人要让到家里吃、住、陪才是待客。而在人情漠然的大都市中,来人待客基本都是楼堂馆所公共场合解决问题。若不是主人邀请,客人是不能主动提出要到人家里去的。但是亲戚们不管那一套,他们按照自己的思维方式处理问题。泽原本来这时也可以拒绝,以路途远,交通打车不便等理由。但是他那个优柔寡断的脾气此时又出来占了上风,竟莫名其妙地将他们去家里的要求答应了。

究其原因,他也不知为什么,只知道,就亲戚们来说,他们对你的兢兢业业招待过眼云烟十分健忘,而对每次招待中的些微瑕疵却总是记忆深刻如刀削斧劈,假如一路上为他们办了 99 件好事,但是只要有一件是没办到的,那么所有的好处就都没了,回去以后就会口口相传，变成是"老巩家的大小子忘本、小气、不仗义"等等，立即让全家族上下都知道。当然，就泽原这个年纪来说，早已经历风风雨雨，对遥远的亲戚们的中伤非议之类早不在意。然而，也许自己母亲会很在意呢？

没办法，领着去吧。又是前边开车，后边叫一辆出租车，相跟着过去。先给梅梅打了个电话，说亲戚们要去家里看看，问她能不能赶回去。梅梅可能是嫌他的亲戚们打扰得烦了，很没好气地说："他们愿去就去吧。我回不去，正在美容院里做脸，然后还要做刮痧。"泽原说，"好吧，那我待会领着进家看看。然后到下面饭店吃饭。"梅梅说你自己看着办。末了，梅梅又叮嘱一句："壁橱底层的柜子里有备用拖鞋，让他们全换上拖鞋，别把地踩脏了。"语气凶巴巴的。

收了线，泽原感到郁闷。仍是换了笑脸，对车里的二舅、舅妈还有二嫂说话。到了他们那个临水而居的"名人家园"，夕阳尚未在西山落尽，小区里一片花木扶疏、层林尽染。白色屋顶的小楼一幢挨着一幢，一座巨大木质水车在小区花园里转，很有些北欧风情。亲戚们不住惊叹。引他们进了楼，进了他复式建筑的大房子里。等他把所有的灯光都点亮，简直就像大幕"唰——"的一下拉开、好戏开场似的，亲戚们的眼睛都被晃得够呛，立在舞台当央，惊叹得站不能站坐不能坐的。巨大宽敞的客厅，铁艺雕花繁缛的楼梯，欧式的壁炉，流行的室内观赏花木，多宝格上琳琅满目的工艺品……一切都符合当今的白领时尚，基本上都是妻子梅梅的品位。亲戚们一次又一次地夸赞。女宾们在三嫂带领下，蜂拥着开始楼上楼下乱窜，挨个屋子打开来查看。二舅和林耀宗两个男人的表现稍显矜持，没有像娘儿那样大呼小叫少见多怪。二舅说，"哟嗬，这家伙，房子够大的。得不少钱吧？"泽原说，"还行。"三嫂她们在卧室里见到了他们夫妻的放大结婚照片，还在屋子里楼梯拐弯处等各个显眼地方看到梅梅各种不同姿势的影楼艺术照，不住啧啧称叹："行啊，泽原！你媳妇真年轻！真漂亮啊！"

泽原被夸得心里美滋滋。直到这会儿，他才完全明晰，其实，自己之所以答应他们前来，就是想听到他们对他买了大房子、对他娶上了小媳妇、对他过上中产阶级生活的艳羡和夸赞。他想在他们面前体现出优越感。其实，从一开始，他之所以答应母亲招待他们，潜意识里，也还是想在这些外省乡下弱势群体面前显现优越感。这是他不愿想也不敢承认的一面，到这会儿他才敢把自己的内心真实自我揭示出来。到了这个岁数，他已经很少能有机会在什么人面前体会优越感了，尤其在同学、在同龄人、在北京遍地是官、遍地有钱人面前，毫无优越感可言。只有在老家人眼里，他才是那个北大高才生、国家机关部委官员，是那个居京、有车、有房、有过不幸婚史、显年轻、有一孩出国、二婚娶上小媳妇的成功人士。只有在老家人眼里，他才是林耀宗的学习楷模，林小燕的人生榜样。而在北京人眼中，他的经历，简直太一般，傻帽似的，嘛也不是，仅只是普通的一名小公务员。

不管怎么说，被人夸赞着，心里还是很受用。泽原陪众人下楼到饭店里吃过饭，又乘兴驾车领路给送回城里，直到夜半更深才折返回家。路上，他跟他们商量好，说明天是星期一，他必须上班，没法领他们出游。二舅说，"行，那什么，没事，俺们自己会走。前门那疙有旅游车。俺们去一日游，想上长城。"泽原就嘱咐他们加点小心，又特地叮嘱林耀宗，照顾好大家，不要走散。同时跟他们说好晚上下班去接他们一块吃饭。二舅说他们自己可以吃，泽原说不行，无论如何也得等他一块去吃。

星期一在班上忙乎了一天，等到了晚上，泽原下班后到小旅馆看他们。问玩得怎么样，三嫂叽叽喳喳地说，"俺们被骗了，坐了黑车，净拉着购物,说好去八达岭和十三陵,八达岭根本没上去,领俺们去的居庸关。十三陵就看了一个陵就回来了。俺们都合计着要集体投诉呢。"

泽原以前也在报上看到过北京一日游黑车害人,没想到现在也还是那样,情况没有什么好转。心里略微有点歉疚,早知这样,是不是该给他们借辆面包车一块领着去呢?随后又放下这个念头,只是说,"投诉就算了,没出问题,平安回来就好。"说完拿给他们车票。是明天晚上的卧铺票,费了不少力气,一下子搞到六张。旅游旺季,票非常不好搞。他们来时,只买了两张卧铺,说是轮流睡的。

二舅还提出要给票钱,泽原坚决不要,说外甥连尽这一点孝心的机会您都不给吗?又说,明天正好你们白天可以逛街,到王府井西单买买东西。晚上逛累了到火车上睡觉,一觉醒来正好到家。三媳妇又出主意说想去石景山游乐园。小燕说也想去环球嘉年华,报上说那里不错。泽原劝他们还是别去,第一那都是人工乐园,没什么意思,到处都有。再则,交通不好,怕晚上赶不回来,还是在城里玩踏实。

交代好这些,晚饭还是领他们去了团结湖店吃烤鸭,算是又了断一件心事。

泽原打理好一切,吃过饭,送走他们,回到家里,已经近11点了。洗漱过后,刚刚躺下,三媳妇就来电话,说,"泽原,那什么,俺们明天一早就要走了。"

"什么?"泽原一听,惊得马上从床上坐起来。

三媳妇说:"俺们看火车站有直达俺那旮的大客,一白天就到,俺爹就想着快点回去。就把票卖了,买了大客票。"

没容泽原说话,这时二舅就把电话抢过去接着说:"那什么,泽原啊,俺们已经打搅你不少日子,该看的也都看了,俺们核计就别再多待一天，给你添麻烦……"

泽原心里这个叫苦，心说，还不麻烦？安排好的事情总是胡乱变更，那才叫麻烦呢！他强忍着，没说出什么埋怨的话，只是苦笑着对二舅说："要坐一整天车啊，而且到了终点以后还要倒长途，您和我舅妈的身体能行吗？"

"行行。咋不行呢。"

"票已经退了吗？"

"是……是……没有退，俺们在那旮一站，就有人上来买，俺们就手就卖出去了。"

就是说，已经没有选择了。泽原又问：

"明天几点发车？"

"早上7点半。"

泽原说，"这样吧，明天一早我去送你们。"

二舅说，"你别折腾，别来了。那什么，孩子们张罗着明儿要起早，到广场看升旗。从那里看完升旗，俺们简单吃点饭，就坐车走了。这火车站附近的道，俺们都知道。"

泽原不愿意在电话里争执下去，就说："这么着吧，明天，您让三嫂早点把手机开着，到时我跟她联系。"

放下电话，泽原脑袋瓜子里又一紧。脑浆子里都嗡嗡的。郁闷。原有的那一点困意都让他们这一伙人变来变去给折腾没了。梅梅在一旁不满地发牢骚说："看看看看，你们家，都是些什么人！为了省点钱，住那么破的旅馆，那是人住的吗？我都忍着一直没说。给他们买好了车票，又不用他们掏钱，还是给卖了！多不容易掏弄来啊！就为省那六七百块钱啊！行，这下他们赚了，出门旅游，没花钱，还挣钱……"

"你闭嘴行不行？那么俗气呢！"

泽原终于不耐烦,自尊心受损,狠狠地斥责她两句。他也知道自己没理,但也不愿意受这夹板气。接待这一家人,他已经克制忍耐到最大限度了,可那伙人却总是自以为是,自作主张,农村人的老猪腰子,梆硬,自己想什么就做什么,丝毫不替别人考虑。这跟梅梅的以自我为中心又有什么区别?都是一群社会化程度不够高的人。算了,早走就早走吧,否则,心里总有个事悬着。

这一宿,睡不踏实。对好了闹钟,心里一紧张,就愈发睡不好,一直在床上辗转到半夜两点多,仍旧没有倦意。梅梅被他翻滚折腾得心烦,不满地嘟囔。泽原索性爬起来,进了书房。查了查报纸上预告的明天升旗时间,早上5点11分。难道太阳升起得如此之早吗?他想起自己有二十来年没看过升旗了。只是刚来北京后不久,在大学读书时去过,跟几个同学,一大清早从北大骑自行车去的。只此一次。那种仪式,每个人一生中只要经历一次,就会终生难忘。

凌晨4点钟,泽原穿好衣服出了家门。他小心翼翼从车库里滑出车子,溜到小区门口,然后一轰油门,快速换挡朝天安门的方向急驶而去。这是早晨4点零8分的北京,整座城市还在沉睡之中。平日熟悉的宽阔平展的大道,此时不见了车,也不见了人,四处阒寂无声。晨光微曦之中,那些街道,房屋,立交桥,显得轮廓分明,道路两旁的绿树,枝叶纷披,纹丝不动,犹如一幅幅美丽的静物。换了一个时间,北京竟如此妖娆而不同!他感到诧异和陌生。

车轮飞转,景物在他的视野里一格一格地清晰。5点钟时,他把车停到单位院子里,然后坐公交车去广场。离升旗时间还差三分钟的时候,泽原他赶到了广场,来到了旗杆下。这里已经聚集了成百上千位等待看升国旗的人。泽原四下打望,想在驻足仰望的人群里找到二舅他们一家。但是不好找。所有的人,他们在这时的打扮穿戴似乎都一样，所有的人，这时都是一样庄重的神情。聚集了几千人的广场，此时鸦雀无声，人们都屏气凝神，等待着那一神圣时刻。泽原也停住，仰起头，等待着。5点11分，那个时刻到来了。一轮红日喷薄，登时霞光万丈，普照大地。庄严的义勇军进行曲之中，冉冉升起了一面鲜艳的五星红旗。广场上所有的大人们虔诚地瞩目，孩子们则共同举起右手，行少先队队礼。

"红日初开，其道大光；河出伏流，一泻汪洋；潜龙腾渊，鳞爪飞扬；乳虎啸谷，百兽震惶；鹰隼试翼，风尘吸张。"

那是梁启超的少年中国，是上个世纪初仁人志士们令人心潮澎湃、血脉偾张的伟大想象。泽原心中蓦地涌出这些灿烂的句子。这些烂熟于他心中的华章，到了两千零四年的广场上，又从他的心中喷薄而出，具化成了眼前真实的场景。

他用眼睛的余光找见了他们，二舅一家人，肃穆而立，仰望飘扬的红旗，仰望火红的太阳。他也看见了少年林耀宗，就站在他的身旁，正抬头，久久久久地，仰望，一双大眼睛里几乎泪水盈眶。

泽原从他的眼里，从他们的目光里，好像重新望见了北京。那个他心中的北京，为多少外省有志青年所景仰；那个他熟悉的北京，广场上升起的太阳每一天都是新的。

早安，北京！

他在心里轻轻呼唤一声，像是要把自己给唤醒。

2004年8月22日于北京以北

通天河

1

通天河是我们这座城市一条莫须有的河。也是这个小区命名的来源。

我们这个位于京城以西的社区，号称全世界第一大居民小区，名字就叫做通天园。为什么这么叫呢？说是它依通天河而建，从这里就可以直接通天。"通天"是个什么意思？全凭世人意会和想象。对于京城百姓来讲，"天"肯定不是上帝的天庭，也不是阎王爷的西天。巍巍皇城八百年帝都，"通天"必定是通往天子，通往朝廷，通往翰林，通往贵胄，通往殿前御史、顶戴花翎南书房行走，通往洋务买办、金山银山荣华富贵祖坟冒青烟。

若干年前，开发商最初开发这个楼盘的时候，并未打算叫通天园，而是随时尚风潮，备了一个洋气熏熏的名字，叫"巴黎塞纳风岸"。楼盘尚未动工，在一次结交京华名流的璀璨晚宴上，外省来的开发商酒至半酣，志得意满，快意微醺之下，免不了要将功绩炫耀，尽数自己打造楼盘的辉煌。其中一项,就提到将要动工的占地面积最大的"巴黎塞纳风岸"。开发商还特意把这个洋名重复N多遍,以震惊嘉宾,并假意向座中一位鹤发童颜国学大师讨教。开发商本意,无非是想讨个口彩,也借机在名流圈子中做做地产广告。

照常理,这种浮泛应酬场合,一般人,多半也就说些奉承话支应过去算了。有道是吃了人家的嘴软嘛!而大师却不一样。大师毕竟是大师,又是搞国学的,自然要有品位有风骨,不能够轻易随波逐流。但见这百岁老人国学大师美髯拂胸,仙风道貌,骨骼清奇,他平生最擅长题字、做序、占卜、堪舆。见有人求教,大师也不谦让,遂两眼一闭,手捻长髯,端庄道:

我不做大师已有许多年。你这命名,庸滥至极,令人不吐不快!恢恢乎天地宇宙,惶惶京师,国家重地,吾国吾民,都应充分弘扬国学,以传播传统文化为要!好端端楼堂馆所,总是起一些什么塞纳河、泰晤士、罗马、曼哈顿、牛碧阿(NBA)那些洋名干什么!还嫌八国联军抢圆明园兽首抢得不够吗?!

几句话,不留情面,说得开发商赧颜。

国学大师睁开眼,环顾四周,见座下名士都投来惊惶叹服之目光,遂长叹一声,道:唉!皇天后土,实所共鉴!有渝此盟,神明殛之。出来混,早晚都要还的。我看这盲目崇洋之风还是要改一改。京城里有些楼盘叫"王府"叫"望京"叫"真龙观"叫"皇恩寺"的,我看就很好!你的这尊,莫不如就叫它"通天园"罢!

开发商一听,晕!真雷人啊!心说这叫哪门子大师?还"通天"呢,干脆"入地"得了!以为这是挖蝙蝠洞、掏蝎里虎子窝啊?贷款好几个亿,打造京城最好最大楼盘,为子孙后代建业,为京城百姓造福,怎好跟俺开这种低端玩笑?"通天"一名简单幼稚,又土又俗,连黄口小儿也能脱口叫得出,还有劳你这百岁人瑞作祟?我看真是老糊涂了!

不悦归不悦,碍着一干官家名流在场,开发商也不敢造次,忙低眉顺眼,谦恭道:在下才疏学浅,不懂得什么叫国学,也不知这"通天"二字有何高义?有望大师指教。

国学长老从他这口气里听出鄙夷和颠顸,遂又手捻须髯,注释道:

唉!一干世人,只知盲目立庙崇神,却不知要编故事、索渊源,还以为围一道墙就成庙、插一根棍儿就是佛,那岂不跟立个棒槌差不多?如何能说服信众?我这"通天"之名,并非胡乱起意,而是用典。语出《西游记》第九十九回,《九九数完魔刬尽,三三行满道归根》,说那唐僧师徒四人西天取经回来,最后一站,正是经由通天河泅渡,才到达我东土大唐彼岸!没有通天河滔滔河水洗浴,他们怎能蜕掉旧皮囊,披上新袈衣,怎能立地成佛修成正果?他们又怎能到达朝廷长安,沐浴浩荡皇恩,大雁塔修经茸卷,设坛布道高扬佛教,成就一代高僧大德伟业?!听说你这楼盘周边有一条壕沟,盘桓数百里曲折蜿蜒,我料它应是那古代"通天河"从车迟国会元县境内千百年流转,一路浩荡奔涌,直通燕山山脉,经由运河连接永定河、温榆河、潮白河,再经清河、沙河、筒子河,到达北海、后海、中南海。如果从通天园底下挖个地道直线钻过去,它的出口处,一定就是故宫紫禁城金銮殿。

经大师这么一番贯口诠释,开发商登时两眼放光,心中的崇拜如滔滔江水奔流不息!啧啧!大师就是大师啊!"通天"二字,意境全出!大师何等气魄和襟怀!上知天文地理下知历史掌故,用典从来不查书,口吐莲花,张口就来。方此时,开发商才明白所谓"皓首穷经"、"至老不倦"之含义。

开发商于是起身,"咕咚咚"茅台倒进自己杯子里满满一大杯,近身到大师跟前,鞠躬俯首,致谢道:感谢大师教诲!大师言出如山,一言九鼎!在下佩服!我先干为敬!

说罢,"咕—嘟",一仰脖,半斤茅台灌进嗓子眼儿。

呜呼!天地之所同鉴,日月之所共察!大师授业开悟日,楼盘始得通天名。

嗣后,小区楼盘的巨额销售广告上,就打了这么一条偈子:

　　通天河畔觉正义
　　花果山中试禅心
　　百家讲坛儒道释
　　孔子老子庄孙子

正文曰:

　　通天河畔,京伦美苑。北依燕山,南接金水,十五分钟抵达天安门广场。大尺度开放空间,双首层,下沉式花园广场,南北通透,豁达视野,心境归真。

随后又将这条广告以每条0.6元钱低成本短信价格向手机用户群发群送。几番狂轰滥炸,人民群众果然矜持不住,纷纷涌来这个楼盘打探。一瞧,哇!多么好的地段,多么快捷的交通,多么美丽的造型,多么富有魅力招人喜欢!那还等什么呀?

于是一万两万、十万二十万居民就下定金,办按揭,付全款。楼盘从一期盖到二期三期,销售业绩节节攀升,并继续打造第四五六期,要从郊外六环五环一直盖到城里四环三环二环，跟故宫景山中轴线拉成一条直线。

2

通天园果真能通天吗？

所谓"通天"，不是名词，不是动词，完全是形容词虚饰，缥缈旷远，虚实相映，大音希声，大象无形，不落俗套，不分左右，举重若轻，四两拨千斤。它彰显大盘利好，体现终极关怀，展示国学美好生机。这个名字，喜兴，吉利，绝无任何强迫上当或做虚假广告嫌疑。

人民需要利好。灵魂需要终极。百姓需要房子。人民果真就拎着一兜子一兜子钱，办理着一拨又一拨的银行贷款按揭，哗啦哗啦地涌来。合同签好，钥匙拿到，装修完毕，入住停当，这"天"就算是"通"上。至于通完的具体效果如何，通完了来没来电，没人去深究，没人去细打探。毕竟，人们也知道，"通天"是个遥远漫长、考验心智、劳其筋骨的过程，就跟天之降大任于斯人时的情形一般，要慢慢来，慢慢熬，并不是立竿见影，而是要以观后效。

但是，也有个别性急者常要破坏规则，不按规矩出牌。个别性急者往往毫无顾忌，不讲长远关怀，急于现利返还。性急者如京城坐地户老宋，人称外号宋斯基的，在计算投入产出比、争取利润最大化过程中，常要持虚守静，按兵不动。待他发威，使出一指禅功，那便是冷不防天昏地暗，漫山遍野到处都是鲜血梅花小图形。宋斯基亲自来通天园实地考察一番后，见这早先城乡结合部的大垃圾场，竟然打起

"通天"之牌，心里不禁暗自冷笑。

你道怎的？原来这宋斯基是本城动迁户，随二环城里住的当地老街坊们一起，被政府安置到这个城郊结合部的偏远之地来。说起来，这园子里的开发商不简单，除了打造高档商住房外，还承接了政府动迁安置项目，在楼盘里打造一部分经济适用房。够有本事的！其意境，俨然已经实指"通天"。关公菩萨弥勒佛，手眼通天之谓也！像开发商这种能替政府分忧、为百姓造福的非公有制企业负责人，难道不应该除了在土地出让、贷款和税收方面给予优惠外，还发展吸收其为民主党派或人民团体工商联的负责人吗？

当然！

再说人这老宋，也非等闲之辈，北京大爷，祖上也是在旗的，生就一副地道老北京模样。什么模样？碱大，面黄，水土闹的；小眼，窄额，肿眼泡，属于基因馈赠。老宋牙口好，说话利落，北京儿化卷舌音一嘟噜一串的，几句冷幽默，就能损死个人，一句反讽，就能把外地人噎得干瞪眼儿撂倒几个跟头，两句问候，京腔京调也能把外地人感动得热泪盈眶直叹北京古韵古风。老宋冷若冰霜古道热肠四季分明，一看那气质，就有个北方民间首领相。的确，宋斯基原来也是见过大世面的，早年在国营大厂子里给一把手开车，最高时官任小车队队长。后来厂子黄了，又出来到社会上开出租车。再后来因为染上一身糖尿病高血压职业病，才暂时洗手不干，回家养生活命。北京的出租车司机是全世界最厉害的司机，地球上的事情他全知道，地球以外的事情他也会知道四分之三。如果一个人连北京的出租车司机都干过，那他还有什么是干不了的呢？群众口碑好，政策基础牢，是北京出租车司机斯基们的群体显要特征。

某日，春暖花开的一个周末，动迁户宋斯基随老街坊们一起，乘坐二环街道办事处的免费看房班车，千里迢迢，从城市中心区来城郊结合部这个通天园未来搬迁地点看房。一路上，车里的人们都是喜忧参半，议论声不绝。要住大房子啦，高兴！早就盼着这一天。可是对于即将要离开的北京城中心地带，老住户们感情深厚，心里热乎乎，舍不得搬出来。尽管小，尽管破，旧四合院平房狭窄拥挤，可那也叫皇城根底下，离天子最近，也是住了好几代人了，人不亲水还亲呢！这一路上，车一打出了三环，看到的道路两旁就全是荒凉。到处是碎砖烂瓦、破铜烂铁，到处是已拆迁、待拆迁的破旧房屋。路也没个路样，暴土扬尘的，几条车道上沥青还没铺完呢，断断续续冒出臭油漆味。这哪里是北京啊？完全是农村乡镇，而且还是那种六七十年代的破落乡镇。

　　乡亲们的心呐！一个劲儿地往下沉。走了一个多小时，好不容易进了通天园小区里面。进去，先路过门面上一排排高档商住房区。嚯！敢情！是够阔绰的！可不是嘛！一排排，一幢幢楼房，大尺度开放空间，双首层，下沉式花园广场……直看得人心痒痒！他们的眼睛全亮起来。路上那沉下去的一颗颗心，稍微又往上提上来点。

　　不过，这一部分豪华区域里头，没有他们的份。他们的平民经适房，往里走，后头，跟商住房区隔一条马路，正在起层呢！乡亲们的心，只好又适度往下沉，归回常位。只见眼前钢筋脚手架、水泥袋子搅拌机之中，一群正平地拔起的灰体建筑，每栋二十几层高。数一数，一共有九排。外面也看不出什么来，反正是横平竖直，一个个四四方方火柴盒模样。宋斯基们就带着兴奋渴望焦急的心情下车，低头迈步，钻进去观瞧。

　　为什么说要钻进去呢？因为他们来看房签约的这第一拨经济适用房，还都是期房，没建好呢。钢筋水泥预制板支起的框框，围成一个个裸露的黑洞。宋斯基一行人小心翼翼从洞口钻入，躲过支楞八叉的钢筋铁条，踩着凌空的水泥陡梯，钻进对他们开放展示的一、二、三层户型里（高层危险，不让上去）。放眼一望，只见四下青灰色的水泥墙壁，一堵连着一堵，坑坑包包麻麻约约的墙，把整体空间分隔成一个个单独居室。都是正房，南北通透，采光好，开间大，建筑面积都在100平米以上，有三室一厅的，有三室两厅的，外加厨房和两个厕所。够大！相对于他们居住过的狭小杂乱的平房来说，这么大的空间，可足够用的了！

要说呢，这是首批经济适用房的试点时期，政府和商家都没有经验，都想着把事情往好了做，又没有前例可循，不小心就把面积盖大了，都在100平米以上。往后，几年之后，等试点结束、经验成熟，经适房政策大面积推广时，政府方面就进行了限制，要求只能造六七十平米的中小户型，超过百多平米的户型再也没有。

宋斯基他们做梦也没想到会住进这么大的方框里边，而且没想到这是沾了经验政策不成熟的光。他们还假装带搭不理地东看西看，再伸长脖子从楼洞阳台的位置探出头去向远处一遥望，嘿！响晴白日的天儿，越过一片片庄稼地大空敞，能看见远处的山峦依稀起伏，山体蜿蜒的轮廓一直延展到天边。微风吹拂，送来春天草木复苏的清香。这地界！这宽敞！还等什么？搬！

……且慢！见着眼前这大户型支架，宋斯基虽然高兴，心里边悄悄哆嗦，但是，表面上，他憋着，没吭声，一点高兴的意思也没表现出来。而是，转脸，找茬，开始找缺陷，把眼睛专往那楼盘的缺点上盯。要知道，眼下，这个节骨眼上，楼盘任何微小瑕疵，都可以成为他们跟拆迁部门讨价还价、获取高额补偿款的有利条件。

你这广告说明书上写，"衔远山，含近水，距离天安门十五分钟路程到",都在哪儿?我今儿这打城里过来,连路远带堵车,可整整走了一个多小时!

宋斯基手执广告,一脸义愤,质问陪同前来的拆迁办主任和售楼科科长。

拆迁办主任将这个问题让给售楼科科长回答。售楼科科长是位三十来岁女士,一脸职业性横纹微笑,对于类似问题早有准备,慢悠悠说:是啊!远山就是西山,您探出头去就能看得到;近水就是通天河,就环绕在楼盘旁边;至于说到距离天安门十五分钟路程嘛,我们是按北京二环路上车辆最高限速每小时 80 公里来计算的,通天园到天安门的直线距离是 20 公里,20 等于 80 的 1/4,一小时的 1/4 那不就是一刻钟嘛?

宋斯基说:什么?!你这十五分钟是这么算出来的!好嘛!有你们这么算的吗?你这是说钻地洞啊还是说坐潜水艇啊?这不纯粹是忽悠人么!再有,你说的山,这看是看见了。有道是,望山跑死马,这里离山远了去了!凭什么说挨着山?

拆迁办主任打马虎眼:我说,行了,老宋,能看见山就算不错了。人这又没说正好在山根底下。

宋斯基急了,小豆鼠眼瞪得圆圆的,把钢牙一咬:不行!它这样说,就有虚假广告嫌疑!不能随便搬迁。有山,是挨着山的地段价格;没有,那就得另算。就你这地界儿?早几年,这里可都是大野地,出了城八区,这块位置就是城郊一个大垃圾站,这附近也就只有一家国营汽车大修场还算正经地方。你说,坶们凭什么从二环黄金地段挪你这荒郊野外来?

周围拆迁群众都应声说:是啊是啊!老宋说得对!一分钱一分货,一个地段一个价格。甭想哄骗谁!谁也甭想强制坶们搬迁!

售楼处主任不搭话,这事跟她关系不大。而拆迁办主任却是听得心里急,这是他负责管理的区片,到期完不成任务,他的职位可有点悬。拆迁办主任有心要收拾老宋,但也不敢轻易下手,知道这老宋的话有煽动性,在众人堆里起作用,搞不好惹起众怒。他只好一路解释,赔着笑脸,说些小话。

这一行看房人嘀嘀咕咕,嘀嘀咕咕,从钢筋水泥框架里钻出来,继续视察小区的周边环境。老宋让售楼科科长领着去看那条通天河。一伙人绕过四处尘土的建筑工地,东拐西拐,绕梁跨院,越过围墙,来到小区外围。一看,一条褥子面宽的壕沟,顺墙蜿蜒而去,沟里黄不啦叽,垃圾堆了半沟,偶尔淌出一汪浑水,那也是附近下水道里排出的废水。几个民工模样的人在河堤翻腾,一锹锹挖着什么,也许是扩坝,也许是清淤。一丝丝下水道的臭气飘扬起来,很不是个味儿。众人都皱眉头。老宋一看,道:这就是你们所说的通天河?这不就是早先崇文区金鱼池龙须沟吗?打解放那会儿就给改造了!你这都什么年代了?都快二十一世纪,还拿一条小臭河叉子蒙人?

售楼女科长仍轻声细语,横纹微笑,说:哟!可不能那么说!这条河是从《西游记》里流过来的,一般人不知道。咱小区就是因为通天河而起的名,国学大师给起的,多少业主都奔着这个来的呢!通天河水正在治理,河面拓宽,还会开通渡轮,搞豪华画舫游船环城游,打造文化旅游休闲胜地。将来跨河还要加盖一座斜拉式钢梁大桥,桥上建铁轨快车道,火车汽车开起来,畅通无阻车行天下……

宋斯基说:得了,甭跟我这儿扯谎。原来你这通天就是这么个通法?还打《西游记》里来的呢,别蒙人了!《西游记》电视剧我看过,六小龄童演那个孙悟空,两眼那叫一个亮,嘿!滋滋滋能冒火,就跟吃了十八根人参似的。《西游记》小人书打小我也看过,来回翻看十八遍了，也没听说有你这个通天河。

售楼女科长嘴一撇说：那您就回家再看看。人国学大师是有学问的人，是不会诳人的。我们楼盘都售完二期了，还没有人说这不是通天河。

宋斯基有点不乐意：你这么说，是讽刺我没文化、少见多怪？那我还就真不信邪，还非得较较真儿不可！一旦让我查出你们的短儿来，得！可别怪我不客气！

售楼女科长拉长声说：哟！那您就去好好查查呗，我们悉听尊便！

宋斯基从这一声拉长声的"呗——"里边，听出了对自己的蔑视，同时也听出了她的外地口音，大概是广西那边的。他心说：嘿！好嘛！哪来的外地佬还敢瞧不起姆们？敢跟北京大爷起腻？姥姥！我这回还真要悉听尊你个便！于是宋斯基脖子一梗说：废话少叙。咱们走着瞧！

说着话，回转家中。次日，宋斯基急急去了王府井新华书店，买了一百回版本的《西游记》家来查看。利益关己，不由人不较真儿。宋斯基那刻苦求实之精神，被大大激发，免不了头悬梁，锥刺骨，认真研读。

夙夜无寐。宋斯基大拇指沾唾沫，猛翻书页。他这一辈子，除了中学课本以外，从来就没看过超过50页以上的厚书。费劲巴力地查，半文半白地找。功夫不负有心人。他这一查不要紧，却一下让他查出"通天河"作伪的证据！

3

你道怎的？

原来，这通天河，是《西游记》唐僧四人出国取经团归来时走的最后一站没错，但是也是他们被人下家伙下得最狠的一个地界！

他们被通天河的守官、一个大白赖头鼋给甩到了河里。离修成正果只差一步之遥就出了娄子。

这是为什么呢？就因为唐僧他们缺乏诚信，一群机会主义分子，用人朝前，不用人朝后。说白了就是得罪人了。

这通天河原本是一条急流汹涌的河，早在西游记时代，它正位于车迟国会元县境内，归一只大白赖头鼋管辖。鼋者，大鳖也。唐僧他们取经团一行刚出国那会儿、从繁华的东土大唐去西天印度不发达地区，走到第四十七回，《圣僧夜阻通天水，金木垂慈救小童》时就从这个通天河路过。当时就是河里的一把手老鼋给热心驮过河去的。到了对岸，为表感激，唐僧令徒儿沙僧拿出点盘缠来，送给鼋大师以为谢意。

老鼋一摆手：不差钱。俺只想求你个事儿。师傅到了西天见到佛祖，麻烦替俺问一下寿数年限？如果可能，能不能把俺今生寿命给缩短点？拜托了！

说完老鼋深鞠一躬。

唐僧纳闷，心说只见过求永生的，没见过求早死的。老鼋此番言语，却是何意？

老鼋觉出他的惊诧，遂含泪释告，唐僧才闹清原委。

原来，这个慈眉善目的老鼋，已经活过了一千三百年，真正的大师级人物！比百岁国学大师年龄超过十倍以上。一千三百年来，眼见得周围人类、猫狗、牛羊鸡猪、虾兵蟹将都有个生死时限，大限一到，皆双眼一闭、两腿一蹬，纷纷倒毙，转世投胎去也！任谁都能够灵魂逍遥自在、肉身变化多端，都能换个活法。唯这老鼋，活啊活啊，同辈人、下辈人、子子孙孙、几朝几代都被他活活熬死了，他却还得鼋头鼋脑留存世上，遥遥无期地以一种单一形态活着。

　　鼋大师恐惧。大师不耐烦。生存，只有相对死亡才有终极意义。总也不死，生之意义又当如何？这是一道哲学命题。当哲学难题无情横亘在大师面前时，大师无解。大师可叹。大师可怜。大师可悲。大师的郁闷就像像滔滔河水一样奔流不息。偶尔，当鼋大师也像著名电视节目主持人小那个谁一样抑郁症来临时，往往失眠多梦，时时都有自戕的冲动。但是它却不能自尽。因为按照业界皈依法则，自杀者的灵魂不得投胎转世。

　　鼋大师就伸长脖子哭，呜呜呜——

　　那唐僧心软，眼泪未免也跟着吧嗒吧嗒掉落。这是生灵遇到的新问题。他自己岁数年轻，尚不曾得见。唐僧对鼋大师的处境表示同情。当时觉得这也不是个什么难事，不就是向佛祖问问吗？唐僧就顺口答应了。

　　话说他四人的出国取经团，不辱使命，经过十四年的艰苦跋涉，一路斗美女、杀妖精，打山贼、拯民苦，经过八十难，终于到达西天，取得真经。见到佛祖，唐僧光顾着说自己的事儿，就把老鼋托付的事儿给忘了。

　　十四年后，返回东土大唐的路上，行至书中第九十九回，马上就要到一百回结束的时候，又要经过通天河。只见那老鼋欢快地前来迎候。求人办事，一己谦卑。鼋大师盼望圣僧一伙儿回返，已经等了足足有十四年了！老鼋二话不说，低眉顺眼，献出千年脊背，载上他们师徒四个，外加白龙马儿，还有那死沉死沉的几大箱经卷，轻快浮游过河。行至途中，当老鼋问起自己求办的事儿时，唐僧一下就蒙了，这才想起，自己给忘了问。

　　你就说，人这老鼋，该失望失落绝望到何种程度？这么鼋命关天的大事他们都给忘记了，能不生气吗？走到河心，老鼋一怒之下，把他们四人连同白龙马全给颠到河里！真经也随之散落河中。

说时迟那时快，只见那通天河浮浪滔滔，处处急流漩涡。几个取经人屁滚尿流在水中挣扎，之后借助佛力暗中相助，才连滚带爬游上岸去。一行人惊魂未定，慌不迭地喘气，往外吐酸水，脱下浸湿的衣裳搭在岸边晾晒。那悟空又潜入河底，把游散的经书也一卷卷捞将上来。几个人手忙脚乱将经卷摊开，一并放在岸边石头上晾晒。悟空潜水的速度不如水流的速度快，许多经卷根本来不及打捞，就随滚滚河水逝去。还有厚重些的索性就沉入泥沙，掩埋化为齑粉去了。那些打捞上来的经卷，经过河岸石头上的风吹日晒之后，也有许多变得字迹模糊、残破不全。

从此，历史和真经，就永远是字迹模糊、语焉不详的。

通天河，最后一道河！难以泅渡，不让人保持囫囵个儿；通天河，最后一道坎儿！凡大师，必定命途多舛，求死难得。

4

考据出了"通天河"是"最后一道坎"的含义后，宋斯基不禁如获至宝，心花怒放！

安得倚天抽宝剑，把汝裁为三截？宋斯基手执西游宝书，热泪盈眶，浑身充满战斗力量。他的眼前似乎已经出现了被砍为三段的拆迁办、售楼处和开发商，看到了被他剁出的一个亮堂堂宽绰绰太平世界新模样！

通天河，你不见棺材不掉泪；通天河，不见真佛难求经。

怀揣宝贵证据，宋斯基采取逐级申告策略，先是兴致勃勃去找拆迁办主任老王。见了老王面，他手托《西游记》，义正词严对拆迁办头儿指出：这通天河绝非祥瑞之地，唐僧他们一伙人马上就取经成功，最后却打这儿掉河里了，差一点没呜呼哀哉嗝屁朝凉。您说，这么一块倒霉催地界，住进去有姆们什么好？不搬！姆们坚决不搬！

拆迁办那个秃了顶的老王，已经有点不耐烦了：行了我说老宋！不禁不离的就行了！动员搬迁的工作做了小一年，就剩我们这条街面拆迁不完，拖整个城市规划后腿。你提的条件够多了，不是都逐条给你解决了吗？又在这里扯什么淡？什么唐僧掉河里了？什么倒霉催地界？别说通天河啊，就连北京那什么公主坟、奶子房、骚子营什么的，人不也住得好好的嘛？甭再跟我这儿算计。没戏！我告诉你说啊，眼看要到了最后期限，你赶紧拾掇拾掇，准备搬。一旦最后关头强制搬迁，到时候，可别怪我们谁也帮不了你。

宋斯基见他不吃这一套，遂将那剑往剑囊中一插，宝书揣进怀里，说：好！得了您呐！您还真就别拿豆包不当干粮。您不管，我找管的去！瞧好吧您呐！

说着话，宋斯基兴冲冲，挥剑砍第二截。他径直一个人前来售楼处。偏巧，接待他的又是前一次招待他们的横纹笑脸女科长。待他把唐僧掉河里的故事这么一说，女科长的嘴角撇了撇：这都是什么乱七八糟的！唐僧猪八戒掉河里落水里，都跟您没有多大关系吧？您这经适房客户，是政府给安置来的，我们楼盘没多少赚头。如果您不想来，可以不来。有意见，跟你们当地拆迁办提去。

宋斯基说：怎么没关系啊？楼盘名字不好，姆们住进来心里不踏实、不吉利、不吉祥你们知道不？臭垃圾堆，没事儿还整出个"通天河"来，什么通天河？霉运横生，不祥兆头……

女科长打断说：对不起，我这里正忙，还要接待那些前来买商住房的客户。你要没别的事情，我看今天就先谈到这儿吧。

说着，傲慢起身，欲开门出去。宋斯基在她身后大声嚷：好啊你们！甭来这欺贫爱富的这一套！甭管什么客户，你们都要实事求是，平等对待，跟谁也不能打广告骗人。不信，我现在就上你们销售前台，大声宣传，把这事儿当场公布出去！

他这儿正嚷着，正巧楼盘老板开发商今儿过来办事，打从门口经过。听见里边嚷，问：怎么回事？售楼主任说：老板，有个人在这儿穷捣乱，说我们楼盘的名字有问题。开发商说：哦？这事新鲜呀！让我看看。

开发商进门一看，见是一个小眼、肿眼泡男人怒气冲冲当堂而立。于是招呼道：这位大哥，请坐。有话好讲。

宋斯基看了看面前衣冠楚楚这位，模样很忠厚，整个就是个穿了名牌西服的范伟，看着顺眼亲切，是个讲道理人的样子。于是问：你是这里老板？开发商说，我是。宋斯基说：楼盘是你开发的、名字也是你起的？开发商说是，反问道：这位大哥是……？宋斯基说：我是谁并不重要，关键是你是谁，你们楼盘是谁？开发商说：什么意思？宋斯基说：你们楼盘名字起反了，你知道不知道？开发商说：反……反了？什么叫反了？宋斯基说：你们原本意思要图吉利，喜庆，住到你这里就让人一步登天，可现在，这通天河却让人落地、让人掉水里，让人吹灯拔蜡撂挑子，这不是反了是什么？开发商说：此话怎讲？宋斯基说：我也不用跟你细讲，你去，好好查查《西游记》，九九八十一难，通天河是唐僧西天取经的最后一难。完全是凶兆，杀气灌顶，危机四伏，不得安生……

开发商说：大，大哥，你还真别唬我。我们这可是请国学大师给取的名。

宋斯基已看出对方脸色的犹疑和难看，他自己仍不动声色，说：国学大师？国学大师就懂国学吗？谁告诉你他起的名字就一定对？不信，自己查查去。哼！实话说吧，没有十分把握我不能来跟你说这个事儿。

说着，又拿眼斜愣开发商一下，问：怎地？有书没有？没书，我这里带着呢，借你。

说完，"啪"地潇洒一拍，《西游记》沉甸甸厚重重正版精装书拍在开发商眼前大班台。

开发商这时"豁——"地从椅子上站将起来，说：那什么，大哥，你到底是干什么的？能否透露一下？为何对鄙楼盘的名字如此之热心？

宋斯基到底是毛嫩，小车队队长的斗争经验不够牢，没能憋住劲，这会子被人一问，忍不住牙缝里吐露一点实情：实话跟你说，我也是即将搬进来的业主……

开发商像明白了什么似的，长长地"哦"了一声，复又把屁股墩进大班椅子里，恢复倨傲神态，说：那什么，大哥，咱有话好商量。你打算买哪块地儿的楼盘？

宋斯基说：你别管我打算买哪块，你这楼盘名起晦气了是真格的。自己看着办吧！得，我还有事，先走了。

开发商急说：别介，大哥你听我说，咱们有话好商量。

宋斯基说：我还有事。拜拜了您呐！说着，一扭头，还真走了。临走前还没忘了把自己花钱买的《西游记》装兜里带走。

开发商明白，遇到真人了，不是个善茬子。他叫来销售部经理，立即去查书，弄清通天河名字的由来。一查，还果然如此。是有这么一说。据作家吴承恩说，《西游记》里的通天河之难，是佛祖有意为之，为了圆佛家"九九八十一难"，故而在此给了西天取经团补上了最后一道劫难。通天河，于是乎就成了不祥的文化象征符号。

开发商听罢心里一惊，脑袋瓜子嗞嗞冒冷汗。都说大师不余欺，今儿个，大师可真真是害惨我也！

他随即找来售楼处女科长打问，查这位客户底细。听女科长说来找茬这位，是即将要搬来住经适房的，开发商的脑袋"嗡——"的一声又大了。这就更不好办啊！俗话说光脚的不怕穿鞋的。看来这封嘴的难度生生要大了许多！

事已至此，不能坐以待毙。通天集团高层立即召开紧急会议，商议对付刁难顾客的封嘴策略。非公有制企业对开会的重视程度远远超过公有制机关，集团董事局会议扩大到副处以上中层领导干部参加，没一个人请假缺席。几十号头头脑脑集中住进五星级宾馆，两天两夜集思广益，寝食难安，共谋楼事。其间共发放文件十四道，全体会议和小组讨论五回，出简报六期，大会发言两次，反复修改决策，将各项条文漏洞咬文嚼字一一梳理，凡是可能遭诘问的路径和指向，一律都给事先考虑到，并做出二十套缜密谨严应对方案，以保证楼盘以及它的名字固若金汤，无懈可击。两天以后，大会胜利闭幕。在闭幕式酒会上，集团领导跟与会者举杯相庆，相互祝贺集团已经成竹在胸，对未来充满信心。众人严阵以待守株待兔，时刻准备迎头痛击任何来犯之敌。

三天过后，果然，宋斯基又胳膊底下夹着他的《西游记》前来造访。这次免去中层领导接待过程，径直由一把手开发商老板接待了他。

开发商老板按照战略部署，首先仍然采取怀柔政策、顺义心肠、昌平理想，对宋斯基进行绥靖安抚，尽可能地息事宁人。老板客客气气叫大哥，说：大哥，上回是我们有所怠慢。我们也知道您即将搬进鄙小区经适房来，欢迎欢迎！请多提宝贵意见。

宋斯基矜持着说：我本不想提什么意见，本来咱们井水不犯河水。可谁让咱有缘，你是老板我是客户呢！我是为住在通天河边上的人们着想。住在这么个不吉利的地方，垃圾场上建楼盘，交通遥远不方便，臭水河沟临闹市，蚊虫孳生寝难安。祸害，妨人呐！谁住这里，都妨得孩子上不了大学、老公媳妇一起下岗、老人们折寿医疗看病没保障……

开发商打断他说：大哥你别说了。你说的这些我们都明白。那你下一步的意思是……

宋斯基说：我建议你们把楼盘名字换一下。

开发商身体微微后倾，陷落在真皮老板椅上，慢条斯理说：大哥你是开玩笑吧？项目名称哪能随便改？那都是经市里批准到建设部备案过的，谁也没有权利改。你说的那个，《西游记》里边的通天河，唐僧是被甩河里不错，可最后他不是过去了吗？不是见到皇帝了吗？不是得道成佛了吗？不是千古一僧、名垂青史了吗？有道是，失败乃成功之母，不经风雨怎能见彩虹？不掉阴沟里怎么能爬上岸？不落进河里怎么能跳龙门？这不就是人生哲理吗？这不就是哲学、这不就是佛学、这不就是国学吗？我们就是要弘扬这种精神，低开高走、先抑后扬、大盘蹿升、一路向上、永远牛气冲天牛气通天！你说这"通天河"有什么不好吗？有什么不妥吗？有什么不对吗？

宋斯基见他这开发商气势汹汹、咄咄逼人，一连串竟用这排比句，知他是做了充分准备的，不禁心里暗笑。他仍然是面不改色心不跳，泰山压顶不弯腰，极度谦和、平静地说：

要不，咱们这么着吧！我也不跟你理论。我儿子在一家门户网站当总监，我就让他在网站上搞个网络投票总调查，题目就叫："通天河"楼盘到底能不能通天？管保不出三日，我就能把你"通天河"给调查成"通地沟"你信不信？

开发商腰杆不由得端直了，说：敢问……贵公子的大名？

宋斯基报出了自家儿子番号及网站大名。

开发商一听，"咕咚"一声，从大班椅上掉下来，一屁股墩在地上，就地一个劲儿抱拳作揖：哎呀！哎呀哎呀！哎呀妈呀！我这可是有眼不识金镶玉！大哥，大哥，误会！完全是误会！您老请坐，请上坐！

说着，连忙爬起来，躬身，到宋斯基身边，又是点头又是作揖：大哥，我信！你说的那些，我全信！咱有话好好说，有话好商量，你可千万别给我互联网匿名投票调查去！

宋斯基这才一屁股坐下，二郎腿一搭，接过开发商递过来的中华烟，就着他手里的打火机点着，又从鼻孔长长喷出一团气，这才冷笑说：哼哼！你也知道网络匿名调查的厉害！

开发商鸡叨米似的点头：知道！知道！那玩意，啥叫匿名调查啊？那简直就是匿名开批斗会、匿名贴大字报！豁家伙！好端端一个人，一件事，让它给你一匿名，一投票，一点击，吧唧！得！黑的就给调查成白的，死的就给调查成活的，那家伙，那才活活地一个叫，芙蓉姐姐炼成丹，小损样如日中天！简直啥事都有可能出啊！

宋斯基仍鼻孔冒烟儿喷出不屑：哼！

开发商说：我说大哥，您老行行好，我这三期楼盘正在热卖当中，已经批地贷款建四五六期了。您给我留条活路，咱有话好说，有话好商量。杀人不过头点地，得饶人处且饶人。

宋斯基的肿眼泡盈出笑意：行！知道就行。算你识相，是个聪明人。

于是他二人坐下来，进一步商讨封口条件细则。开发商一边跟他应承，一边在心里头生气郁闷，心说：哼！北京人，也忒不讲究了！这么快就见底！我花了举集团之力，动用全部成员班底，备下110页的文案，页面上画花，卷宗上封印，就等着和敌人太极推手，你来我往，搭手缠绕，避实就虚，沾粘连随，圆转自如，不顶不丢，还等着跟你玩个过瘾呢！你可倒好，两招过去就亮底牌，也忒他娘的沉不住气、忒不会玩了！你倒是多来几个回合、跟我多砍砍价、多折腾折腾啊！白瞎我这辛辛苦苦准备地这么多招数。都没用上。真丧气！唉，丧气！跟这样人斗，无趣！没意思。真没意思！

  开发商很快答应宋斯基提出的条件。最终结果，开发商将自己预留的机动房，给了宋斯基一套。那是经适房中最好的户型，在最好的楼层，最大的开间，有130多平米，三室两厅两卫。至于面积补差款如何折算，究竟折算没折算，也只有他们两人知道。

  宋斯基带着得胜的喜悦班师回朝，打点行装准备搬迁。他心里得意，心说，这通天河，果真不是一般性的河啊！通天河，这玩意到处流淌的都是国学！经史子集、西游八卦、和尚尼姑、妖精猴子……到了我老宋这里，那就是金的银的、一居两居、一毛两毛，简单明了，直来直去。我不跟你们玩虚的。

5

  人间四月芳菲尽，通天桃花始盛开。长恨春归无觅处，不知转入此中来。

  春回大地，万物更新。从摇号、抽签、分房，到装修、搬家，入住……宋斯基这些动迁户们经过一秋一冬的折腾整合,终于在美丽新家光荣定居。通天生活喜洋洋,人间没有灰太狼。居住在宽敞阔大、足有三米多高的房屋举架下,通天园业主们不禁感叹:这北方人盖房可真是实诚啊!一点也不偷工减料,把房屋举架实打实挑得那么高!敢情!是要就乎着姚明来住的吧?这要是换成南方人干活,也就给你个达标的2米5到头了,节省空间节省原材料了不是嘛!北方人,真是傻实惠傻实惠的。

他们就一边享受着挑高大空间的好处,一边嗤笑着外地北方人的憨傻。业主们守着自家明亮的窗、雪白的墙,墙上挂着影楼补照的婚纱描眉画眼儿嘚瑟像;眼望小区绿树成荫花开遍地,一溜假山、喷泉、瀑布、雕塑、下沉式广场,还有花果山水帘洞模样的儿童乐园,那可真叫一个视野通透,心境归真!眺望西山,渴望亲近。居民们隔三岔五,成群结队,走上个三五站地,到西山八大处半山腰上去取水。那是真正岩石峭壁上涌出的山泉水,清冽,甘甜,喝完以后百无烦忧,什么都不想了。有人一抹搭嘴儿说,嘿,真像孟婆汤,喝完了就不再惦念北京城里什么模样。旁边稍微有点文化的人就打住,说:什么孟婆汤!那可是奈何桥上的忘忧汤!咱这水可大不一样,咱这是开启幸福源泉!好日子才刚刚开始,瞧好吧您呐!

社区美丽如画,人民富足安康。利民工程取得极大成功。通天河畔园区建设得到市里高度关注。舆论及时报道他们的消息,各媒体机构指示专人盯着这个社区,派记者专门负责跑口,经常光顾,采访报道这里的好人好事新气象。比方说:社区里建起商贸大棚,解决待业人口和周围居民菜篮子问题;社区组织成立老年秧歌队合唱队,两年之内将上春晚;小区周边设施配套齐全,又建了幼儿园和小学校;通天河清淤工程顺利,还在修缮,虽然总也修缮不完,但河面已经从原来的褥子面宽,拓展到了现在的被面宽……

广大业主人民群众高兴啊!无论电视台还是报纸记者来采访,只要镜头话筒一对准,一端上,通天河畔的居民就会这样由衷连贯、舌头不打锛儿激情侃侃而谈:坶们从憋屈拥挤的小平房,搬到宽敞明亮的高楼大厦,夏天不用担心屋顶漏雨,冬天不用担心烧蜂窝煤炉子一氧化碳中毒,也不用见天介儿挤到大杂院当中一个水龙头底下洗脸刷牙,不用天天倒马桶、跑小胡同挺老远上公共厕所,街坊邻里也不再为争一点小事打架斗殴,人人讲卫生不再随地吐痰……比起过去的日子,坶们简直就是上了天堂啦!这通天园的日子,可真是通了天!

这话带着袅袅翘翘卷舌儿音,插上天使的翅膀,飞呀飞,一直飞向高空,飞向天堂飞向祖国各地四面八方。热爱北京渴望通天的人都来了,提着一袋子一袋子的钱,办着一拨又一拨贷款按揭。通天园的声誉日隆,商住房的销售业绩又迈上一个新台阶。原来的那些商住房业主,还担心当地搬迁户过来,会降低楼盘声誉和水准,连带着他们的物产贬值。不承想,反倒托了经适房试点工程的福,整体房价水涨船高噌噌噌一个劲儿往上蹿。业主们高兴!各类价钱的业主们和睦相处打成一片,共同建设幸福美丽新家园。

作为业主代表,老宋成为一个定点被采访对象,一有啥需要露脸露面动嘴事,社区街道物业都习惯性地爱去找他。不是因为他脸面好,长得耐看,能代表北京水土碱性大,而是因为他的好口才,随叫随到,把握政策,言出有据,使人放心,能将人们过上新生活的高兴幸福心情表达得不左不右,不偏不倚,中正圆通,能使上上下下都满意。往后,来人采访、搞民意调查基本上就成了他的事。时间一长,跑口的记者跟老宋混熟了,相互有用相互信任,就有点推杯换盏称兄道弟的意思了。记者说这么着吧,宋哥,这边道远,来回不好跑,过来一趟不方便，你就给我当个通讯员，有什么好人好事给我及时报道一下。

宋斯基连忙摆手：不行不行，我哪里会通什么讯？你看我平常拿扫帚水桶在广场水泥地上描水笔大字，那是治肩周炎呢！通讯报道这玩意，我可干不了。记者沉吟一下，说，嗯，要不咱们这么着吧。也不用你具体写稿，也就是动动嘴，报报料，负责提供这个地区的新闻线索。有情况打个电话招呼一下，你口述，需要核实的再去现场核实采访。

老宋说，这个可以干。打个电话什么的没问题！记者又嘱咐说：宋哥啊，这不是一般的活，你肩上的责任可重啊！咱社区人民的幸福生活精神面貌，全靠你这一张嘴了！一登出去，全北京一千好几百万人民立马都能看到。全国也有好几百万人民立马能看到。

宋斯基放下酒杯，当即表态发誓说：大兄弟你放心！我一定对得起你这份信任，一定要通好讯，报好料，把社区幸福生活让全地球人民都知道！

打这以后，宋斯基就成了千里眼、顺风耳，每天再拎着苦瓜汁去街心花园广场上走步锻炼、再用扫帚水笔往水泥广场地面写大字的时候，心境就不那么专一和归真，而是眼睛随时瞪大，耳朵随时支棱，看人家做事，听别人闲谈，从中挖出好人好事新气象。诸如：一受伤鸥枭落户通天园居民窗台，居民送到动物园查明是国家二级保护动物；110警察寻访四小时把老年痴呆症老太送回家中；通天河清淤工程进展顺利，河面已经拓展到双人床宽；通天园五期商品房2小时狂销上亿；保洁员拾金不昧，捡到装有上万元皮包交还失主……等等新闻线索，都是经由宋斯基报料，尔后传达给全市人民的。

为了鼓励他的积极性，记者偶尔会在括弧里署名打上"通讯员宋斯基"字样。这让宋斯基特别受宠若惊！这可是平生头一次他老人家的大名,以"黑小五"方块字形式,在国家正式印刷出版物上出现啊!宋斯基喜形于色,赶紧到报摊上把那一期报纸买下几十份送给左邻右舍。

要说乡亲们呢,原先还对宋斯基颇有成见,就因为他家住上了比别人都好的大户型。都是多年的街坊邻居住着,谁不了解谁啊?凭啥他家能捞到超面积最好的楼层和户型啊?乡亲们都背后嘀咕说,一定是老宋那个能挣钱的网络儿子,叫个什么"欧"的,CEO还是UFO?反正是个O,拿钱给动迁办管事儿的进贡贿赂了!这年头,有钱就是能够使鬼推磨!

他们哪里知道,人宋斯基根本没动一枪一弹,全凭自己智慧和超人胆量、一毛不拔攻城掠寨智取城池。

这种事情讳莫如深。谁一问起来老宋就打哈哈支应过去。如今,见宋斯基同志还能在报上通个讯,报个道,还能替咱社区说好话,乡亲们就认为他也还算凑合吧,不是什么坏人,起码还能为大家做点子好事。他们就把以前的嫉妒羡慕仇恨都忘却,就势表扬他两下子。宋斯基挺当真,就顺竿爬,一边散发报纸,一边谦虚着,冲各位一抱拳说:各位老少爷们,往后看哪里有个好人好事啥的,多给我说道说道,我这往报上一通讯,咱社区受表扬,大家伙儿的脸上都有光,咱这房子也能升值不是嘛!众人都说是啊是啊!可不是这么个理儿嘛!居家过日子,谁不愿意多听两句好听的?!

往后,果然,街坊邻里谁有什么稀奇好事俏皮新事线索,也主动给他提。老宋再经过筛选,报料到记者那里。在众人的参与鼓励下,宋斯基报料的心情和积极性都有了质的飞跃,愈发尽心竭力,履职称职。他自我规定的工作原则是:有了好事要报;没有好事,创造好事也要把它报出来!

259

经过老宋一干人等的共同报料努力，通天园的好人好事几乎每天都见报，还不只是一家报纸，现在各家报纸各个电视频道都来抢线索。通天河边新气象，好人好事一箩筐，不是这个报纸报，就是那个报纸登；不是这个频道报，就是那个频道播；不是出现在百姓生活版，就是出现在大众娱乐栏。通天园小区的知名度更大，声誉更好！它被成功地描述成人间天堂，伊甸园，是世界上最适合人类居住的宜居之地。这里还被评为全市精神文明建设红旗小区。谁一问，通天园的业主都特自豪，脖子一梗，说：家住通天园，天上新乐园！据说，某某电影明星也戴墨镜前来看房，某某画家买了好几套房子在这里囤下准备给儿孙们当遗赠。

通天园达到了它的声名鼎盛期。也就是在这个时候，通天园的房子，卖光了五期六期七期，却仍然供不应求，持币待购的人群仍如潮涌。

通天园，世界上最美丽的园！双人床宽的河水通上了天！

6

却原来姹紫嫣红开遍，似这般都付与京伦美苑。良辰美景奈何天，便赏心乐事谁家院？通天人忒看的这韶光贱！

经过短暂的蜜月亢奋之后，楼盘和它的业主们，很快进入高潮过后的不应期。免不了就腰膝酸软，乏力不举，对新家园的兴奋程度锐减接近于无。

时间是一把利器。它能让人的情绪从高位到低端，从巅峰到散淡，呈波浪形、抛物线状、心电图式样、股票大盘走势图一般排列。可能是螺旋式上升，也可能是倒栽葱下降。一般来说，下降的速度都比上升快。地心引力吸着呢！

　　通天园试点工程结束，取得巨大成功，经验可贵，效益良好。城北城东城南都开始普及这种形式，规划新楼盘。建造经适房的工作重心逐步向其他新区域转移。而在通天园这厢，随着最后一期楼盘的销售告罄，大规模入住的弊端已显露端倪。问题首先从道路交通上暴露出来。没路了。路不够用了。这个号称三十万、四十万、五六七八十万人口的超大社区，还是自古门前一条路，双向六车道的进城道路，刚一修好，就不够用了。道路成了一个大停车场，没有两小时，出不去，进不来。通天园原来叫做"睡园"，说是住在这里的青壮劳力每天早九晚五进城工作，回到这里只不过是睡个觉而已。如今它又有个别名"死园"，死水一潭，死路一条。

　　还有那通天河水挖啊挖啊挖，没等挖出什么模样来，就知道不行了，白挖，下面水流不畅，不能跟京城所有水系贯通，上面建起来的是一座废桥，太窄，容不下几辆车经过，修建的速度没有人口聚居膨胀的速度快，搭起来也只能当成是积木桥、摆设。房屋维修的问题也紧跟着显露。房子质量不错是不错，可是也需要维护保养啊！就像平常体格再好的人，也得允许人有个头疼脑热小病小灾什么的，到时候就得打针吃药躺个一天两天恢复元气。住了三四年的房子，正是显露点小毛病的时候，上下水管道煤气管道、门禁电梯什么的，都需要换件保养、时不时敲敲打打、给拿拿龙。但是物业的服务没有跟上。还有社区安全之类的问题，门卫不负责任，来人随便进，小区乱停车，宠物随地大小便……等等，类似情况出得多了，搞得业主们非常闹心。楼盘建设速度太快，周边服务设施不配套跟不上，周边地区没有个三甲医院、急救中心，派出所和街道办事处都离得太远……弊病一个接着一个，简直罄竹难书，多了去了！业主们一时怨声载道，牢骚满腹。

去找物业理论，物业还跟大家解释，说这些都是发展中国家面临的共同问题，处处都有，有些是全球化现代化进程问题，有些是城市规划问题，有些是区域建设发展不平衡问题，有些是技术层面问题。所以不能把问题全算在物业头上。要慢慢来，慢慢解决。业主们也急了，立刻义愤填膺：不算在你们头上还要算在姆们自己个儿头上？合着这问题都是别人的，你们一推溜干净、自己什么责任都没有了？物业你们是干什么吃的？收着姆们高额的服务费，却不为大家办事。物业失职！驱逐！滚蛋！滚出去！

通天园小区业主委员会正式宣布成立！你不是没人管吗？好！姆们自己管！今儿个姆们要集体站出来给自己个儿维权！

广大业主一致推举有责任心、有正义感、有时间、有精力的宋斯基当主任，代表大家出面迎敌。宋斯基也责无旁贷，不负众望，说理讲理，代表弱势群体业主一方，与物业部门展开旷日持久的维权斗争。几个回合下来，大见成效，宋主任工作效益显著，其中最著名的几件成果有：率领小区人民成功驱逐原来的物业，请来新的有一级资质的物业公司替大家服务。（原来那家物业公司竟然是开发商手下的翻牌公司，那怎么行！监守自盗嘛不是！怪不得牛皮烘烘欺骗了姆们那么久。哼哼！）第二件是打赢一场官司，收回小区底层公共场地所有权，它原来被物业出租为收费停车场；第三件是勒令物业每年必须向业主公布房屋公共维修基金使用情况，财务必须要透明；第四件是组织小区业主联名写信向本区域的人大代表政协委员呼吁，请他们到会上给提案，拓宽通天园前面的道路，要求多开辟几条从郊区进城的路线，同时，地铁 28 号线也必须要在这里有一站。业主们知道平常自己个儿直接去跟官口衙门说，说不着，也够不上。只有这些代表委员们提案说话好使，解决起来痛快！

仗是越打越精啊！官司也是越打越熟练。业主委员会证据在握，坚忍不拔，屡战屡胜，无坚不摧。漫长的平台期里，在共同对付物业部门的维权斗争中，通天河畔群众的兴奋紧张度又一点点被提升起来，像是走泄了的钟表又被重新拧紧了弦！新一轮高潮，不期然，轰隆隆，喀嚓嚓，迅猛而至！势不可挡，猝不及防！甚至比第一拨还热烈、还快感、还实在！人民群众重又看到了自己活泼泼、壮憨憨的雄厚膂力！

媒体也在配合老百姓维权。媒体在帮助百姓培养公民意识，法律意识，教导人如何保护自己，打击敌人。媒体上的百姓生活栏目，现在真是越办越灵活，尖锐，深刻，勇于说真话，敢于直言，对陋习不再捂着盖着，该揭就揭，该批就批，促进了和谐社会建设。报纸电视台原来那些"生活三原色""百姓五色光"等等栏目，如今也改叫"民生民调"，重点关注民生，解决疾苦，充分发挥舆论监督作用。哪里有撬门压锁、小偷小摸，哪里有酒后驾车肇事逃逸、哪里有出租房主不尽职尽责、熏得租房民工煤气中毒……都要一一登载，予以揭露，以督促整改。各大媒体报业集团竞争激烈，不断想出吸引读者观众招数，纷纷开通免费电话热线，鼓励市民参与报料，还设了专门经费奖给新闻线索提供人。根据每次报料后的使用情况，来决定奖励给每位50到100元不等的报料费。为了保护广大报料者的安全，提供批评线索的报料人可以匿名，只说"某某先生""某女士"提供便可。

当宋斯基第一次拿到结算的报料费300元钱时，他十分意外十分不好意思，一个劲儿推搡说：不要不能要！给别人维权，也是给自己个儿维权，应该应分的嘛！还拿啥钱呢！这钱不能要。负责跑口联系的记者说:老宋你客气啥!这是光明正大的事情,你自己靠劳动得来的。拿着吧。你不拿,我也不能个人藏匿下。为我们工作,也耽误不少你个人业余时间。我们得感谢你!以后还得辛苦你,勤给我们报些来啊!

老宋一听,嘴里忙说,哦,哦,不客气不客气,那是一定的!一定的!心里边这个意外这个激动啊!难道这份工作这么光荣有价值?自己从来没有想到过要有回报,如今,这好回报自己个儿找上门来了!没想到啊没想到!这是对我老宋义务为大家伙服务的犒赏啊!于是乎他就暗下决心,一定尽自己的全力,将这通讯报料的伟大光荣事业进行到底!细一核算,嗯……这才小的溜的简单提了几条就得300元,照这样下去……每个月要是提上个十来二十来条,不就得有个千八百块?!快赶上我一个月内退工资啦!

想到这里,宋斯基心花怒放!从此他愈发兴致勃勃,一边率人维权整改,一边不断电话、短信频繁把料报上去,暗中期待若干银两源源不断寄将过来。

可是,出乎他意料的是,当他又收到过二百元后,以后报的料,却怎么也登不上去了。财路忽然间断了。老宋心里纳闷,急忙打电话问记者,也不好意思直接问,一个劲儿绕着圈子说,是不是现如今报料的人忒多,我的就排不上号啊?

人记者对他也挺客气,说:多倒是多,但个人报个人的料,互不耽误。老宋,你的问题是,你也应该与时俱进一下子。现在媒体竞争这么激烈,我们也不能总是炒冷饭,嚼别人吃剩下的馍。你平时多注意一点我们民生新闻节目的变化,得寻求新角度,想法找到一点新内容。

老宋得到启发,赶紧找出报纸来看。他发现自己的确是落伍了,总报些什么通天河水质不好、大垃圾堆、交通差什么的，不行了。你看看人家，看人家这报的嘿！全是杀人越货、强奸抢劫等等，一色的干货！都用黑体一号字、二号字通栏标题，黑碜碜，明晃晃，醒目！中间再配上幅俩大货车四脚朝天撞翻照片，血哧呼啦彩色高清晰，雷人！真是吸引人眼球，让人初刻拍案惊奇！

再扭开电视，找一找百姓民生心理专栏热线，见全是夫妻离婚、婆媳打架、姑嫂不睦、兄弟倪墙、公公扒灰，尤其以儿女跟老人们争房产的居多，还都是真人坐现场的，连哭带数落，铿铿锵锵，硬是拿着不是当理说。你说现在的人怎么都这么不要脸呢！连家丑不可外扬的老理儿都不顾忌了?！可也是，现如今，什么丢人现眼事，只要一披件"心理""法律""法制"节目马甲，就可以冠冕堂皇登场。瞧那电视里头那些人，八成也都跟自己一样，有价格不低的出场费作秀费吧？要不介，能搬动全家老少坐那儿录像灯底下照，然后让人拍完了满世界播去？多大的寒碜呐！

世道变了。看来，自己不下狠招子是不行了！老宋想。自己必须重新开始，舍弃旧角度，开发新能源，提高命中率，重新挣到报料钱！通过进一步的认真学习，他发现：世界上的好人好事总是极其相似，世界上的坏人坏事却各冒各的坏水。必须要有一双善于发现坏人坏事的眼睛。有坏事，坚决要报；没有坏事，鼓动别人干坏事，也要把它报出来！

有了这种决心和发现，宋斯基如醍醐灌顶，从今往后，便愈发刻苦敬业，往往抖出生鲜猛料，新奇闪亮，别具一格，超帅超靓，站稳了民生版的头条！

诸如：

一母藏獒随主人深夜潜入通天园一户养獒人家，引诱发情公藏獒与之交配。事毕，不给喂食补充营养，造成公獒终生阳痿。据查公藏獒身价一百八十万，从此只能卖出废狗肉价钱。獒主欲哭无泪，谴责盗窃者无良行为；

本报讯：通天园地区又出奇事，结婚当日随即离婚：一对新人结婚，上午婚礼，接新娘婚车被堵在通天园路上，傍晚才到达。女方娘家人不干，拒绝举行仪式，说是晦气触霉头，傍晚结婚的不是寡妇就是二婚。一桩喜事就此告吹；

通讯员宋斯基报道：通天园一小偷扒窗入户盗窃，强奸三楼一熟睡少妇，致使少妇怀孕。小偷逃逸。女方家人起诉到法院，告小区楼外的排水管道设施有问题，强奸犯正是顺管道溜入室内作案；

最新消息：通天河捞起一具女尸，形若开车之势：尸体四肢僵硬，双手内向环扣，屈膝向前，如开车之姿。距此不远岸边有一爆胎宝马车，内有男女行过事的痕迹，疑是死者生前所驾……

如此种种，绝对有卖点，有活力！媒体赚得了眼球，老宋赚得了实惠。媒体影响力骤增。栏目版面从一个版增加到两个版，最后增加到四个版八个版，电视台的"民生心理热线"栏目从午夜档进入了晚八点左右的黄金档。媒体的随栏广告大规模增加，成为文化企业创收增效益大户。宋斯基本人也赚得盆满钵满，不仅如期达到每月千儿八百的创收目标，且多有超额完成，连给儿子结婚娶媳妇的钱也攒下不老少。

通天园这个地区的名声越来越响，就连外省市也知道，北京的通天河地区是个交通极度拥堵、案件频繁多发、底层人口密集的贫民聚居区，是首都的著名不安全地带。这里垃圾熏天，民不聊生，杀人越货，盗窃抢劫，总有稀奇古怪案件出现。随便坐在出租车里，就会听到交通台主持人小哥小姐吱扭吱扭，那儿数来宝的拿通天园说事儿挑侃：虽说现在北三环北二环正在拥堵，要我说你还别不知足；你要是真有不服，那就把你送通天园去打个赌，看不堵得你五脊六兽，看不灭你个粉身碎骨，咿呀呀，嘿啦啦啦……

经过一年间坚持不懈的报料曝光努力，业主们成功地将通天园打造成一个全市社会评价最低的居民社区。开发商十余年的筹备和建设、两拨物业八年间的打理、街道居民委五年间的管理服务，都不敌一年多来群众的报料曝光奏效。通天园从前的好名声，顷刻间土崩瓦解，分崩离析。

7

事情的逆转，是从宋斯基决定要卖房时开始的。光阴如箭，老宋家里那个网络儿子托了互联网事业蒸蒸日上的福，从泡沫走向实体，逐步稳定了，发达了。宋公子也到了岁数，晃悠够了，玩够了，开始成家立业，娶妻生子。儿子在城里 CBD 繁华区置下了房产，叫上荣升为奶奶的老宋老伴进城去帮助带孩子。一抱上那白胖胖的大孙子，把这五十多岁老太太乐得，合不拢嘴。这叫一个亲呐！带自己的孙子，这还有什么说？肯定得是脚不沾地倾家荡产鞠躬尽瘁也乐意啊！

老伴这一高兴，就顾不得通天园留家看门的老宋啦！五十来岁的老两口开始同城两地分居。一天两天还成，时间久了也不是个事儿。

想到宋斯基一人守着那么大房子,身体还有不少毛病,老伴不放心,就让宋斯基也跟过儿子那边去,待在身边好有个照应。老宋拗不过,只好把通天园房门一锁,也跟着进了城。

老宋这一回城里一住,可就不愿意再回来喽!哎哟喂,这可真是,山中方一日,世上已千年!离开几年,北京城里真是大变样,变得他都认不出来了。美了,漂亮了,干净了,宽敞了!不光有熟悉的红墙绿瓦,还有那么多不认识的高大建筑,巨蛋,斜塔,大裤衩……老宋摸索踟蹰,没事时自己一个人沿着原先的记忆到处溜达。自打住进那"距天安门15分钟路程"的郊区鬼地方之后,他就几乎没回来过。太远了,不方便。现如今啊,再来看这北海的白塔啊,景山的歪脖树啊,故宫的金水桥啊,中山公园红墙外的玉兰树啊……看着还都这么眼熟这么亲切啊!

春天的脚步,把皇城根底下染得粉红似白的,黄的迎春,翠的绿柳,粉的樱桃,开得这叫一个艳啊!最是一年春好处,绝色烟柳满皇都。春城无处不飞花,满城春色宫墙柳。早先住沙滩文化部的几个戴眼镜的,常跟他们一起打太极拳,一见到春天来了,就爱时不时地拽几句诗文,老宋当时跟着记住了,但没啥太多感觉。自己打小就看见的景物,可有啥稀奇感慨的!可是,现在,当他离开京都城里一段时间后再重新回来看,那可真叫做是感慨唏嘘啊!城里就是好啊!春天来了,这皇城也是占先,它的花先开,它的草先绿。古人的春天诗文这说的都是皇城根,说的都不是通天园那个大荒郊野场啊!你就看啊,那打太极拳的,还在那儿慢悠悠打着呢!好像他昨儿就在这儿打,今天还没有变;那唱京剧拉二胡的,也还在那吱吱嘎嘎拉着呢!也像是昨天的曲儿,今儿继续练,中间一点间断都不曾有过。连绵,连贯,悠远,悠闲,这才叫北京的韵律,这才叫京城的滋味呢!

老宋神思恍惚,被皇城根儿的春天给熏得迷迷瞪瞪的,一路走一路看,独自蹩进街边一家小吃店。坐下来,点上几样老北京小吃:豆汁,焦圈,驴打滚,芥末墩儿……一口冲劲上来,老宋的眼泪可就含在眼圈里了。生活了五十来年的北京城,祖祖辈辈好几代人都生活过的地方,亲切啊!连空气的味道,都散发着祖先的体香。可如今,自己个儿为什么要去那偏远的郊区大野地里去?为什么像个外地人、乡下人一样住在离皇城八丈远的地方呢?那里的生活,如今看来,多么不真实,不真切,多么像发癔症,发疟子,多么像大梦一场,像大病了一场啊!

这么一想,老宋的眼泪真就掉下来了。

当儿子提出建议,让父母别来回再折腾,索性都搬回城里来住时,老宋和老伴没怎么核计,就答应了。儿子和父母双方的理由都很相近:一来是为了带孙子,往后上幼儿园、来回送着上学,老两口能帮助照看;二来,人老了,离子女近些,有个照应。城里头看病什么的也方便。

老两口回城,不打算跟儿子一块堆住,怕时间长了跟儿媳妇过不到一起去。儿子就依照父母的意见,在离自家不远处,给父母买下一处两居室,八十来平米。交完了首付,办按揭。

说搬就搬,立刻就动手。老两口先住儿子家里,办好了新房入住手续,拿到钥匙,开始装修,那头把通天园房子腾出来,准备拿到房屋中介公司"你爱你家"挂牌出售。儿子不主张他们卖房,说留着吧,以后还是个物产,可以暂时租出去,用租金还这边城里新房的月供。老宋和老伴俩还是想赶紧卖房变现,然后把这边的按揭提前还款。他们属于上一代人,老脑筋,欠钱住房的事情没干过,心里不踏实。赶紧,赶紧把钱还银行这才算落定。儿子也就没拦着。反正,租也好,卖也好，都一样。就这么一个儿子，将来爹妈所有的东西还不都是他的。

老宋和媳妇一到房屋中介，才发现，完了，他们这儿的房子无人问津。整体落价了！臭了！臭大街了！砸了！砸手里了！那么多急于逃离这个社区的人，那么多挂牌出售的房子，都挂着，有价无市。没人买，没人来。人们都如躲瘟神一般，躲着这个地区，人人避之唯恐不及。

这都是他们成天介报料、曝光的功绩啊！

宋斯基这才知道，完了！完蛋了！毁了！自毁了！他们的舆论造势把自己个儿的楼盘搞毁了！如今各地楼盘价格都冒着烟地往起蹿，唯有他们这里一落千丈。这会儿他也才明白，报的那些邪料，影响不到任何别人，只影响到他们业主自己，只影响到他们业主们自己的利益。这时候，无论说什么，开发商都不在意了。七期打造完毕售罄以后，开发商早已经移师别处打造新的楼盘。你现在再说通天河是通地沟也无所谓了，跟他卖楼没关系。

老宋蒙了。老宋急了。为卖房计，他开始活动心思，想要拨乱反正，再报起从前好人好事的料，再把通天园夸成一朵花。然而，没用。根本没人信。根本不给发。没有哪家媒体愿意采用。如同一个失去清白的大闺女，说自己仍旧是处女；如同一个妓女说要从良，要想让人信，也没那么容易。

明处公开的不行，他想来暗的。知道社区有好事者成立了个网站，他就让儿子教他上网，用一根手指头在键盘上敲啊敲，费劲地在社区论坛上匿名发帖子，灌水，以"鸡丝送""宋祭司""送鸡食""鸡送屎"等等网名，呼吁业主们不要再说自己社区的坏话，不要再给媒体报料，不要发负面消息；请大家相信，我们的家园是个多么幸福的家园！我们的楼盘是个多么高尚的楼盘！

【鸡丝送】：谁说通天园的名字起得土？这名字多好啊！让人直接通天、过上天堂般的幸福生活！

【宋祭司】：谁说这里是大垃圾场？咱这儿又不是宇宙太空，连人毛都没有过。咱这是八百年古都啊！哪一块砖底下没文物、哪一处地底下没埋过人？就连老北京那公主坟、奶子房、骚子营不也住得好好的嘛？

【送鸡食】：谁说咱这儿高发治安案件？小偷小摸撬门压锁的事情，哪里没有呢？南城那些平房区盗窃入室更厉害！大街上抢盗案件更是到处都有，根本就不光是咱们这块地儿。

【鸡送屎】：谁说交通不好？公交线开了好几条，地铁28号线马上就要开通了！你看城里，高峰时间三环二环不也堵吗？

宋斯基的拨乱反正帖子刚一落地，立即就遭到网友围攻，遭来无数板砖猛砸：你丫哪个豢养的？社区走狗！睁眼说瞎话！

你丫拿了物业多少钱？

以为穿上马甲就不认识你了？再乱说话，当心人肉搜索！

网上众声恐吓呵斥，论坛暴力铺天盖地，把老宋整蒙了，吓着了，简直不敢再放声。

他这会儿好像有点明白了，在自己和大家伙儿的曾经共同努力下，人民群众已经适应熟悉了哭穷、哭嚎、哭闹、哭丧，适应熟悉了自诩弱势群体。业主已经习惯了自我贬低，自我糟践，自我渲染夸大缺点和不足。人们已经习惯了，说反话才是正道理。

其实他是有所不知有所不晓啊，在他暂时停报、洗手不干的岁月里，报料已经成为一个方兴未艾的文化创意产业，业已形成一条文化产业链，谁也控制不住、遏制不了。一个宋斯基倒下去，千百个宋斯基站起来！手机、视频、互联网，快捷、连续、高清晰！报料报出新科技，报料报出新感觉。古有锦衣卫，今有狗仔队，我们是新时代的报料人！头可断，血可流，报料的快感不能丢。报料已经脱离了原先曝光的涵义。报料已经成为自贬、贬人、自残、残人、自虐、虐人的同义语。报料已经成为一种乐趣，一种调剂，一种漫漫人生、漫长无尽平台期的精神慰藉。匿名报料作恶捣蛋揭短的快意，简直胜过天底下任何好玩游戏，胜过一切言语。

仓皇奔走在从城里到通天园来回路上的老宋，嘴角起燎泡，腮帮子肿老高，那叫一个上火啊！他眼睁睁看着媒体上，至今仍是每天都有通天园的坏消息。那消息，变着花样，抖着机灵，弄着噱头，充分满足着人们的想象和企盼，几乎没有重样的。如果哪一天没有，或者这坏消息发生在别处，人们也不相信，也不适应。所有的坏事恶事只有发生在通天园才适得其所、理所当然、合乎情理。通天园那些二手房屋和它们的价格，只好以文字构思的形式，始终挂在"你爱你家"中介牌上。不仅没人买，而且也没人租，任其空置，任其荒凉。

老宋一点辙都没有了。面对内外交困、这边空置房屋仍然要交物业费供暖费、那边新房还没入住也要按时还月供的压力，他紧张焦虑，不思茶饭，高血压糖尿病一起犯。思量良久，终于咬牙决定，重操旧业，干起报料人的老本行！这会子他会上网了，便采取网上偷盗策略，偷偷从各论坛帖子和通天园业主博客上寻找小区负面新闻线索。某个网友遇事泄愤骂人的话，哪位博主不经意冲物业发的牢骚，都成了他的信息来源，源源不断向媒体输送，尔后化作若干散碎银两，揣进自己腰包。尽管数目微弱，但是慰情聊胜无，总比坐吃山空什么都没有强不是嘛！

他还在想呐：等到哪天，等到自己手里这点家底积蓄花完，月供取暖费什么的真的接不上捻儿了,我就把《西游记》唐僧掉河里的秘密抖搂出去!把通天河的老底揭出去!一定要找一个开价高的媒体,曝一个天底下最大最惊人的大料!这可是我的杀手锏,至今还不见有人发现呢!到时候,换来的收入,起码也能抵上个两三年的物业取暖费吧?

打这往后,老宋白天以匿名形式在媒体报料,辛辛苦苦寻觅打探通天园的糗事坏事;黑夜里,他又网上实名制在各个二手房站点发布售房信息,在"简短留言"一栏中说通天园的好话唱赞歌,暗中期待某一天老天爷开眼,让他把房子尽早脱手卖掉。

8

奥运会开过之后,又一个新的秋天里,楼房开始供暖之前,物业通知各家各户留人,查看暖气打压试气时漏不漏水。宋斯基接到电话,又从城里回到老房子来查看。开了房门,见家里一片灰蒙蒙,久不接人气,一幅荒凉衰败迹象。老宋摸摸这,摸摸那,带着两手灰,无所适从。偶然间一照墙上镜子,见镜中人已经两鬓斑白。想他当年刚搬进通天园时,还是年轻力壮一头黑发。光阴不饶人啊!

查看过了暖气,锁上房门出来。不知怎的,鬼使神差般,宋斯基的脚载着他的身子,又走到老路上,回到了七八年间他走熟悉了的地方。似乎是变了,又似乎是没变。那是他拿扫帚练水笔大字的地方,这儿是他打太极拳的地方……街心花园里,灌木乔木长得葳蕤旺盛,假山、瀑布、雕塑、喷泉、秋千架、花果山也一如既往。四处秋高气爽，一片安宁祥和。也许，这里一直都是如此祥和安宁，只不过他们报料者为了自己的需要，而在纸上、在口中肆意截取片断贬低，渲染夸大他们的虚妄。老宋心里五味杂陈。他信步走下门前大路，见十余条线路公交车有秩序地频繁从路上经过，地铁28号线站台已经搭建起来，马上就要开通。他来到院墙外围，一眼便望见了通天河。见那河面宽阔，碧波泛蓝，一条条观光游览船在河心游荡。横跨两岸的大桥，也已经及时修改了设计施工图，已经有三座斜拉桥飞架南北，几辆小汽车可以并排在桥面快速驶过。通天河啊！老宋的心里感慨。为什么只有离开了才能见到它的好呢？

夜的幕布落下，街灯全都亮了。那些鳞次栉比的高楼大厦，每一扇窗口都射出橘黄色的温馨灯光。秋季的微风把树叶子打得哗啦哗啦作响。老宋走啊，走啊，漫无目的，又像是朝着城里的方向走。仿佛想起了什么，蓦地，他站住，回转头来，朝身后打望。只见身后高远处，万家灯火，悠悠河水，画舫舟歌。通天河两岸明亮的灯盏，一串串，一排排，一直蜿蜒伸向天际，宛如夜色中的一道天河。高空繁星闪烁，大地澄静清朗。多美呵！

老宋忽然又有点想流泪。他知道自己是回不去了。

通天河啊！人啊！他想说。

通天河在上。

人在下。

人必须苦苦泅渡，终生却也无法抵达。

2009年3月25日于北京以北